혼자 걷는 새

2

서사희
장편소설

a bird walking alone

목 차

11. 스물아홉의 남자 ·················· 7

12. 서른셋의 남자 ·················· 49

13. 스물여덟의 여자 ·················· 83

14. 서른하나의 여자 ·················· 115

15. 서른둘의 여자 ·················· 163

Epilogue. 혼자 걷는 새 ············ 191

- - -

외전1 ·················· 207

외전2 ·················· 281

Epilogue ·················· 363

11. 스물아홉의 남자

11. 스물아홉의 남자

신여원이 자신을 배신했다.

명료한 결론이었다.

이석은 일을 수습하며 신여원을 찾아오라고 지시했다. 최대한 빠른 시일 내로, 조용히, 이미 해외로 떴다면 자본과 인력을 풀어서라도, 어떻게 해서든. 다만 죽여서는 안 됐다. 그건 너무 쉬웠다.

처리 수순을 밟는 내내 머릿속은 기이하게도 냉정했다. 공항에서 신여원을 잡았다는 연락을 받았을 때도 마찬가지였다. 이석은 차분한 기색으로 그녀의 처분에 대해 고민했다.

원래대로라면 3년의 계약 기간이 끝난 후 신여원은 채권 양도가 될 예정이었다. 그런 여자의 말로란 뻔하다. 그렇다면 아예 그 처우를 쓰레기로 해 버릴까. 채무를 갚는 것 따윈 평생, 죽을 때까지, 꿈도 꾸지 못하게. 어쩐지 그녀라면 수십 년이 걸려서라도 기어코 채무를 다 갚을 것 같았기 때문이었다.

그래, 그녀는 뭐든 열심히 하는 여자니까…… 뭐든. 냉소적인 생각이 서슬처럼 따라붙었다.

이석은 이런 생각을 하는 자신이 다행이라고 여겨졌다. 그간 신여원에게 계속 휘둘려 왔던 터라, 혹시라도 냉정을 잃을까 내심 우려했었는데. 역시 기우였다.

이 일이 아니더라도 어차피 곧 끝났을 관계였다. 비록 신여원이 최지엽과 손을 잡고 그를 철저히 배신했다지만, 언제나 그러했듯 그는 잃은 것이 없었다.

실책이라면 복층의 방문을 잠가 놓지 않았다는 것 정도였다. 이 역시 그녀에게 지나치게 풀어졌었다는 방증이었으나— 결과적으론, 언제나 그러했듯, 그는 잃은 것이 없고 그녀는 그보다 열위였다.

신여원이 무슨 발악을 하든, 이건 언제까지고 변하지 못할 사실이었다.

그러나 냉정을 유지하고 있다는 건 그때까지의 착각일 뿐이었다. 시간이 흘러갈수록 인내가 빠르게 마모되어 갔다. 끌려오는 그녀를 기다리는 내내, 이석은 병적으로 시간을 확인했다. 37초. 45초. 59초. 14초. 31초……. 들이쉬고 내뱉는 호흡에는 규칙성이 없었다.

이 집 안 전체가 거대한 어항이라도 되는 양 막막하고 답답한 기분이 들었다. 머릿속 어딘가가 문드러진 것 같았다. 이제껏 그녀를 대하던 어리석음을 끝내 답습한 것이리라. 아니, 어쩌면 장소가 문제였다. 이 빌어먹게 익숙한, 불가역의 장소.

어째서 이곳으로 그녀를 들일 생각을 했을까? 이제 와서 되묻는 것도 멍청한 짓이었지만— 실상 그게 바로 시초였다. 왜, 그녀를, 들였는지. 구태여 따져 묻는다면 변명할 거리는 많았다. 논리적이고 합당한 것은 단 하나도 없다는 게 문제였지만.
 그러니까 정말이지 처음부터 잘못되었다.
 이석은 안간힘으로 생각을 끊어 냈다. 지금 그딴 걸 생각해서 어쩌자는 말인가. 이미 일어나 버린 일인데. 그는 애써 의식을 돌리기 위해 가구의 표면, 벽지의 무늬 따위에 하나하나 시선을 주었다. 힘을 준 눈가가 욱신거렸다.
 그러나 종내는 쓸데없는 짓이었다. 집 안 곳곳에 놓인 그녀의 흔적들이 현 상황과 대조되어 그를 옭아 오기 시작했다.
 '다녀와요. 사랑해요.'
 그런 온화하고 선량한 인사를 매일같이 지껄여 놓고, 언제부터 배신할 각오를 했던 것일까.
 '당연히 고백이죠. 당신은 복 받은 거예요.'
 그때 웃던 얼굴 뒤로 어떤 감정과 계획을 숨기고 있었을까.
 '지금은…… 내가 필요해요?'
 거리낄 건 아무것도 존재치 않는다는 양 허물없이 안겨 와 놓고, 정작 마음은 몸의 대척점에 두었나.
 회상의 끝은 차가운 현실로 귀결된다. 시선이 닿는 곳마다 과거가 있었다. 둘러보는 족족 기억의 편린들이 있었다. 그녀와 이곳에서 함께 식사를 했고, 이곳에서 함께 업무를 보았고, 이곳에서 함께 키스를 했고, 이곳에서 함께 서로를 만졌고, 이곳에서 함께 뒹굴었다. 바로 며칠 전까지만 해도.
 그러나 이제 그녀와 자신 사이에 '함께'라는 단어는 존재하지 않는다.
 앞으로도 영영.
 기다리는 시간은 억겁처럼 길었고 그동안 이석의 냉정은 계속해서 닳아져 갔다. 이슬에 얼음이 녹아내리듯, 모래에 불씨가 사위어 가듯. 눈을 감아도 집 안 어딘가에서 웃고 있는 그녀의 잔상이 떠올랐다. 부르면 금방이라도 안겨 올 것처럼.
 결국 그는 초조함을 참지 못하고 신여원의 방으로 들어섰다. 그녀의 짐을 모조리 내다 버릴 생각이었다.
 감정이 다분히 실린 몸짓에는 여느 때의 이성과 합리가 부재했다. 이석은 험악하게 옷장을 열어젖혔다. 옷걸이에 걸린 옷들을 쓸어 담듯 빼내고, 몇 없는 화장품을 그 위로 내던지고, 책장에서 책을 꺼내어 팽개치고, 서랍을 열어서, 서랍을······.
 그의 움직임이 뚝 멎었다.
 내내 참고 있던 숨이 천천히 흘러나오며 시야가 얼핏 흔들렸다. 일순 세상이 멈추어 버린 것만 같았다. 사위를 둘러싼 정적이 잘못 맞물려 어긋나는 소리를 냈다. 그 끔찍한 고요.
 이석은 조금 떨리는 손길로 맨 위에 놓인 사진 한 장을 집어 들었다. 중국 출장 당시, 면세점에서 구매해 그녀에게 선물했던 필름 카메라로 찍은 것이었다. 사진 속에서는 그가 침대에 모로 누운 채 옅게 미소 짓고 있었다.
 이석도 이때를 기억하고 있었다. 늦은 밤 그에게 안겨 있던 여원은 돌연 생각났다는 듯 몸을 일으키더니, 당신이 준 거니까 첫 사진의 피사체는 당신이 되어야 한다며 서랍에서 필름 카메라를 꺼내 와 그를 찍었다.
 이석은 사진 찍히는 것을 좋아하지 않았지만, 그녀는 어린애처럼 들뜬 눈치였다. 이상하게 그 별것 아닌 기대를 깨고 싶지 않았다. 그래서 그도 그녀의 사진을 찍는 것을 조건으로 허락했다.
 좀 웃으라고 타박하던 목소리. 이불이 반쯤 흘러내려 드러난 부드러운 선의 맨어깨. 그 위로 흘러내린 긴 머리채. 그의 사진을 귀중한 보물이라도 되는 양 소중히 바라보던 눈. 애틋한 미소가 서린 말간 얼굴……

그래, 그런 때가 있었다.

가슴 한쪽이 저며 왔다. 고통과 닮아 있는, 불쾌한 감각이었다. 불쾌한, 불쾌한 감각. 그는 또다시 세뇌처럼 생각했다. 나는 네가 불쾌하다. 이런 기분 나쁘고 소름 끼치는 감정을 안겨 주는 네가.

이석은 간신히 필름 사진에서 눈을 떼고 서랍 안을 바라보았다. 그 밑에는, 그녀가 이 사진을 보고 그렸을 것이 틀림없는—그의 얼굴이 스케치 된 그림이 놓여 있었다.

빈말로라도 썩 잘 그렸다고는 할 수 없었지만 정성과 애정이 분명히 묻어나 있었다. 스케치를 따다 만 선은 조금 삐뚤빼뚤했다. 펜으로 선을 그어 나가는 그녀의 모습이 머릿속에 그려졌다.

그 순간 이석은 벼락처럼 생각했다.

그 여자는 날 사랑한다고 했는데.

분명 나를 사랑한다고…….

신여원의 얼굴 앞에서 끔찍한 패배감을 느꼈던 것은 그래서였을까.

* * *

여원은 모든 것을 놓아 버린 듯 담담한 낯이었다. 이석은 그녀가 그런 얼굴을 할 수 있으리라고는, 정말이지 상상도 하지 못했다. 그녀에겐 아주 사소한 일도 기쁘게 받아들이고 작은 희망도 쉽사리 놓지 않는 재간이 있었으니까. 그녀는 그와 달리, 언제나, 빛이 났으니까.

그런데 지금은 아니었다.

왜일까.

누군가 들었다면 당연하다며 내놓았을 대답이, 이석에겐 쉽사리 떠오르지 않았다.

목덜미에 힘이 들어가고 종이를 쥔 손이 희미하게 떨려 왔다. 이게 무슨 기분이지? 모르겠다. 아무것도 알 수가 없었다. 여원의 단념한 표정도, 부어오른 왼뺨도, 피딱지가 굳은 입술도, 어떻게 받아들여야 할지 혼란스럽기만 했다.

마침내 이석이 입을 열었다.

"너."

말이 끊겼다. 이렇게 말문을 떼는 것은 계획에 없던 일이었다. 아니, 애초부터 계획이 있기나 한가? 지금 상황 자체부터가 계획에서 틀어진 일이었다. 온통 엉망이다. 분명 그는 잃은 것이 없고 여전히 그녀보다 우위인데도, 완전히 엉망이었다.

"……왜 그랬어."

결국 이석은 한없이 무력하고 무력한 질문만을 토해 낼 수밖에 없었다.

여원이 천천히 시선을 들어 이석을 바라보았다. 그제야 그녀의 눈에 어떤 감정의 조각이 깃들었다. 이석은 그게 무엇인지 알 수 없어 또다시 초조해졌다. 그러나 이내 그녀는 다시 고개를 떨어뜨려 버렸다. 명백한 거부였다.

"왜, 왜, 왜."

이석은 들고 있던 통장 사본을 아무렇게나 집어던졌다. 여원은 제 발치에 떨어진 것을 물끄러미 바라보기만 했다. 그녀가 아무 말도, 어떤 행동도 하지 않음에 그는 더욱 평정심을 잃었다.

"왜 그랬어."

차라리 다른 때처럼 애원하기라도 하면.

"왜 그랬냐고, 묻잖아."

차라리 다른 때처럼 빌기라도 하면.

"지방 출장? 하! 표까지 다 끊어 놓고 뻔뻔하게 거짓말도 잘. 언제부터 속여 온 거야. 언제부터 이따위 짓을 한 거냐고."

그러면 이 좆같은 기분이 조금이라도 나아졌을까.

"왜 그랬는지 말해."

이석은 숫제 애원하고 싶은 심정이 되었다. 제발, 말해. 뭐라도 좋으니 말해 봐. 핑계라도 대. 변명을 해. 살려 달라, 잘못했다, 실수였다. 내 앞에 무릎 꿇은 인간들이 지긋지긋하게 한 말들을 너도 해 보란 말이야.

질리도록 본 장면이지만, 그게 너라면 차라리 괜찮을 것 같으니까.

그런 그의 속내를 읽기라도 한 것처럼— 여원이 조금 머뭇거리다 입을 열었다. 이석은 무언가에 매달리듯, 천천히 떨어지는 그녀의 입술을 응시했다.

"……빚은 다, 갚은 거죠?"

고작 그 한 마디였다.

그 한 마디에, 이석은 머리를 한 대 맞은 것처럼 멍청히 그녀를 내려다볼 수밖에 없었다.

몇 초의 간격을 두고서야 가까스로 사고가 이어졌다. 빚. 그래, 그 빚. 그녀를 얽매어 왔던 빚. 자존심도 내던진 채 그에게 애원하고 빌게 만들었던 것.
언젠가부터 타성적인 일이 되어 버렸다. 그래서 이석은 못 들은 척, 넘겨듣는 척, 아무 일도 아닌 양 무시해 왔었다.
왜냐하면 그녀가 비굴해지는 건 꽤 자주 있는 일이었으니까. 그럴 때마다 그녀는 서운한 듯 굴다가도, 이내 크게 마음에 담아 두지 않는다는 양 다시 웃어 주고, 말을 건네고, 입을 맞추고, 몸을 부딪쳐 왔으니까. 그녀의 마음 따위 자신이 고려할 바가 아니었으니까. 어차피 기한이 끝나면 치워 버려야 할 존재였으니까.
그녀로부터 비롯되는 낯섦, 이상함, 불안함, 거북함, 위태함이 너무나도 거슬려서. 그래서······.
나는 그래서······.
"······다, 나가 있어."
"하지만."
"나가."
부하들이 망설이는 기색이 느껴졌지만 이석은 그딴 것에 관심을 둘 여력이 없었다. 이윽고 다른 인간들이 모두 빠져나갔다. 그는 한참 호흡을 가다듬은 후에야, 조금 멘 목소리를 간신히 꺼낼 수 있었다.
"거짓말, 언제부터 해 왔어."
"······."
"최지엽 그 새끼가 너한테 접선한 게 언제야."
"······."

"장부는 언제 빼돌렸고, 노트북 암호는 어떻게 푼 건데. 내가 있을 때야? 내가 있을 때 언제?"
"……."
"제발 뭐라고 말 좀 해, 여원아……."
어쩌면 여원이 돈 때문에 자신을 배신한 게 아니라, 최지엽에게 협박을 받아서가 아닐까. 순간적으로 그런 희망이 들었다. 차라리 정말 그런 거라면 죄를 묻지 않을 거라는 얼토당토않은 말까지 튀어나올 뻔했다.
그러나 그가 후회할 말을 하지 않게 만들려는 것처럼, 여원이 먼저 입을 열었다.
"변명할 마음 없어요. 나 용서할 것도 없어요."
"……뭐?"
"용서할 거 없다고요. 나 당신한테 하나도 안 미안하거든."
담백하기 그지없는 말이 떨어졌다.
하나도, 미안하지 않다고. 이석은 제 귀로 들어 놓고도 받아들이지 못했다. 그럴 리가 없었다. 신여원은 나를 사랑하니까. 나를 배신할 깜냥도 못 되는 여자니까.
"날 사랑한다는 거."
"……."
"그것도, 다 거짓이고."
"사랑해요. 지금도요. 지금도 이석 씨를 사랑하고 있어요."
"그럼 대체 왜……!"
"사랑이 전부가 못 됐어요, 저한테."
"……."
"난 그냥, 언제나, 할 수 있는 건 다 해 왔으니까……."

그 말에 이석은 입 안이 마르는 느낌이 들었다. 여원의 말이 맞았다. 그녀는 언제나 할 수 있는 건 다 해 왔다. 그런 여자였다. 그를 배신하는 짓도, '그녀가 할 수 있는 일'의 범주였다.

"……내가 널…… 네 부탁을 들어주지 않아서? 내가, 널 구해 주지 않아서?"

그럼에도 불구하고 묻지 않을 수 없었다.

이석도 지금 자신이 논리적이지 못하다는 걸 알았다. 억지라는 걸 알았다. 어차피 기한이 끝나면 남이 될 여자인데. 그녀의 인생이 어떻게 되든 자신과는 상관없는 일인데. 그렇기에 그동안 그녀의 모든 부탁과 애원을 묵살해 왔던 것이 아닌가.

한데 대관절 자신은 왜 이러고 있나. 왜 그녀에게 대답을 종용하고, 변명을 듣고 싶어 하고, 돌이킬 수 없는 과거에 대해 따져 묻나. 서로가 서로에게 기대할 만한 것은 진작부터 없었음에도.

여원은 그를 완전히 거부하듯 고개를 돌렸다.

"이미 다 끝난 일이지만, 그럼에도 내게 기회가 있다면, 이제는 정말로…… 당신에겐 절대로…… 도움을 청하지도, 받지도 않을 거예요."

"……."

"다시 살아 볼 수 있다면, 나는, 내가 할 수 있는 일들만 하고 싶어요. 그래도 되는 삶을 살고 싶어. 하지만 내 삶은 그러지 못했죠. 그래서 처음부터 안 됐던 거예요. 어, 어차피 안 될 거였으니까…… 나는 아무 후회도 없어요. 그냥…… 죽여도 돼요. 아니, 그렇게 하세요…… 그냥."

죽여도 된다고.

이석은 온몸을 겁박당한 것처럼 꼼짝없이 서 있었다. 숨이 조금 가빠졌다. 그녀가 죽어? 가정조차 해 본 적 없었다. 일이 이 지경까지 와도 그녀의 죽음 같은 건 생각해 본 적이 없었다.

딱히 어떤 이유가 있어서가 아니라, 그냥, 단 한 번도 떠올려 보지 않았었다.

그녀가 떠난 이후의 상황이나 그녀의 죽음 같은 건, 이석에게 있어서 오물 속에 묻힌 어떤 진실이었다. 그게 진실이라는 건 알지만 애써 들여다보지 않았던 것. 찾으려 들지 않았던 것. 자세히 그려 보지조차 않았던 것. 그렇기에 지나치게 막연하고 아득한 무엇.

그 추상적이고 관념적인 최초의 발견 앞에서, 그는 비로소 깨달았다. 절벽에서 떨어지는 이의 단말마처럼— 아주 찰나의 순간에.

내가 너를.

내가 너를 죽일 수나 있을까.

내가 과연, 정말로, 너를…….

"나는 너무 지쳤어……."

모든 것을 체념한 목소리가 가늘게 떨렸다.

분명 몇 걸음 앞에서 면하고 있음에도, 여원은 마치 광막한 공간에 홀로 있는 것처럼 보였다. 으레 그녀를 둘러싸고 있던 빛은 온데간데없었다. 엷게 얼어 종잇장 같은 얼음처럼, 손대면 그대로 산산이 깨져 버릴 듯한 모습.

여원이 지쳤다고 했다.

실상 당연한 이야기였다. 그녀는 3년간 일억의 채무를 갚았다. 회사에서 나오는 월급으로는 불가능한 이야기였다.

이석은 지금껏 애써 관심 두지 않으려고 외면해 왔지만, 그녀는 집에 와서도 언제나 밤늦게까지 일했고 그 어떤 취미 생활도 두지 않았다. 어느 순간부터 그게 당연한 장면이 될 정도로. 사람이라면 지치지 않는 게 이상할 터였다.

그런데 어째서 이렇게 생소하고…… 당혹스러운…….

이석은 무어라도 말하기 위해 입을 열었으나, 허공에 뱉어지는 것은 초라하게 흔들리는 숨결뿐이었다. 흐릿해졌다가 또렷해지기를 반복하는 시야 사이로 그녀의 창백한 낯이 포말처럼 흐트러졌다.

배신에 용서나 묵인이란 있을 수 없는 일이다. 적어도 이 바닥에서는. 그녀의 배신을 처벌하지 않고 넘어갔다간 이석도 비판과 책임을 면치 못할 터였다.

또 설령 그가 넘어간다 한들, 주변에서 어떤 식으로든 그녀에게 대가를 치르게 할 것이고— 바로 다음 순간, 그는 강박에 가깝게 생각을 끊어 냈다.

애초부터 '묵인할 경우'를 왜 고려하는 건가. 이는 절대 넘어갈 수 없는 일인데.

명료한 결론이었다.

이석은 반쯤 무의식적으로 천천히 한 손을 들었다가, 꽉 주먹을 쥐며 움츠리듯 거두었다. 그건 어떤 의지와도 같았다. 다시 구태의연해지기 위한, 어떤 결단. 그는 고개를 정면으로 향했다. 언제고 되찾고 싶었던 '제자리'가 눈앞에 있었다.

이석은 흐트러지려는 입매를 단속했다. 해야 할 말과 하지 말아야 할 말을 삼켰다. 하고 싶은 말과 하고 싶지 않은 말도 삼켰다. 그렇게 모두 삼켜 내는 동안, 여원은 끝까지 그를 보지 않았다.

그를 늘 둘러싸고 있던 선이 일그러졌다가 재조립되기를 반복했다. 이석은 눈을 감았다. 그리고 다시 떴다. 곧장 그대로 돌아서서, 현관으로 걸음을 옮기며, 표정을 상시의 그것으로 가다듬었다.

여전히 고개 숙이고 있는 그녀를 뒤로하고, 그렇게 그는 오피스텔을 나섰다.

도어 록이 끝을 고하듯 잠겼다.

닫힌 문을 등 뒤에 둔 이석은 감정의 부산물을 모두 떨쳐 내려는 듯, 다소 거칠게 얼굴을 쓸어내렸다. 손길이 지나간 자리에는 다시 이성과 냉정과 합리가 세워졌다.

진실은 언제나 가혹하다. 이석은 폐허 속에 홀로 서 있는 그 진실을 깊숙한 곳에 묻어 두기를 택했다. 살아온 삶과 앞으로 살아가야 할 삶, 그리고 내내 지켜 온 그 기조를 저버리기보다, 그녀 하나만을 저버리는 게 훨씬 쉬운 일이었으니까. 늘 그러했듯이…….

그녀가 저를 보지 않아 다행이다.

처참하게 무너진 표정 같은 건 누구에게도 보여 주고 싶지 않았다.

* * *

탕! 탕!

바닥을 한 번 거친 공이 테니스 라켓에 맞고 백보드로 튕겨져 나갔다. 반사각대로 공을 치는 움직임에는 한 치의 오차도 없었다. 풀스윙을 거듭하는 라켓의 힘에 따라 공의 속도도 점점 빨라졌다.

이석은 정면으로 날아드는 공을 포핸드 스트로크로 날려 보냈다. 타앙, 하는 큰 소리가 스쿼시장 내에 울렸다. 이른 아침, 몇 없는 사람들이 그의 움직임에서 눈을 떼지 못했다.

무시무시할 정도로 기계적인 플레이가 반복되었다. 근육과 핏줄의 모양대로 꿈틀거리는 팔다리가 마치 돌덩이 같았다. 그 단단한 살갗 위는 땀으로 젖어있었다.

45분 타이머가 삑 울리고 나서야, 이석은 팔을 내리며 길게 숨을 내쉬었다. 턱 끝으로 땀방울이 뚝뚝 떨어졌다. 그렇게나 몸을 혹사시키듯 움직였음에도 불구하고 얼음장 같은 표정만은 멀쩡했다.

그 광경을 질린 듯 바라보고 있던 장호석이 징한 놈, 하며 이석에게 수건을 내던졌다. 이석은 놀란 기색도 없이 얼굴로 날아드는 수건을 잡았다. 그가 수건으로 땀을 닦아 내며 무미건조하게 말했다.

"뭐야."

"똑같은 부모 밑에서 태어났는데 내 몸은 왜 이따위야, 씨펄."

"술 담배를 그렇게 해 대는데 그만하면 멀쩡하지."

"아, 좀 줄여야 되나."

"그보다 새벽마다 왜 자꾸 따라다녀, 성가시게."

"형한테 말하는 본새하고는."

장호석은 혀를 내차고선 의자에 양팔을 걸쳤다.

"배 나올까 봐 그런다. 왜."

"혼자 해."

"네가 새벽마다 미친 듯이 지 몸 혹사시키는 꼴을 보면 자극이 되거든. 너 요즘 왜 그러냐? 혹시 운동선수로 진로를 바꿨냐?"

이석은 대꾸 없이 생수 뚜껑을 따서 들이켰다. 네가 건설사 본부장인지 운동선순지 모르겠다는 둥, 요즘 왜 스파링은 같이 안 해 주냐는 둥, 새벽마다 일어나기 힘들어 죽겠다는 둥 주절주절 덧붙이던 장호석이 돌연 목소리를 낮추었다.

"야."

"……."

"옆에 슬쩍 한 번 봐봐."

"왜."

"존나 죽이는 여자가 너한테서 눈을 못 뗀다. 당장 널 침대로 끌고 들어갈 태세야."

"……."

"저 여자 어제도 있었거든? 뭔가 며칠 전에도 본 것 같아. 이쯤 되면 너 보려고 여기 오는 거 아니냐? 조만간 번호 물어본다에 이번에 사들인 바이에른 주식 건다."

도대체 나이는 어디로 처먹었는지. 한심한 눈으로 장호석을 내려다보던 이석이 샤워장 쪽으로 걸음을 옮겼다. 장호석은 아쉬운 듯 여자를 한 번 더 흘끔거리고선 의자에서 일어섰다.

"아, 맞다. 어제 네 집 잘 빌렸다. 근데 그렇게 현관 비밀번호 막 알려 줘도 돼? 물론 난 믿을 만한 인간이지만."

"상관없어. 중요한 건 안 두고 다니니까."

"뭐어…… 근데 너 여자 생겼냐?"

"어떻게 알았어?"

이석이 다소 날카롭게 되물었다. 예상치 못한 반응에 장호석은 순간 당황해서, 변명처럼 말했다.

"아니, 네 집에 여자 물건 있던데."

"아."

이석은 한 박자 늦게 대답했다. 과연 그걸 대답이라고 할 수 있는지는 의문이었지만. 답지 않게 조금 당혹해하는 동생의 얼굴에 장호석은 어리둥절해졌다.

"너 요새 그 집 잘 안 들어가는 것 같더만, 뭐야, 누구 만나는데?"

"임주연이라고…… 아니, 집에 있는 물건의 주인은 아니야. 순간 그 여자가 떠벌리고 다녔나 싶어서."

"임주연? 어디서 들어 봤는데……. 얼마나 만났냐?"

"아직. 이번 주말에 만나기로 했어."

"와, 네가 여자를, 아니 그러니까…… 다른 여자 만나는 건 존나게 오랜만이네. 뭐가 마음에 들었는데?"

이석은 잠시 입을 다문 채 바닥을 응시했다. 어딘지 흐트러진 기색이었다. 이윽고 그가 목에 걸린 수건을 다소 거칠게 빼냈다. 대답은 수 초가 지체되고 나서야 중얼거리듯 나왔다.

"……목소리가…….."

"목소리?"

"……아냐."

이석은 고개를 한 번 내저으며 샤워실로 들어갔다. 그 뒷모습이 이상하게 위태로워 보여서, 장호석은 더 캐물을 수 없었다.

* * *

오후 7시 8분. 임주연과의 저녁 식사는 꽤나 온건한 분위기로 흘러갔다. 주연은 능숙한 화술로 대화를 이끌어 나갔고 이석의 무뚝뚝함에도 별반 개의치 않았다. 오히려 묵직한 그의 태도를 더욱 마음에 들어 하는 것 같았다.

주연이 이야기하는 가십거리는 여느 기자가 안다면 눈을 뒤집고 달려들 만한 소재였다. 엔터의 생태계 쪽엔 전혀 관심이 없는 이석은 간간이 대꾸해 주는 것이 다였지만.

"아무튼 연습생 때부터 클럽 쏘다니며 많이들 접하는 거 같더라고요……. 아, 혹시나 오해하실까 봐 말씀드리는 거지만, 전 약은 안 해요. 한 번도 안 해 봤어요."

"의외군요."

이석의 말을 농담으로 알아들었는지, 주연이 입을 가리고 웃으며 대꾸했다.

"어머, 의외라뇨. 절 어떻게 보신 거예요?"

"장준석과 어울리는 이들은 비슷비슷할 줄로 예상해서."

잠시 정적이 흘렀다. 주연은 난감한 표정을 지으며 수저를 내려놓더니, 진중한 목소리로 말했다.

"준석 오빠랑은 서너 번 만나 본 게 다예요. 저랑 친하게 지내는 유진 언니가, 아, 아시겠지만 그 도원 유업 손녀딸이요―아무튼 그 언니가 장준석 애인이거든요. 가볍게 술자리만 몇 번 해 봤지 깊은 친분은 정말 없어요."

"그렇습니까."

"그때 있었던 일은 저로서도 엄청…… 당혹스러워서. 이석 씨 나가신 후에 제가 준석 오빠한테 한 소리 했었어요. 그냥 가겠다는 사람 붙잡고 왜 시비를 거냐고."

"그때 장준석이 제 술잔에 약을 탄 걸 몰랐다고 말씀하고 싶으신 겁니까?"
 "네. 몰랐어요, 전."
 "알겠습니다."
 담백한 대답에 임주연이 후, 하고 가볍게 숨을 뱉었다. 그녀의 입술에 발린 코랄색 립글로스가 조명을 받아 반짝거렸다.
 "안 믿으시는 건가요?"
 "안 믿습니다. 하지만 그러셨다 한들 상관없습니다."
 "네?"
 "약을 하셨다 해도 별 상관없으니 구태여 변명하실 것도 없고요."
 "……상관없……다고요? 왜요?"
 "저랑 상관있는 일은 아니니까요."
 과연…… 대단한 싸가지였다. 주연은 이제 순수하게 감탄하는 지경에 이르렀다. 그러나 저만한 얼굴에는 그 점도 매력으로 작용했다. 지난번 가볍게 만났던, 제법 반반한 남배우도 이 남자 옆에서는 대충 퍼낸 진흙 덩어리처럼 보일 지경이다.
 "쿨하시네요……. 저 뭐 하나 솔직하게 물어봐도 되나요?"
 "물어보십시오."
 "갑자기 무슨 심경의 변화로 제게 연락하신 건가요? 사실, 진짜 연락 주실 줄은 몰랐거든요. 세 달이 되어 가도 기미가 없기에 생각 없나 보다 했는데."
 주연은 냅킨으로 입가를 닦아 내며 눈웃음을 지었다.
 "제 명함은 그냥 버리신 줄 알았다니까요."
 "받은 명함은 다 따로 모아 두고 있습니다."
 "아, 특별히 챙겨 뒀단 말씀은 안 하시네. 그래서 연락하신 이유가 뭘까요?"
"글쎄요, 연락하는 데 별다른 이유가 있겠습니까."
"외로워서, 인가요?"
"그렇죠."
"와, 정말이지 외로워하실 분으로는 안 보이는데요. 그냥 하신 말 맞죠?"
이석은 대답 없이 입매를 살짝 끌어 올렸다. 그 웃음이라고 하기엔 어렵지만……, 여하튼 미소에 가까운 표정에 주연은 잠시 넋을 놓았다. 그녀는 수초가 지체된 후에야 가까스로 정신을 차리고 아무 말을 이어 붙였다.
"……그…… 음, 파트너분과는 헤어지신 건가요?"
"…….."
"아, 지난번에도 말씀드렸듯 있어도 상관없고요. 연인이라면 곤란하지만요. 남의 남친 뺏는 건 포지션이 좀 그래서."
"아뇨, 헤어졌습니다."
"아."
"이제 없어요. 그 여잔."
이석의 말은 마침표를 찍듯 단호했다. 그건 주연의 물음에 대한 답이라기보다, 마치 스스로에게 하는 말 같았다. 그러나 주연은 내심 안도하느라 그 미묘한 행간을 파악하지 못했다. 파트너가 있어도 상관없다고 말하긴 했지만, 이왕이면 없는 게 더 기분은 좋으니까.
"그럼 지금은 아무도 없으신 건가요?"
"없습니다."
"그래도 이석 씨가 단순히 외롭다고 아무나 막 만날 것 같지는 않은데. 나 좀 자랑스러워해도 되는 건가? 제 어디가 마음에 드셨어요?"

주연은 가볍게 농담조로 말하면서도 은근히 기대를 품었다. 그녀가 어디 가서 빠지는 인물이나 집안은 아니었지만, 장이석에 비한다면 밀리는 것이 사실이었다. 괜찮은 여자들에게 대시를 어마어마하게 받았을 스펙인데 굳이 저를 택한 이유가 궁금했다.

잠깐의 침묵 끝에, 이석은 고저 없이 입을 열었다.

"목소리가 마음에 듭니다."

"목, 소리요?"

"예."

"예상치 못한 대답인데요. 보통은 성격이 잘 맞을 것 같아서라든가, 눈이 예쁘다든가, 그런 걸 말하잖아요. 정말 그게 다예요?"

"다입니다."

딱 잘라 떨어지는 대답에 주연의 낯이 살짝 흐려졌다가 돌아왔다. 그녀는 참 알 수 없는 남자라고 생각하며 가볍게 대꾸했다.

"목 관리 잘해야겠네."

"……그래야겠지요."

역시, 이번에도 주연은 농담으로 알아들었다.

* * *

'얼굴 그냥 그런데.'

'아, 너 처음 보나?'

'어, 처음. 3년이나 끼고 살았다기에 존나 쌔끈할 줄.'

'명기인갑지. 원래 저렇게 생긴 년들이 더 잘해.'

'야. 너 잘하냐? 잘해?'

쿵쿵. 머리가 부딪치는 소리가 들린다. 계속해서 이어지는 난잡한 대화들.

'안 그래도 재수 없었는데, 이년. 빚더미 진 창녀 주제에 형님 옆에 꼈다고 도도한 척은 씨발. 그동안 그딴 눈깔로 나 야린 거 모를 줄 아냐? 모를 줄 알아? 회사 다니면 주먹질하는 새끼는 하찮다 이거야?'

블랙박스 영상 안에서 남자들이 낄낄거리며 웃는다.

'와 근데 괘씸하네. 이자 줄여 줘, 상환 기간 미뤄 줘, 집 빌려줘, 널린 미인 냅두고 박아 줘, 감지덕지해도 모자랄 판에 통수를 때려?'

'예쁘면 봐줄랬더니, 씨발년.'

아무리 귀 기울여보아도 그녀의 목소리는 들리지 않는다. 남자들의 욕설 조롱, 폭력, 웃음만이 가득할 뿐.

'본부장님은 이년 어쩌신다냐. 우리 한 번 안 주려나?'

'성격에 그냥 죽여 버릴 거 같은데.'

너, 무슨 생각을 하고 있었어.

'야, 이년 미쳤나 봐, 처웃네.'

너는, 무슨 생각으로, 그 자리에서―

이석은 어둠 속에서 눈을 떴다. 온통 깜깜한 시야에는 아무것도 잡히지 않았다. 흩어지는 제 숨소리가 거칠었다. 그는 등 뒤가 온통 젖어 있음을 깨달았다.

이석은 비척비척 상체를 일으켜 앉았다. 제대로 잠을 이루지 못하고 무언가에 쫓기듯 깨어나는 날이 잦아지고 있었다. 자꾸만 따라붙는 과거의 잔상이 그의 정신을 온통 갉아 먹었다.

머리가 지끈거렸다. 블랙박스 영상으로 확인한 일은, 명령을 어긴 놈을 죽여 버린 것으로 해결했는데. 그걸로 된 일인데. 왜 이렇게 거슬리지. 왜 이렇게 불쾌할까.

속에서 울컥 튀어나오려는 무언가를, 이석은 간신히 삼켜 냈다. 호흡이 좀체 진정되지 않았다. 그는 고개를 숙이며 두 손으로 얼굴을 감쌌다. 어깨가 희미하게 떨렸다.

가슴이 왜 이러지.

파도에 휩쓸린 것처럼, 온통 물에 잠긴 것처럼, 왜 이렇게…….

아무리 헤매도 답을 구할 곳이 없었다.

*　*　*

모든 것이 여느 때와 다를 바가 없어 보였다.

이석은 여느 때처럼 새벽같이 일어나 운동을 했고 8시가 되면 출근을 했다. 그의 업무는 늘 그렇듯 빈틈없이 완벽했다. 일상의 대부분이 계획대로 흘러갔으며 계획에 거슬리던 인간들은 모두 치워진 상태였다.

임주연과도 세 번 더 만남을 가졌다. 그녀가 원하는 대로 호텔 라운지 바에 가서 술을 마시기도 했지만, 잠자리까지 가지는 않았다. 임주연은 아쉬워하는 눈치였으나 자존심 때문인지 대놓고 제안하지는 않았다.

괜찮은 여자였다. 집안도 좋고, 학벌도 좋고, 화술도 좋고, 아름답고, 제법 유쾌하고, 질척이지 않는다. 결혼까지 가진 않겠지만 가볍게 만나기에 이만한 상대가 없었다.

철거민 및 철거민연합회의 반대에 부딪혀 몇 주째 지지부진하던 재개발과 정비사업건설 건도 용역들을 고용해 적당히 해결했다. 이어 기다렸다는 듯 기공식까지 성황리에 진행되었다. 정관계 인사들이 참석한 대규모 행사였다.

또한 이석은 카타르에서 17억 달러짜리 신항만 공사를 수주하는 잭팟을 터트렸다. 이로 인해 삼진건설은 올해 해외수주액 기준 건설사 5위에 안착할 예정이었다. 엄청난 성과였고 그는 국내외 입지를 더욱 탄탄히 다지며 서른의 나이에 이사로 승진했다.

모든 것이 잘 풀려 가고 있었다. 지나온 길과 지나갈 길에 깔린 것은 모조리 출세와 명예뿐이다. 그는 강박적으로 완벽했고 패배를 모르는 인간이었다. 정말이지 모든 것이, 여느 때와 같이 계획대로······.

아니.

모든 것이 여느 때와 달랐다.

운동에 지나치게 많은 시간을 할애하게 되었다. 그건 취미나 건강을 위해서 하는 행위가 아니라, 스스로를 몰아붙이는 것에 가까웠다. 그렇게 극한까지 몸을 혹사시키고 나면 잠시나마 아무 생각도 하지 않을 수 있었으니까.

또한 이석은 그 집에 거의 들어가지 않았다. 그렇다고 본가나 다른 집에 들어갈 마음 역시 없었기에, 그는 회사나 근처 호텔에서 머무르곤 했다. 그 집은 가끔 가정부를 불러 청소하는 것이 다였다. 그가 팽개친 옷가지와 책 등으로 어지러웠던 여원의 방도 말끔히 정리되었다.

임주연과의 만남은 네 번 만에 끝이 났다. 그 네 번째의 만

남에서, 이석은 그녀에게 그만 만나는 것이 좋겠다고 통보했다. 주연은 이유를 말해 달라고 했고 이석은 만날 이유도 없기 때문이라고 답했다. 그렇게 헤어졌다. 총 네 번의 시간 낭비를 한 셈이었다.

밤에 제대로 잠을 이루지 못했다. 이미 흘러간 시간이 거슬러와 그의 목을 졸라 왔다. 그리고 그 시간은, 온통, 그 여자에 관한 것이었다. 공허한 밤을 보내고 나면 이것이 현실인지 꿈인지 잘 구별하지 못할 때도 있었다.

도처에 성공이 깔리고 손에 쥔 것들이 늘어만 가는데. 나는 여전히 반듯하고 질서 있는 육지 위에 서 있는데. 저 컴컴하고 깊은 강물에서 점점 멀어지고 있는데. 그런데도 나는, 이 삶이, 너무나…….

지겹다.

지겹다. 지겹다. 지겹다. 지겹다. 지겹다.

일상의 루틴에 대해 '지겹다'는 감정을 느끼는 것 자체가 그에겐 생소했다. 그는 지금껏 해야 할 일을 해 왔을 뿐이고 거기엔 아무런 감정이 없었다. 밥을 먹고 잠을 자는 행위가 별다른 감정 때문에 수행되는 것이 아니듯이.

그런데 그 모든 것이 어느 순간 끔찍하리만치 지겨워졌다. 마음이 텅 비어 버린 것처럼 한없이 공허했다.

이석은 때때로 그냥 다 놓아 버리고 싶다는 말도 안 되는 생각을 했다. 삶이 이대로 순탄히 계획대로 굴러간다면— 자신은 상무가 되고, 전무가 되고, 부사장이 되고, 사장이 되고, 부회장이나 회장까지도 되겠지. 계단을 밟아 올라가듯 위의 것들을 차례차례 거머쥐게 될 것이다.

한데 그래서?

그 뒤로는?

한 문제를 해결하면 다음 문제로 넘어가고. 다음 문제를 해결하면 또 그다음 문제로 넘어가고. 평생을 이렇게 살게 되는 것일까. 이러다가 때가 되면 죽게 되는 것일까.

그걸 이루어서 무엇 하지? 애초에 그것들을 이루길 원했던가? 삶에 진정 원해서 가진 것이 있기나 하던가, 원했던 것이 있기나…….

'*내가 몇 년 빌릴까 하는데.*'

사고가 멈춘다.

깨달음은 지독했다.

* * *

이석은 처음으로 일주일의 긴 휴가를 냈다.

마음 정리를 위한 휴가였다. 직접 그녀의 물건을 모조리 치워버리기 위해, 그는 오피스텔로 돌아왔다. 모든 것을 정리하고 이전으로 돌아가야 했다. 이따위로 살 수는 없었다. 일생의 대부분이 마음먹은 대로 됐으니까, 이번에도 그러리라고 생각했다.

그러나 처음부터 알았어야 했을까.

마음먹은 대로 되지 않는 유일한 존재가 그녀였단 걸.

이석은 집 안의 그 어느 것도 내버릴 수 없었다. 정말로 그 어느 것도. 주인 없는 방에서 머저리처럼 덩그러니 서 있다가, 몇 걸음 서성이고, 도망치듯 빠져나왔을 뿐이었다. 온기라곤 하나도 없이 싸늘한 공기가 그의 숨을 좀먹는 탓에.

그는 휴가 내내 그 오피스텔에서 머물렀다. 평소의 계획대로 운동을 나가지도 않고, 화상 회의를 잡지도 않고, 누군가를 만나지도 않고, 그냥 계속 거기에서 머물렀다. 딱히 이유가 있어서도 아니었다. 이석은 지겨운 영화를 틀어 놓거나 책을 읽거나 간간이 업무를 확인하며 시간을 보냈다.

집 안이 소름 끼치게 고요하다고, 그는 생각했다. 언제나 시끄러운 것보다는 고요한 것을 선호했는데도.

그리고 휴가의 마지막 날, 이석은 다시 그녀의 방에 들어가 서랍을 열어 보았다. 1년 전 서랍에서 사진과 그림을 발견한 이후 다른 물건들에는 손도 대지 못했었다. 그녀에 대한 모든 것을 잊고 살려고 애써 왔으니까.

첫 번째 서랍에는 거울, 메모지, 머리 끈, 스테이플러 같은 잡동사니가 대부분이었다. 두 번째 서랍에는 그녀의 필기 노트나 계약서 등이 들어 있었다. 이석은 거기에서 빨간색 다이어리 하나를 발견했다.

천천히 커버를 열어 보았다. 첫 페이지에 '211,400,000'이라는 숫자가 적혀 있었다. 재산을 처분하고 남은 그녀의 채무액이었다. 그 밑에는 흐릿한 글씨로 '이억 천백사십'이 낙서처럼 세 번 쓰여 있다. 그는 그녀의 책상에 앉아 다음 페이지를 넘겼다.

수입, 지출, 갚은 금액, 잔액 등이 빼곡하게 적힌 장부였다. 뒤로 갈수록 채무액은 점점 줄어 갔지만 3년이라는 기한 내로 갚기에는 턱없이 부족한 속도였다. 그럼에도 불구하고 기록은 멈추지 않았다. 계속해서, 계속해서, 계속해서 이어졌다.

아무런 감정을 읽어 낼 수 없는 정갈한 필체였다. 그런데 어째서 숨골이 서늘해지는 것일까.

그는 3년간의 기록을 한 장도 빠짐없이 읽었다. 꽤나 세세하고 꼼꼼했던 터라 내용이 꽤 되었다. 만 이천 원, 이따위 조잡한 금액까지도 절박한 듯 적혀 있었으니까.

다이어리의 절반을 넘겨서야 마지막 기록은 '113,400,000'으로 끝이 났다. 남은 채무액이었다.

그게 끝이었다.

이석은 그 마지막 숫자에서 시선을 떼지 못한 채, 그렇게 한참을 앉아 있었다. 가슴 안쪽 어딘가를 칼로 그어 놓은 것처럼 희미한 통증이 일었다. 무심코 침음이 샜다.

"……신여원."

그는 저도 모르게 입을 열었다.

"여원아."

공허한 목소리가 현기증처럼 흩어졌다.

놓을 법한 희망을 놓지 않고 꾸역꾸역 살아가는 게 재미있었다. 삶을 대하는 태도가 자신과는 너무 달라서, 이질감이 들어서, 흥미가 생겨서. 그 끝에서 절망하는 모습이 궁금했고 그럼에도 쉽게 꺾이지 않았으면 했다.

'네 이런 모습은 궁금하지 않아.'

그래서 그런 말을 했었다. 그녀가 스스로 해내려는 의지를 잃은 채 제 앞에서 울고 무릎 꿇는 모습 따위는 재미가 없었으니까. 그렇게 쉬운 인간이었다면 처음부터 관심조차 가지지 않았을 테니까. 언제나 그런 자들을 경멸해 왔으니까…….

그렇게나 자신이 보고 싶어 했던 치열한 사투가 여기에 담겨 있었다. 흥미롭게 웃어넘겼던 그녀의 순간들이.

종이 위의 건조하기 짝이 없는 활자로 그녀의 모든 것을 다 알 수 있으리라 생각하지 않는다. 그 감정에 완벽히 공감할 수 있는 것도 아니다. 자신은 그게 안 되는 사람이었다. 하지만 마음 한편이 이토록 맥없이 허물어지는 것은 무슨 까닭에서인지.
'사랑해요. 지금도요. 지금도 이석 씨를 사랑하고 있어요.'
잊자. 잊자. 잊어버리자. 얼마나 수없이 되뇌었던가. 그런데 왜 잊을 수가 없지? 왜 없던 일인 양 살아갈 수가 없지? 도대체 왜? 그녀를 치워 버리고 나면 어긋난 부분이 다시 끼워 맞추어지리라고 생각했는데. 이전으로 돌아가리라고 여겼는데. 이전처럼 지낼 수 있으리라고—
이전.
이전, 이전이라고……. 이석은 조소했다.
도무지 이전으로 돌아갈 수가 없었다. 이전처럼 지낼 수가 없었다. 그는 길을 걷다가도 이따금 자국눈에 쓰러져 버리고 싶었고, 홀로 잠에서 깰 때면 산란히 일어나는 마음을 추슬러야만 했다. 불이 살라 먹고 재만 남은 폐허 속을 끝없이 걷는 기분이었다.
몸을 혹사시키는 수준으로 운동을 하는 것도, 목소리가 비슷하다는 같잖은 이유 따위로 임주연과 시간 낭비를 한 것도, 멀쩡한 집에 들어가지 못하고 자꾸 호텔이나 회사에서 머무는 것도, 밤에 제대로 잠을 이루지 못하는 것도, 지금껏 문제없이 살아온 일상에 지독한 권태를 느끼는 것도—
모조리 그녀 때문이었다.
여원의 목소리를 듣거나, 그녀를 생각하거나, 그녀를 안을 때면, 얇은 유리판이 가슴에 걸려 있는 기분이 들곤 했다. 그래서 답답했다. 껄끄러웠다. 불유쾌했다. 그녀가 사라지면 이러한 기분이 없어지리라고 생각했다.

이제 그 유리판을 빼낼 수는 없다는 것을, 그때는 알지 못했다. 그 유리판이 깨질 수도 있다는 것을 알지 못했다.

언젠가부터 그녀가 집에 있는 것이 당연하게 여겨졌었다. 저를 보고 웃어 주는 것이 당연했고, 대화를 나누며 간간이 웃는 것이 당연했고, 살을 맞대고 자는 것이 당연했고, 함께 새벽빛을 맞는 것이 당연했다.

그 모든 당연했던 것들이 한꺼번에 삶에서 빠져나갔다. 고독은 그림자처럼 찾아들어 삶을 구석부터 먹어 치웠다. 그의 권한 아래 놓여 있다고 생각했던 모든 영역들은 무력하게 침탈당했고 그가 가진 건 온통 썩어 가는 것들뿐이었다.

과거의 잔상은 언제 어디서고 출몰했다. 어느 쪽으로 길을 틀건, 늘 거기에서.

그녀는 사라졌지만 그녀가 남긴 물건은 영원할 것처럼 제자리에 있었다. 캐리어, 가방, 옷, 화장품, 노트, 칫솔, 머그 컵, 책, 가방, 약……. 치워 버리려 수없이 마음먹었음에도 불구하고, 끝내 건드릴 수 없었던 것들.

모든 것은 남겨졌다. 모든 것은 남겨진 것이다. 어디를 둘러보든 그녀가 남긴 것들이 있다. 오로지 그녀만이 없었다.

많고 많은 사람들 중 하나가 사라졌을 뿐인데 그의 세상은 낯선 땅이 되었다. 지난한 시간이 흘러갔다. 흘러가는 만큼 삶은 더욱 낯설어졌다. 이 지독한 결락 안에서, 그녀가 남긴 잔상들을 수없이 마주하고 나서야, 이석은 지금 자신이 느끼는 감정이 무엇인지 알 수 있었다.

끔찍한 고독감이었다.

끔찍한, 정말로 끔찍한.

차라리 처음부터 그녀를 몰랐다면 고독하다는 감정 또한 모르고 살았을 것이다. 넓은 세상을 겪은 후 독방에 가두어진 인간보다 일평생을 독방에서 나고 자란 이의 고독이 차라리 덜하듯, 이석 또한 그러했다.

고독하지 않았던 때로 인해 고독을 배우는 것은 얼마나 역설적인가.

지체되는 일 없이 착실히 지나가던 시간은 까마득히 더뎌졌다. 속에 걸려 있던 유리판은 차차 금이 가기 시작하다, 고독의 실체 앞에서 산산이 부서져 내렸다.

속에서 깨져 버린 것은 꺼낼 수도 없었다. 조각난 유리들은 제각기 중량을 가지고 덜걱거리며 끊임없이 상처를 냈다. 그리고 지금에서야, 애써 덮어 두고 자위해 왔던 고통들이 너무나도 선명하게 다가들었다. 그 앞에서 이석은 숨조차 쉬기 힘들었다.

이해할 수 없는 심리. 설명할 수 없는 충동.

이슥한 마음이었다.

* * *

여원이 수감된 지 1년 반에 접어들 무렵, 그녀가 자살을 시도했다.

그간 이석은 강선영에게 신여원의 조사서를 제출하라고 지시했음에도 일부러 읽어 보지 않았다. 의식적인 회피였다. 강선영도 그걸 알고 있었지만, 이번 일은 필요성이 있다고 판단했기 때문에 직접 보고한 것이었다.

감방 안에서 목을 매려고 했다고. 그러나 목숨은 무사하다고.

그 소식을 듣는 순간— 이석은 머릿속 어딘가가 뜯겨져 나가는 기분을 느꼈다. 숨통이 조여들고 그 어떤 이성적인 생각도 불가능해졌다. 그간 잊으려고 애쓰던 노력이 무색하게도, 그는 그 몇 마디 보고에 어이없이 무너져 내렸다.

이석은 의식적으로 들여다보지 않았던 조사서를 당장에 꺼내 들었다. 몇 달씩 간격이 있긴 했지만 내용은 대체로 구체적이었다. 그녀의 일과와 소비 내역, 가까이 지내는 재소자, 듣는 수업, 상담 및 정신과 진료 내역 등등.

그는 무엇 하나 놓치지 않으려는 것처럼 꼼꼼히 읽어 내려갔다. 작업복 공장에서 일을 하다 반년 전 제과 제빵 훈련소로 옮겨 갔고, 이따금 외부 공장으로 출력. 작업 상여금은 월 이십만 원에서 많게는 삼십만 원, 영치금으로 전환하여 사용하는 금액은 월 십만 원가량…….

끊임없이 움직이던 이석의 눈동자가 정신과 진료 내역과 복용 약물 부근에서 뚝 멈추었다. 우울증, 무기력증, 수면 장애를 가지고 있었고 항우울제와 수면제를 복용하고 있다고 했다. 그 내역이 장장 1년 2개월 치였다. 일순 사고의 끈이 흐려졌다.

우울증이라고?

신여원이?

이해가 되지 않았다. 신여원과 우울증이라니, 전혀 어울리지 않는 조합이었다. 이석은 반쯤 제정신이 아닌 채로 조사서를 거칠게 뒤적거렸다. 그러나 사무적인 활자로 전해지는 정보들은 무엇 하나 충분하지가 않았다.

왜 죽으려고 했지? 과거 때문에? 수감 생활이 힘들어서? 마음에 병이 생겨서? 수면에 지장이 있어서? 아니면 그 모든 것?

여원을 직접 보아야만 했다. 얼굴을 보고, 상태를 확인하고, 말을 듣고, 앞으로는 이따위 짓을 벌이지 않을 것이라고 약속받아야 했다. 그래야만 이 미칠 듯이 산란한 마음이 비로소 진정될 것 같았다. 지금 이 순간, 그녀가 자신을 배신했다는 과거는 중요하지 않았다. 그저 그녀가 영원히 제 곁을 떠나려 했다는 사실만이 중요할 뿐이었다.

그녀의 상태가 괜찮아졌다는 소식을 접하자마자, 이석은 곧장 접견 신청을 넣었다. 그러나 그녀는 거절했다.

그녀가 거절했다.

이석은 그 이후로도 수차례 접견 신청을 넣었지만 그녀는 모조리 거절했다. 영치금을 보냈지만 마찬가지로 환부되었다. 여원이 거부하는 한, 철창 밖에서 그가 할 수 있는 일은 아무것도 없었다.

이석은 또다시 소스라치듯 잠에서 깨어났다.

꿈속에서 교복을 입은 그는 목을 맨 여자 앞에 서 있었다. 여자의 얼굴은 처음에는 모친이었다가, 점차 여원의 얼굴로 바뀌었다. 목 졸린 목소리로, 그의 남은 생을 저주하며.

사무실 안에는 스탠드 조명 하나만이 켜져 있었다. 소파 앞 책상 위엔 서류들이 아무렇게나 널브러진 채였다. 머릿속은 안개가 낀 것처럼 아득하기만 했다. 이석은 구겨지듯 누워 있던 소파에서 벌떡 몸을 일으켰다.

떨리는 손으로 책상을 마구 더듬어 담배를 찾았다. 한 개비를 입에 문 채 라이터를 켜려고 했으나 좀체 불이 붙지를 않았다.

그는 몇 번 더 시도하다가 신경질적으로 라이터를 내던졌다.

플라스틱이 바닥에 튕기는 소리와 함께, 무거운 고독감이 그의 주변을 휘감았다. 입에 물려 있던 담배가 셔츠 위로 툭 떨어졌다. 지독하게 목이 탔다.

그 갈증에, 문득 정신이 들었다.

이석은 아무렇게나 걸어 놓은 재킷을 들고 사무실을 나섰다. 다급하기까지 한 걸음이었다. 지금이 몇 시인지, 남은 업무가 뭔지, 확인해야 할 연락이 있는지 따위는 안중에도 없었다. 머릿속에는 오직 한 가지 생각만이 가득했다.

그곳.

그곳으로.

그녀가 있는 곳으로.

그녀가, 있었던 곳으로…….

* * *

―이석 씨, 전화를 안 받아서 남겨요. 나 이번에 문시영 작가님 드라마 주연 자리 따냈는데 식사 한번 같이 안 할래요? 축하의 의미로. 자축이긴 한데 뭐 어쨌든…… 내가 살게요.

신발장의 센서 등이 켜졌다. 이석은 현관 앞에 서서 어두컴컴한 집 안을 가만히 바라보았다.

―너무 진지하게 받아들이진 마요. 친구로라도 난 상관없으니까 오랜만에…….

종료 버튼을 눌렀다. 목소리가 끊어지자 완전한 적막이 찾아들었다. 이석은 신발을 벗고 집 안으로 들어섰다. 싸늘한 공기가 살갗 위로 부서졌다.

그는 발 닿는 대로 걸었다. 머릿속이 온통 아득했다. 계획이 생각나지도 세워지지도 않았다. 무언가에 홀린 듯 손잡이를 돌리고 문을 열자 어둠 속에 도사린 광경이 들이닥쳤다.

이석은 문을 닫고선 그 위로 몸을 기대어 섰다. 한 꺼풀 덮어쓴 듯 흐릿한 시선이 정처 없이 방 안을 헤맸다. 눈이 점차 어둠에 익어 갔다. 아니, 설령 아무것도 보이지 않는다 해도 이석은 방 안의 광경을 그대로 묘사해 낼 수 있었다.

얕고 세세한 격자무늬가 새겨진 베이지 그레이색 실크 벽지. 녹색 이불이 깔린 더블 침대. 붙박이형 옷장과 거울이 달린 화장대. 80센티미터짜리 3단 책장에 빽빽하게 꽂힌 책들. 화이트 책상과 녹색 시트커버로 덮인 검은색 의자. 책상 위에 놓인 LED 스탠드와 필기구를 보관하는 원형 통, 마우스 패드, 물티슈, 탁상시계…….

결국은, 여기다.

결국은 여기였다.

'이석 씨.'

모두 지나간 계절이 되었는데. 돌아보지 못했던 수많은 봄들도 다 지나가 버렸는데.

'사랑해요.'

한때 여기에 있었던 것들은 모두 어디로 가 버렸을까. 내 손으로 죄다 끊어 내 놓고, 어째서 나는 아직도 여기에 고여 있는 것일까.

'마지막으로 다시 부탁할게요. 정말 마지막으로요.'

이렇게 녹슬고 부패한 마음으로 너를 그리는 것이 과연 정상일까. 나는 이 상흔들을 평생 끌어안고 살아야만 하는 것일까.

'제가 당신 사랑하는 거 아시잖아요.'

당장은 잊을 수 없더라도, 살다 보면 시간이 해결해 줄 것이라고 생각했는데. 조금씩 무뎌지고 덮어 가다 보면 괜찮아질 것이라고 생각했는데.

'거짓말 아니에요. 진짜 사랑해요. 너무너무 사랑해요. 3년간 사랑했어요.'

그게 정말 가능한 일인가. 1년이 지나고 2년이 지나고 10년이 지나면, 언젠가는 정말 그렇게 될 수 있는 건가. 허울뿐인 긍정조차 할 수가 없다.

'그냥…… 죽여도 돼요. 아니, 그렇게 하세요…… 그냥.'

내가, 정말로, 너 없는 삶을…….

이석은 비틀거리며 문 앞에 늘어지듯 기대앉았다. 한 손으로 얼굴을 감싼 채 힘겹게 숨을 몰아쉬었다. 목 아래가 알 수 없는 것들로 가득 차올랐지만, 입 밖으로 나오는 것은 밭은 호흡뿐이었다. 가슴이 불에 덴 듯 뜨거웠다.

어째서 내가 이런 아픔을 알아야만 하나. 어째서 내가 이런 고통을 겪어야만 하나. 어째서, 내 삶은 이전보다 더 엉망이 되어 버린 것일까.

내 앞에 놓인 수많은 길 중, 죽어도 이 길만은 택하지 않으려고 했다. 왜냐하면 이 길은 너무나 멀고, 이상하고, 낯서니까. 보장된 길이 저렇게나 많은데 이따위 길을 택할 이유가 없으니까. 그런데 내가 걷는 모든 길은 이곳으로 이어지고 있는 걸까.

도대체 왜.

온몸으로 감정을 누르는데도 손과 어깨가 미미하게 떨려 왔다. 그는 얼굴을 쥔 손을 떼어 내지 않은 채로 고개를 숙였다. 죽을 것 같은 기분이었다.

이젠 아무 소용도 없는 후회들이 둑이 터지듯 쏟아져 나왔다.

왜 너를 만나서. 왜 너를 데려와서. 왜 너를 안아서. 왜 네게 시간을 할애해서. 왜 너를 제대로 돌아보지 않아서. 왜 네게 쏠리는 시선과 마음을 기어코 회피하고 묵살해서. 왜, 왜, 왜.

왜 나는 이따위 인간으로 태어나서.

너를 원망한다. 모르고 살았을 것들을 알게 한 너를 원망해. 나를 이렇게나 형편없는 인간으로 만드는 너를 원망해. 사랑한다 말해 놓고 나를 배신한 너를 원망해. 내 삶을 뒤흔드는 너를 원망해. 매 순간순간 너를 원망하고 또 원망한다.

우스운 일이지.

끊임없이 너를 원망하는 것이, 끊임없이 네 생각을 한다는 것과 같은 말이라니.

스스로를 몰아붙이듯 하루를 보내는 날이면, 이따금 너를 잠시 묻어 둘 때도 있어. 비록 그것이 의식적인 노력의 산물이라고 하더라도.

그러나 그 하루의 끝자락에서, 오늘은 너를 떠올리지 않았다며— 나는 또다시 너를 생각하고 말아.

바닥이 없는 강물에서 이렇게 한없이 가라앉고 있다. 이곳에서 나는, 불완전한 오점투성이가 되어 버렸어. 다시 육지로 올라가기 위해 발을 디딜 수 있는 바닥 따위는 존재하지 않는 곳에서.

그러니 다시는 이전으로 돌아갈 수가 없어…….

손바닥 위로 마른 숨이 흩어졌다. 컴컴한 적막 속에서 머릿속이 조금씩 부스러져 갔다. 과거와 미래에 대한 생각은 밤에서 아침이 되듯 저편으로 넘어간다. 날을 세웠던 감정들은 무뎌진다. 그렇게 죄 무의미해진 끝에 남겨진 것은, 그저 현실이었다.

얼굴을 쓸어내리듯 손이 떨어졌다. 그는 제 숨에 쫓기는 사람처럼 중얼거렸다.

"나는…… 난……."

나의 잘잘못과 너의 잘잘못을 헤아리는 것에서 잠시만 벗어나 보자. 서로를 할퀴고 상처 입히고 아프게 만들었던 시간에서 잠시만 벗어나 보자. 아주 잠시라도 좋으니. 나는 그 모든 것들에서 벗어나서, 그저.

이 아득하고 컴컴한 물속에서 그저 바라는 것은.

"……너를."

너를 다시 보고 싶다.

너를 안고, 너의 이마와 뺨에 입을 맞추고, 네 이름을 부르고 또 부르고 싶다. 나는 고작 그걸 바라. 이렇게 엉망이 되어 버린 끝에서야 인정하고 마는 것은, 도무지 인정할 수가 없었기 때문이었지.

너를 원하지 않아야 할 이유가 이렇게나 많으니까. 내 삶과 그 기조를 저버리기보다 너 하나만을 저버리는 게 훨씬 쉬운 일이니까. 어쩌면 나는 처음부터, 네가 이렇게 나를 속수무책으로 만들리라고 예상했던 것인지도 모른다.

하지만 너는 언제나 그럼에도 불구하는 것이었어.

그럼에도 불구하고 나는 너를 원해. 그 모든 것에도 불구하고.

그렇기에 나는, 그 끝에서 네가 여전히 나를 사랑하길 바란다. 모든 것이 이렇게나 망가졌는데도 감히 그러기를 바라. 너는 처참했던 마지막까지도 여전히 나를 사랑한다고 말한 여자니까…….

이따위 인간으로 태어난 것이 나의 불운이라면, 이런 나를 만난 것이 네 불운이리라고.

'그건 정신병이야.'

만약 네가 나를 배신하지 않고, 정해진 수순대로 우리의 정해진 기한이 끝나서— 그대로 우리가 헤어졌다면. 내가 기어코 너를 나락에서 건져 올리지 않았고 네가 정말 그 나락으로 기어들어 갔다면.

'너는, 평생 그렇게 살 거야.'

그래도 나는 지금처럼 뒤늦게서야 너를 다시 찾았겠지. 이 고독을 견딜 수 없다는 이기적인 마음으로 너를 다시 찾았겠지. 나는 어딘가가 단단히 망가진 인간이니까, 고작 그런 이유로 때늦은 손을 내밀었을 거다.

그렇게 다시 맞잡은 두 손은 완전히 망가져 있었을 것이고.

'그렇게 평생! 그 빌어먹을 정신병을 안고—'

일어나지 않은 일을 가정하는 건 무익한 일이라는 걸 아는데도 끊임없이 '만약'을 생각하게 된다. 철창 안에서 자살을 시도했던 네가 그 나락에서라고 그러지 않았겠느냐고. 어쩌면 너를 영영 잃었을지도 모른다고. 설령 너를 되찾아 온다 한들 우리가, 내가, 지금보다 더 제정신일 수 있었겠느냐고.

상상하는 것만으로도 제 숨에 쫓기는 기분이 들었다.

'—구제 불능인 채로…….'

네가 나를 배신하기로 선택한 것이 가장 나은 길일 줄은, 정말이지 상상도 못 했는데.

우리의 관계에서 내가 선택하는 것들은 모두 최악의 결과로 이어질 뿐이다. 왜냐하면 나는, 어딘가가, 단단히, 망가진 인간이니까.

나는 스스로의 마음에서조차 평생 이방인으로 살겠지. 제 감정 하나도 낯설어 그저 밀어내고, 제대로 읽어 내지 못하면서 남을 재단하며 살겠지.

그렇게 나는, 내가 진정으로 원하는 것들을 기어이 내 손으로 망가뜨리고 말겠지.

지금처럼 그 사실이 사무쳤던 순간이 없다. 생애 지금처럼 세상 여느 평범한 사람들처럼 사고하고 느끼고 표현하기를 바랐던 적이 없어.

너는 내가 거머쥔 무수한 비운 중 유일한 행운이었다. 그러나 너를 알았기 때문에 역설적으로 내가 거머쥔 것들이 비운이었음을 알아 버렸어.

그리고 너를 거머쥔 그 사실 자체가, 완벽한 불운이었지.

차라리 처음부터 몰랐다면 이전까지 살아왔던 모양대로 제 눈을 가린 채 살아갔을 텐데.

이미 나는 너를 한 번 쥐어 보았고 다시는 놓을 수가 없지. 그러나 내가 선택한 길의 끝은 엉망이었고 파멸이었어. 삶의 유일하게 낯선 존재 앞에서 한없이 무능해지는 것은 나의 고질적인 병력 탓일까.

그러니 이제 선택은 너의 몫으로 맡겨 두고자 한다. 나는 너를 기다릴 거고 네 선택을 얻기 위해 무슨 짓이든 할 거야. 설령 그게 나를 상처 입힌다고 해도…….

감았던 눈꺼풀이 올라가며 검은 눈동자가 명료하게 드러났다.

시야에 들어온 방 안은 단 하나를 제외하곤 완전했다. 무엇이 문제인지는 명확했다. 내내 불안정하던 호흡이 천천히 가라앉았다.
 여원아, 너는 나를 얼마든지 배신해도 좋아.
 네가 나를 부수는 건 언제나 자멸보다 나은 방향이니까.

12. 서른셋의 남자

12. 서른셋의 남자

　오후 7시 4분. 이석은 여느 때처럼 정문 앞에서 여원을 기다렸다. 가을에 들어선 날씨는 냉기를 머금고 있었다. 바람이 불 때마다 거리가 건조하게 쓸려 나가는 소리가 났다.
　여원이 출소한 지도 어느덧 3개월이 지났다. 많은 것이 바뀐 것 같기도 했고, 아무것도 바뀌지 않은 것 같기도 했다. 여원은 이전보다 꽤 경계를 풀었지만 그게 옛날과 같다는 소리는 아니었다. 언젠가 그녀가 말했듯, 결코 그때로 돌아갈 수는 없었다.
　불현듯 벤츠 한 대가 도로 옆으로 미끄러지더니 정문 앞에서 멈추어 섰다. 운전석의 문이 열리며 희멀건 남자 하나가 나왔다. 그는 짧은 패딩 점퍼에 딱 달라붙는 바지를 입고 있었다.
　인도로 내려선 남자는 담배를 꺼내 물고선 불을 붙였다. 이석은 그에게 잠깐 시선을 주었다가 이내 거두었다. 서너 걸음 옆에 선 이석을 흘긋대는 남자의 눈길이 꽤나 노골적이었다.
　이런 시선에는 익숙했던 터라, 이석은 별로 신경 쓰지 않은 채 무료한 낯으로 정경을 구경했다. 세찬 가을바람에 나뭇가지가 흔들렸다. 잎 몇 개가 더 견디지 못하고 떨어져 나갔다.

낙엽들은 바람에 날리고 날려서 쉬이 낙하하지 않았다. 그 광경은 마치 잎들이 허공에서 저들끼리 번성하는 것 같기도 했고, 바닥으로 떨어지지 않기 위해 안간힘을 쓰는 것 같기도 했다. 이석은 허공에서 버티는 낙엽의 경로를 다소 끈질긴 시선으로 응시했다.

낙엽이 바닥으로 떨어지기 바로 전, 옆쪽에서 낭랑한 목소리가 들려왔다.

"오빠!"

이석은 고개를 돌려 소리 난 곳을 바라보았다. 이다영이었다. 일터에서 여원과 가까이 지내는 스물한 살짜리. 성인이라지만 얼굴에서도 하는 짓에서도 어린 티가 팍팍 나는 애였다.

이다영은 옆에서 담배를 피우던 남자에게 쪼르륵 달려가 안겼다. 남자 친구인 모양이었다.

"나 데리러 왔…… 어! 안녕하세요!"

뒤늦게 이다영의 시선이 담벼락 뒤에 서 있던 이석을 발견했다. 이석은 대충 고개를 끄덕여 인사를 받아 주고선 자연스레 여원의 옆에 섰다. 그가 힐끔 여원을 내려다보자, 그녀는 관찰하는 눈으로 남자를 탐색하고 있었다. 여원이 다영을 돌아보며 물었다.

"남자 친구야?"

"맞아여! 오빠, 이 언니가 여원 언니야."

"안녕하십까."

남자가 꾸벅 고개를 숙였다. 여원은 특유의 부드러운 미소를 지어 보이며 마주 인사했다.

"이름이 뭐예요?"

"김, 강, 현, 입다."

"아아."

여원이 대충 고개를 끄덕였다. 이석은 건조한 눈으로 김강현을 훑었다. 여원의 주변을 조사하던 중, 이다영의 남자 친구로 서류에서 봤던 그 이름이 맞았다.

폭력 전과 1회에 카드론 대환 대출 그리고 연체 기록이 있었지……. 천천히 기억을 되짚는데, 연신 그를 흘긋거리던 김강현과 시선이 마주쳤다. 김강현은 괜스레 시선을 피하지 않으며 끈질기게 이석을 바라보았다. 이석은 아무것도 하지 않았음에도, 괜히 저 혼자 묘한 경쟁심을 내뿜고 있었다.

이다영이 눈을 흘기며 김강현의 팔을 쿡 찔렀다.

"인사 끝? 다음 주에나 보자면서 어쩐 일로 왔대?"

"어어, 드라이브나 하자고."

"드라이브? 설마 뒤에 오빠 차야?"

김강현이 으쓱거리는 얼굴로 고개를 주억거렸다.

"새삥으로 뽑았어."

"에엑? 오빠가 무슨 돈이 있어서?"

"아— 돈이야 뭐 구하면 있는 거지."

말도 안 된다는 반응에 기분이 상했는지, 김강현의 얼굴이 조금 뻣뻣해졌다. 다영은 여전히 의심스럽다는 얼굴이었지만 딱히 더 캐묻지는 않았다.

"그으래……. 암튼 드라이브 좋지 뭐. 아! 언니 우리 이렇게 넷이 떠데 어때?"

"떠데?"

"더블데이트!"

"누님, 혹시 이분이 남자 친구……?"

김강현의 미심쩍다는 물음에 여원이 손사래를 쳤다.

"아뇨, 아뇨! 아니에요. 야, 무슨 더블데이……."

"오우, 미안 미안."

이다영이 구김 없이 웃으며 두 손을 들어 항복하는 시늉을 했다. 김강현은 은근히 거들먹거리는 얼굴로 이석에게 친근한 척 말을 걸어왔다.

"형님, 괜찮으시면 드라이브 같이 가시죠? 비싼 거라 그런지 승차감이 좋더라고요."

"……."

"저 운전 잘해요, 형님. 미자 때부터 해서. 걱정하실 거 없슴다."

이석은 아무런 대꾸도 하지 않았다. 그에 김강현의 웃는 낯이 조금 어색해졌다.

눈치를 보던 여원이 서둘러 대화를 끊었다.

"아이, 이십 대 둘이 노는데 어떻게 껴요. 그냥 가 볼게요. 만나서 반가웠어요."

"아, 예엡."

"힝, 아쉽다. 언니 다음 주에 봐요! 이석 오빠두요!"

"그래, 재밌게 놀아. 꼭 안전 운전 하구요."

김강현에게 당부를 덧붙인 여원이 영 찝찝한 미소로 손을 흔들었다. 다영이 우와, 우와, 탄성을 남발하며 조수석에 탑승했다. 김강현은 으쓱한 낯으로 이석을 한 번 더 힐끔거리고선 차에 탔다. 이윽고 부웅, 소리와 함께 차가 출발했다.

별 시답잖은 대화 때문에 2분이나 지체했다. 여원이 아니었다면 상대할 가치조차 느끼지 못하고 그냥 돌아서 버렸을 터였다. 이석은 가볍게 고갯짓했다.

"이만 가자."

멀어지는 차의 뒷모습을 물끄러미 바라보던 여원이 한숨처럼 말했다.

"애가 무슨 고등학교 일진 같네."

"저 남자애?"

"네. 다영이 남자 친구……."

"마음에 안 들어?"

"당연하죠! 딱 봐도 가오와 허세가 뇌를 지배한 케이스잖아요. 저번에 다영이가 헤어지자고 하니까 가만 안 둔다느니 뭐 그랬다던데……. 실제로 보니까 더 마음에 안 드네."

여원은 그 이다영이란 여자가 어지간히도 걱정되는 모양이었다. 이석은 김강현이 어떤 인간이든 이다영이 어떻게 되든 전혀 관심이 없었지만, 툴툴거리는 모습이 귀여워서 맞장구쳐 주었다.

"허세……. 차도 중고 시장 할부인 걸 보면 맞는 말이네. 질 좋은 놈은 아니야."

"저 차가 중고 시장 할부인 건 어떻게 알았어요?"

"……."

이석은 일순 목 뒤가 서늘해지는 것을 느꼈다. 이런 멍청한 실수를 하다니. 네 뒷조사 하던 중에 김강현의 카드론 대환 대출과 연체 기록을 알게 됐다곤 절대 말할 수 없었다. 그는 급히 그럴싸한 대답을 꾸려 냈다.

"……외관은 깨끗한 척했지만 딱 봐도 새 차는 아니야. 그리고 돈이야 구하면 있는 거라고 대답한 거 보면 뻔하지. 철없이 중고 외제 차 할부로 갖다 박는 경우 부지기수야."

"하긴 이십 대 초반이 돈이 어디 있어서……. 아, 정말 그런 거면 다영이한테 말해야 하는 거 아닌가. 외제 차는 유지비도 어마어마할 텐데."

"너무 신경 쓰지 마. 알아서 할 문제지."

"그래도요. 능력이 안 되면 이자 왕창 붙기 전에 지금이라도 팔라고 권유하는 게 낫지 않을까요? 듣기나 하겠느냐마는."

"보통 캐피탈은 차에 저당권 설정을 해. 중고로 팔려면 차액을 넣어서 저당을 풀어야 한다는 소리야."

"헉, 만약 차액 넣을 돈도 없는 상황이면…… 차는 경매 들어가는 거 아닌가요? 경매 낙찰가는 중고로 파는 것보다 훨씬 더 낮은 금액일 텐데."

"맞아. 이러나저러나 악순환이지."

"진짜…… 변제 능력도 안 되면서 정말 중고차 할부로 산 거라면, 빨리 헤어지라고 해야지."

"……그렇게 그 애가 좋아?"

여원이 자신이 아닌 다른 누군가에게 관심을 쏟는 모습은, 이석으로서는 처음 보는 것이었다. 4년 전의 그녀에겐 사적으로 가까이 지내는 이가 전무하다시피 했으니까……. 자신을 제외하곤.

여원의 곁에서 그 여자앨 치워 버리고 싶은 충동이 일었다. 여원이 자신에게 무정한 이유가 이다영에게 마음을 할애했기 때문인 것 같았다. 감정이 총량제가 아님을 머리로는 아는데도 짜증이 났다.

"좋죠."
"어떤 점이?"
"그건 왜요?"
"보고 배우게."
"음…… 풋풋하고 귀엽고 상큼해서 좋아요."
"……너무 어렵군."
"사실 그게 내 이상형인데, 이석 씨는 죽었다 깨어나도 안 돼요."
"그게 이상형이면 난 왜 좋아했어?"
"당신한테 질려서 이상형이 바뀌었어요."

아무렇지 않은 표정으로 제게 질렸다 말하는 여원에게 이석은 한마디도 하지 못했다. 마음 한구석이 아려 왔지만 내색하지 않은 채 다른 말을 꺼냈다.

"우리 밥은 언제 먹어."

이석이 말을 돌리자 여원은 어처구니가 없다는 듯 대꾸했다.

"먹기로 약속했던 것처럼 말하지 마요."
"다음 주 비번이잖아. 뭐 하는데?"
"공부하죠."
"방 안에서?"
"그렇죠."
"하루 종일?"
"그렇……죠?"

짤막짤막한 대답으로 이어지는 대화 속에서 이석은 기묘한 데자뷔를 느꼈다. 4년 전, 먼저 물어 오며 말을 붙이는 것은 대체로 그녀였고, 답하는 것은 그였다. 언제나 여원은 다가가도 될지 그의 눈치를 보곤 했다. 그러나 이제 그 역할은 제게로 넘어왔다.

이석은 말을 붙일 만한 건수를 잡았다는 듯 냉큼 입을 열었다.

"답답해서 거기서 어떻게 하루 종일 공부해. 그 좁아터진 곳에서. 집중이나 돼?"

"안 돼도 그냥 하는 거죠, 뭐…… 꾸역꾸역."

"멀지 않은 곳에 공공 도서관 있는데 왜 거기 안 가고."

"아, 있었구나."

"걸어서 20분 정도야. 꽤 크고 깨끗해 보이던데 규모에 비해 사람이 엄청 많지는 않더라. 컴퓨터실도 있을 거고……."

이석은 대학 시절 이후로 단 한 번도 도서관에 가 본 적이 없었지만, 마치 도서관 홍보 대사가 되기라도 한 양 말을 늘어놓았다. 실제로는 지나가다 한 번 본 것에 불과했다.

여원은 관심 없다는 얼굴이었으나 그녀의 눈동자에는 분명한 흥미가 깃들어 있었다. 이석은 떠보듯 물었다.

"갈 거야?"

"아뇨."

그녀가 산뜻하게 대꾸했다.

* * *

"헉."

숨소리가 급히 삼켜졌다. 여원이 놀란 듯 가슴에 손을 올렸다. 도서관 열람실 입구로 들어서자마자, 정면에 위치한 좌석에 앉아 책을 읽고 있는 이석을 목도한 탓이었다. 이석은 저도 예상하지 못했다는 양 놀란 낯을 위장했다.

여원은 그의 연기를 전혀 믿지 않는다는 눈으로 그를 바라보았다. 이석이 부드러운 미소를 걸치며 한 손을 들어 보이자 그녀는 매정히 열람실 저 안쪽으로 걸어 들어갔다. 이석은 자연스레 짐을 챙겨 들고서 그 뒤를 따랐다.

그는 여원이 앉은 건너편에 책을 내려놓고 앉았다. 의자와 책상이 그의 덩치보다 작아서 구겨 앉다시피 해야 했다. 그녀가 입 모양으로 '뭐예요' 하고 묻자 이석은 어깨만 으쓱여 보였다.

여원은 소리 없이 한숨을 내쉬고선 가방에서 책과 노트, 필통을 주섬주섬 꺼내 올려놓았다. 이석은 책을 읽는 척 그녀의 행동을 관찰했다. 그녀는 노트를 펼치다가 한 귀퉁이에 무어라 끄적거리더니, 그 부분을 쭉 찢어다 그에게 건넸다.

[내 자리 왜 와요]

이석은 글씨 쓰는 시늉을 하고선 손을 내밀었다. 여원이 그 손에 펜을 건네주었다. 그는 글줄 밑에 답변을 써 내렸다.

[공공의 자리잖아.]

쪽지를 받아 본 그녀가 어이없는 얼굴을 했다. 빠른 답변이 돌아왔다.

[새벽부터 웬 도서관이에요]

[책 읽으러.]

어릴 때도 하지 않았던 유치한 짓거리를 하고 있자니, 가슴 안쪽이 간질거리기도 했고 욱신거리기도 했다. 과거 여원과 의미 없는 연락들을 주고받던 때 같았다. 오랜만에 느끼는 기분이었다. 그녀를 다시 만난 후 자신이 보냈던 메시지들은 죄다 씹혔으니까.

[^^; 네 열심히 읽으세욥…]

여원은 쪽지를 건네지 않고 쓴 답신을 보여 주기만 하고선, 도로 거두어 가 버렸다. 종이 쪼가리가 무참히 구겨져 필통 안으로 들어갔다. 이석은 아쉬운 눈으로 그것을 바라보았다. 가지고 싶었는데.

책을 펼친 여원이 페이지 위로 눈을 박았다. 그 모습에서는 그에게 결코 신경 쓰지 않겠다는 의지가 드러났다. 이석도 그녀를 방해하지 않기 위해 활자 위로 시선을 돌렸다.

로랑 베그의 『도덕적 인간은 왜 나쁜 사회를 만드는가』라는 책이었다. 사실 이석은 이런 주제엔 하나도 관심이 없었지만, 도덕이니 사회니 하는 것들이 여원에게 좋은 인상을 주리라는 의도에서였다.

물론 도서관에 구비된 책이 아니라 서점에서 새로 사 온 것이었다. 남의 손을 탄 책은 불결해서 만지고 싶지 않았다.

고요한 가운데 시간이 흘러갔다. 페이지 넘기는 소리, 글씨 쓰는 소리 등이 잔잔히 백색 소음으로 깔렸다. 이석은 티 나지 않도록 간간이 여원을 살피며 책을 읽어 내려갔다.

  책의 주제는 도덕이 완벽한 선택의 문제는 아니라는 것이었다. 도덕적 인간을 판단하는 일반적인 준거는 선악의 구분이 확실한 상황에 한 사람을 놓고 무엇을 선택하는지 살펴보는 식이다. 그러나 책은 심리학이 들어온 이래, 사람이 그렇게 이분법적으로 행동하는 것만은 아니라는 사례들을 보고했다.

  이석은 '사람이 터무니없는 이유로 중요한 결정을 내리는' 사례들과 그에 따른 주장을 읽으며 꽤 나쁘지 않은 책이라고 생각했다. 자신이 지금 딱 그 꼴이었기 때문이다.

  이전이었다면 논리성과 일관성이라곤 하나도 없는 인간들의 이야기를 한심하게 여겼겠지만, 이제는 마냥 그럴 수도 없게 되었다.

  그는 문득 시선을 들어 여원을 응시했다. 그녀는 한 손으로 턱을 괸 채 지문에 밑줄을 긋고 있었다. 내리깔린 눈이 이따금 깜빡거릴 때마다 속눈썹이 흔들렸다. 이석은 티 나지 않게 계속 그녀를 바라보았다. 별것 아닌 장면인데 좀처럼 시선을 뗄 수가 없었다.

  일어나서 손을 뻗으면 닿을 위치에 그녀가 있다. 그 사실이 새삼스레 놀라웠다.

  그녀의 마음을 얻고 싶었다. 하지만 그게 불가능하다면, 평생 이렇게 사는 것도 나쁘지 않을 것 같다는 생각이 들었다. 그녀의 주변을 맴돌며 시선을 얻고, 대화를 하고, 이따금 웃음소리를 듣고.

  여원은 자신이 결혼이라도 하면 어쩔 거냐고 물었지만 그는 진심으로 기다릴 작정이었다. 다만 이석은 그녀에게 붙은 남자를 참아 낼 수 있을지 자신이 없었다.

만일 여원이 결혼 생활에 조금이라도 불행을 느낀다면, 그 남편이란 새끼에게 사람을 붙여 불륜 행각을 꾸며 내거나 도박과 사채에 손을 대도록 만들 셈이었다. 정 안 되면 중간에 사고사로 위장해서 죽이고.

물론 그런 짓을 한다 해서, 여원이 그를 돌아볼 것이라고 확신할 수는 없었다. 그러나 상관없었다. 그녀의 곁을 맴돌 수 있다면 차라리 그것만으로도 족했다. 생이 이어지는 한, 어느 때까지나…….

사각거리는 연필 소리가 이어졌다. 그렇게 몇 분쯤 더 지났을까. 여원이 펜을 내려놓고 목을 좌우로 움직였다. 그러고선 빈 물통을 챙겨서 자리에서 일어났다. 이석도 읽던 페이지에 책갈피를 끼워 놓고 따라나섰다.

정수기에서 물을 채우는 여원에게, 이석은 먼저 변명의 말을 꺼냈다.

"난 조용히 책만 읽었어."

"……누가 뭐래요?"

"방해되진 않잖아. 서로 감시하며 공부한다고 생각해. 대학 때 보니까 그럴 목적으로 팀원 모아서 하던데, 스터디 같은 거."

구차한 핑계였지만, 그녀와 같이 있을 수 있다면 무슨 이유건 댈 수 있었다. 그에 여원은 미심쩍은 표정으로 되물었다.

"이석 씨도 그런 거 했어요?"

"아니."

"그랬을 거 같아요."

"이제부터 하려고."
"……."
"방해 안 해."
"……."
조금은 다급하게까지 느껴지는 이석의 말에도 여원은 대답하지 않았다. 그저 가만히 그를 바라볼 뿐이었다.
"……무슨 생각해."
"당신이 언제쯤 질릴까, 하는 생각?"
여원은 설핏 웃으며 대꾸하고선 물을 몇 모금 마셨다. 색이 연한 입술에 물이 촉촉이 묻어 있었다. 이석은 괜히 목이 타는 기분을 느꼈다. 가끔가다 웃어 주는 것만으로도 애가 닳는데, 젖은 입술까지 유독 눈에 들어오니 미칠 것 같았다.
"……안 질려."
"그거야 두고 봐야 아는 거죠. 나는 반년 안에 질리거나 지친다, 에 한 표."
"내기할까? 반년 넘어가면 소원 들어주는 걸로."
"뭐야, 그런 내기 안 해요."
"왜? 확신하듯 말해 놓고."
"이석 씨는…… 지는 내기 같은 건 안 하잖아요."
"잘 아네. 반년이든 1년이든 100년이든 난 너한테 안 질려."
이석은 쐐기를 박듯 말했다. 여원이 어이없다는 듯 허, 하고 숨을 뱉으며 웃었다. 전혀 믿지 않는다는 기색에 그는 조금 애가 탔다.
"그거 참…… 부담스럽네요."
"공부는 잘되나?"

"……네, 뭐. 하다 보니 조금씩 기억나긴 해요."
"옛날엔 번역 일도 했었잖아."
"어떻게 알아요?"
"왜 몰라, 같이 살았는데."
"모르는 줄 알았어요……. 당신 나한테 별로 관심 없었잖아요."
여원의 담담한 말에 가슴 한편이 다시 아릿하게 저려 왔다. 너무 깊어져 버린 과거의 골을 어떻게 메워야 좋을지 알 수가 없었다. 그는 고개까지 저어 가며 부정했다.
"아니야."
"아니긴요, 맞잖아요."
"……정확히는 그런 척을 했던 거야. 관심 두지 않으려고 노력했던 거고."
가라앉을 듯 낮게 깔리는 말에, 여원이 의아한 얼굴을 했다.
"왜 그런 노력을 해요?"
선뜻 대답하기 어려운 질문이었다. 이석은 입을 다문 채 물끄러미 그녀의 얼굴을 바라보았다. 그러게, 왜 그런 어리석은 노력을 했을까. 이젠 익숙해진 자조가 밀려왔.

그는 잠시 여짓거리다 그냥 건조하게 웃어 보였다. 이석도 자신이 이해받지 못할 인간이라는 걸 알고 있었다. 지금껏 이해받을 필요를 느끼지 못하고 살아왔지만, 그녀에게서만큼은 손쓸 수 없이 망가진 물건이 된 기분이었다.

이석의 침묵에 여원은 대답을 더 요구하지는 않았다. 입구 쪽을 멀거니 응시하며 중얼거리듯 말할 뿐이었다.
"……그래 봐야 과제나 레포트 번역 외주 받는 거였죠, 뭐. 전문적인 건 아니었어요."

말끝에 쓸쓸함이 묻어났다. 이석은 그녀가 무슨 생각을 하고 있는지 궁금했지만 캐묻지 않았다. 여원의 모든 것을 알고 싶다. 그러나 알게 되는 것이 두렵다. 자신이 분명 좋지 않은 부분을 차지하고 있으리라는 것을 내심 알고 있기 때문이었다.
 여원은 강단이 있었지만 근본적으로 사람에게 마음이 약한 여자였다. 채무가 제 명의로 돌려진 것을 몰랐다고 해도, 그 지경이 되도록 모친과의 연을 끊어 내지 못한 것부터가 그랬다. 그리고 이석은 얼마든지 그 부분을 파고들 셈이었다.

 돌아온 자리에는 포스트잇이 붙은 캔 커피 하나가 놓여 있었다. 고등학생, 대학생 시절에도 줄기차게 받았던 것이라 이석은 포스트잇의 내용을 읽어 보지 않고도 이게 무엇인지 예상할 수 있었다.
 그는 여원이 보기 전에 치워 놓으려고 했지만, 그녀는 이미 알아챈 눈치였다. 새삼 묘한 눈으로 그를 훑어보는 그녀의 앞으로, 이석은 포스트잇을 뗀 캔 커피를 슥 밀었다.
 그녀가 눈을 동그랗게 뜨며 뭐냐는 듯 양손을 들어 올렸다. 이석이 소리 없이 입 모양으로 말했다.
 '너 먹어.'
 '당신이 받은 거잖아요.'
 '난 이런 거 안 먹어.'
 '나도 안 먹어요.'
 결국 캔 커피는 둘 사이에 어중간하게 놓였다. 여원이 관심 없다는 얼굴로 연필을 들었다. 이석도 찝찝한 마음을 밀어 두고 다시 책을 폈지만, 캔 커피의 존재가 거슬려서 집중이 되지를 않았다.

여원이 괜히 오해할까 봐—오해받을 일은 아무것도 없었지만—우려되었고, 동시에 정말 아무 생각도 없을까 봐 신경이 쓰였다. 후자라면 그녀가 그에게 전혀 관심을 두지 않고 있다는 뜻이었기 때문이다. 모순적인 마음이었다.

이 포스트잇과 캔 커피를 두고 간 사람이 본다면 민망해할 상황이었지만, 이석에겐 고려할 만한 사항이 아니었다. 그는 다 읽지도 않은 책 페이지를 한 장 넘겼다. 종이 위의 줄글이 머릿속에 띄엄띄엄 들어왔다.

책의 시말을 꿰뚫는 의식은 결국 타자他者야말로 인간 도덕성의 근원이자 목적이라는 것이었다. 이석은 속으로 허탈하게 웃었다. 그에게 그럴 만한 가치를 가진 타자는 오로지 그녀 하나였기 때문이다.

인간에게 다른 사람은, 자신의 존재를 제어하는 지옥임과 동시에 자아를 존재하게 하는 이유이듯이— 그녀 또한 이석에게 그러했다. 그녀가 논하는 법과 도의를 지키는 체하기 위해 눈치나 보고 있는 꼴이었으니까.

시선을 조금 들자 연필을 쥔 가느다란 손이 보였다. 이석은 그 손에 이 모든 일에 대한 정답이 있기라도 한 것처럼, 다소 집요하게 응시했다.

언젠가 그런 생각을 한 적이 있었다. 그를 제어하거나 성가시게 만들던 것들은 으레 손쉽게 사라지곤 했으며, 그녀가 그런 것들과 다를 이유는 하나도 없다고. 또한 그래야만 한다고. 하지만 이제 이석은 과거의 자신을 비웃지 않을 수 없었다.

여원은 그 무엇과도 달랐다. 모든 것이 그녀 앞에서는 다른 색채와 풍경과 의미를 가졌다. 그때도, 지금도, 언제나 유일하게 가치를 지니는 타자였다.

그러니까 그녀는 그에게 지옥이었다……. 그를 존재하게 하는.

* * *

"그래, 마카오에 다녀왔다고?"

장명섭이 찻잔을 내려놓으며 여상히 물었다. 이석은 그가 읽어 보라고 준 항만 수주 관련 서류철을 넘기며 짤막하게 대꾸했다.

"예."

"태국에 박 책임 보낸 건 왜냐?"

"굳이 제가 갈 필요는 없으니까요."

"딴 놈들은 못 가서 난린데. 내 아들이지만, 나는 네가 도통 무슨 생각을 하는지 알 수가 없다."

장명섭이 혀를 쯧쯧 차며 아들을 마뜩잖은 눈으로 바라보았다. 주름진 미간에 선 두어 개가 더 그어졌다. 그러나 이석은 별다른 표정 변화를 나타내지 않은 채 줄곧 감흥 없는 얼굴을 하고 있었다.

"옛날부터 그런 애긴 했다마는. 네 엄마가 널 콕 집어서 잘 부탁한다고, 신경 써 달라고 죽기 전까지 그러기는 했는데…… 뭘 알아야 신경을 쓰지."

이석은 그제야 서류에서 눈을 떼고 장명섭에게 시선을 옮겼다. 어머니의 말을 아직까지도 기억하고 있다니 의외였다. 장명섭은 정략적으로 결혼한 아내를 사랑하지 않았고 따로 정부도 여럿 두었다. 뭐 이 바닥에선 특별한 일도 아니지만.

어떻게 이런 집안에서 20년이나 버텼는지 이해가 되지 않을 만큼, 어머니 손희정은 예민하고 섬세한 기질을 지니고 있었다. 어딘가 결핍된 막내아들의 손을 잡고 함께 상담을 받으러 다닌다거나, 동물들을 사 와선 애정을 느끼게 하려고 노력했던 것만 봐도 그랬다.

서로를 끊임없이 의심하고 감시하는 세계였다. 손희정은 거기에 억지로 반쯤 몸을 걸치고 있었다. 자신의 남편과 자식들을 포함하여 '없던 정신병도 만들어 내는 인간들'이라고 칭하기도 했다.

그런 손희정이 온전히 가질 수 있었던 유일한 자식이 바로 이석이었다. 이미 자식을 여럿 두고 있었던 장명섭이, 이석만큼은 오롯이 당신이 전담해도 된다고 허락했기 때문이었다.

그렇기에 손희정은 이석을 '일반인' 혹은 '정상인'의 범주에 드는 인간으로 키우기 위해 노력했다. 어릴 때부터 공부에 전념하도록 했고, 성인이 되면 해외로 나가서 멀쩡한 직업을 가지고 평범하게 살라는 꿈을 반강제로 쥐여 주었다.

하지만 이석은 도리어 다른 형제들보다 더욱 이 바닥에 걸맞은 인간이었다. 순전히 천성이었던 셈이다. 장명섭은 그런 이석을 탐냈고, 손희정은 이석이 채 성인이 되기도 전에 죽었다. 그리고 이석은 해외가 아닌 한국에서 대학을 졸업한 후 부친의 밑으로 들어갔다.

"너 요즘 행보가 영 거시기하다는 말들이 있어."

"아버지가 보시기엔 어떻습니까."

"내 눈도 뭐, 남들과 크게 다르지는 않지."

장명섭이 못마땅한 헛기침을 했다.

"너를 꽤 아낀다마는 마음 없는 애 등 떠밀 생각은 없다. 마음 없고 욕심 없으면 할 만한 자리가 못 되니까."

"절 등 떠밀어 줄 생각이셨습니까?"

"이러니저러니 말이 많아도 너만 한 놈이 없긴 하지."

장명섭이 대놓고 이런 말을 하는 것은 처음이었다. 그간 주위에서 장명섭의 정확한 속내를 파악하고자 애썼지만, 정작 그는 늘 간만 보며 미적지근하게 굴었으니까. 나이가 들었어도 구렁이 같은 면모는 여전했다.

"······나나 다른 늙은이들이나 옛날 생각 못 버리고 있지마는, 세상이야 계속 바뀔 테고 구닥다리 방식 고집하다간 도태되는 게 사실이다. 다 뒈지고 나면 무언가 좀 변하기는 변해야지."

말이 점차 느려졌다. 장명섭의 혼탁한 눈은 저 먼 곳을 바라보고 있는 것 같았다.

"그리 여기시는 줄은 몰랐습니다."

"회사 등치가 커지고 새끼들이 하도 사고를 싸지르고 다니니 간간이 전문 경영인 소리도 나오더만. 너는 어찌 생각하냐?"

"어차피 고려 선상에 안 두고 계시잖습니까. 반발도 심해 불가능할 겁니다."

"그냥 물어보는 거다. 대충 대답하지 말고 좀 읊어 봐. 다른 멍청이들에겐 질렸다."

장명섭은 정말로 질렸다는 듯 손까지 내저어 보였다. 이석은 장명섭을 물끄러미 응시하다가 무감하게 입을 열었다.

"······삼진 그룹 설립 연원 특성상 주주들이 회사에 애착을 갖고 있으므로 전문 경영인을 두는 것도 나쁘지 않습니다. 발전

초기에 소유 경영으로 기업을 물 위로 끌어올렸으니 이제 안정을 유지하고 싶다면 더욱 그렇겠죠. 그러나 아시겠지만 기술 발전이 급변하는 시대이기 때문에 장기적 안목이 필요합니다."

이석은 잠시간 침묵하여 장명섭에게 생각할 시간을 준 후, 다시 말을 이어 나갔다.

"대부분의 전문가와 투자자들이 현재 밸류에이션을 감안했을 때 삼진의 주가를 저평가 매수 시점으로 판단하는 만큼, 해외에서의 매수세가 더욱 강해질 것으로 보입니다. 그리고 건설사의 경우 자재의 수직 계열화로 인한 수혜 또한 기대할 수 있습니다."

"그래, 계속 말해 봐라."

"이 같은 장기 흐름에 편승하고 싶다면 외부 환경 변화에 발맞출 인재가 필요합니다. 다만 전문 경영인은, 특히 임기가 정해졌거나 외부에서 영입해 온 경우라면 구태여 위험을 감수하려 들지 않고 미시적인 단기 실적주의로 갈 가능성이 높겠지요."

"그럼 앞으로 어떻게 해야 한다고 생각하나?"

별다른 질문이나 반박 없이 듣고 있던 장명섭이 한 마디를 툭 던졌다. 표정에 변화가 없어 이석의 말을 마음에 들어 하는지 아닌지조차 확인할 수 없었다. 이석은 기계음처럼 건조한 어조로 계속 말했다.

"결론은 어디까지나 회장님이 전개하실 청사진의 영역입니다. 만일 전문 경영인을 들인다면 실적을 위해 괜한 프로젝트를 벌이지 않도록 필요한 연차만큼의 단기 고용을 한 후, 추후 업무 스콥에 따라 고용 연장을 하는 것이 좋으며 회사의 장기 전략은 이해관계가 없는 외부 컨설팅에 맡겨야 합니다."

사감이라곤 섞이지 않은 메마른 목소리가 마침표를 찍었다. 장명섭은 이석의 생각을 물었으되, 그의 의견이라기보단 정연한 논리에 따른 사실 관계의 설명에 가까운 말이었다.

진지한 낯빛으로 가만히 듣고 있던 장명섭이 이내 흡족한 웃음을 내뱉었다. 장명섭의 눈동자에는 체화된 구습과 동시에, 구체화되지 않은 막연한 야심이 녹아나 있었다. 잠시 무언가를 생각하던 그가 입을 열었다.

"안정 속에서 천천히 뒤처지거나, 아예 판을 키워서 누구도 입 벙긋 못 하게 하거나."

"……."

"둘 중 하나겠지."

장명섭이 천천히 소파에 등을 기대었다. 작고 낮지만 힘 있는 말이 이어졌다.

"물밑서 일하면서 여기까지 키워 냈지만, 우리 근본 특성상 다른 분야로 진출하기엔 이게 또 한계가 있지 않냐. 특히 한국에서는 더욱. 아니면 아예 몇몇 계열사는 해외로 지부를 옮기든가 해야지……. 네 말대로 장기적인 미래를 위해 말이다. 뭐 아직까진 생각일 뿐이지만. 암만 총수 노릇 하고 있어도 내 뜻대로 안 되는 게 이 바닥이니까."

의외였다. 몇 년 전까지만 해도 그 '구닥다리' 방식을 이석이 완전히 버리지 않도록 종용하는 듯하더니. 지난 몇 년간 장명섭의 지침들이 온건해졌다고 느낀 건 착각이 아니었던 모양이다. 전형적인 엘리트 단계를 밟은 막내아들을 탐내고, 내심 자랑스러워하던 것도 그런 생각에서 기인한 것인가 싶었다.

"우리야 할 줄 아는 게 깡패 짓뿐이었지만, 다 아는 사실을 어떻게든 아닌 척 숨겨서 올라왔다. 앞으로는 더 그래야겠지. 이석이 너는 똑똑한 놈이니까 잘하리라 생각했다. 너도 알겠지만 난 전문 경영인 따윈 들일 생각이 없어."

"압니다."

"능력 있는 놈이 없는 것도 아니고. 다만 사람은 욕심이 있어야 돼."

"……."

"네가 욕심만 가지면, 나는 너를 밀어줄 의향이 충분히 있다."

기묘한 긴장감이 공기 중에 흘렀다. 탐색하는 시선이 이석의 살갗 위를 스치듯 지나갔다. 이석은 잠깐 침묵한 후 말했다.

"……정말로 뜻이 그러하시다면 믿을 만한 이들로 TF 꾸려 주십시오."

떠보는 질문도, 추가적인 의문도 없었다. 군더더기 없는 명료한 말에 장명섭이 호탕하게 웃어 젖혔다. 이석은 여전히 무뚝뚝한 얼굴을 한 채, 그새 끝까지 다 훑은 서류철을 장명섭의 앞으로 슥 밀었다. 잦아들던 웃음이 그제야 그쳤다.

장명섭은 웃음기가 남아 있는 눈으로 만족스레 막내아들을 바라보았다.

* * *

강선영이 운전하는 차체가 조용히 도로를 나아갔다. 이석은 건조하게 가라앉은 눈으로 창밖을 바라보았다. 계절이 바뀌며 색이 옅어진 풍경들이 시야를 스쳐 지나갔다.

그는 미묘하게 틀어진 신경으로 좀 전의 대화를 되짚어 나갔다. 검지가 허벅지 위를 천천히, 규칙적으로 두드렸다. 흥미 없는 연극을 감상하듯 타성적으로 이어지던 그의 사고는 어느 부분에서 돌연히 멈추었다.

'네 엄마가 널 콕 집어서 잘 부탁한다고, 신경 써 달라고 죽기 전까지 그러기는 했는데…….'

그래, 그 말. 이석은 미미한 미소를 머금었다. 비웃음을 닮은 종류였다.

모친의 사망 이유는 대외적으로 자살이었고, 그녀가 남긴 유서는 힘들었다는 이야기뿐이었다. 그런데 죽기 전에 그를 잘 부탁한다는, 신경 써 달라는 말을 장명섭에게 전했다고? '죽기 전'의 범위가 얼마나 불명확한지에 대한 반문은 맥락상 꺼낼 것이 못 되었다.

손희정은 이석이 온전하게 제 뜻대로 자라기를 바랐다. 장명섭이 몸담은 세계에 몸서리쳤고 제 아들이 거기 휘말리지 않기를 바랐다. 그런데, 그런 사람이, 장명섭에게 그런 부탁을 했다, 라…….

그럴 리가 없었다. 적어도 손희정이 멀쩡한 정신으로 살아 있을 때에는.

'죽음을 앞두고 자신의 부재를 전제한 말이라면 모를까.'

이석은 그렇게 결론을 내렸다. 즉, '죽기 전'이란 죽음을 목전에 둔 때였을 가능성이 높았다. 그러나 어디까지나 가능성이었고 명확히 특정 짓지는 못한 결론이었다. 장명섭이 손희정을 죽였을 수도 있지만, 아닐 수도 있다. 전자를 확정하기엔 근거가 부족했다.

장명섭이 손희정을 죽일 만한 이유, 이유라면— 그녀가 끼고 돌며 결코 내주지 않으려 했던 막내아들이 탐나서? 정말로 고작 그것 때문에? 역시 근거가 부족했다. 허벅지를 두드리던 손가락이 멈추었다.

모친이 죽었을 당시 이석은 고등학생이었고 그 일은 벌써 15년이 되었다. 사실 관계를 밝히려 든다면 못할 것도 없겠으나, 그는 그럴 필요성을 느끼지 못했다. 이제 와선 불필요한 일이었으므로.

조소가 입 안에서 흩어졌다. 여원이 왜 그가 몸담은 세계를 혐오하는지, 비로소 조금 알 것 같다는 생각이 들었다.

물론 조금씩 변화하고는 있었다. 장명섭의 말은 삼진을 지상으로 더욱 끌어올리겠다는 포부를 드러낸 것이나 다름없었다. 웬만큼 위험한 사업들은 차차 제 손에서 떨쳐 내고 있던 이석으로서는 나쁘지 않은 일이었다. 퍽 귀찮아지기는 하겠지만.

그러나 여원의 눈에는 여전히 탐탁지 않을 것이다. 그녀에게 사람을 붙여 놓은 것부터가 그랬다. 그러나 그건 어쩔 수 없는 일이었다. 만약을 위해서였다. 어디까지나 만약을 위해서…….

처음의 의도를 떠올려 낸 이석은 광소라도 터트릴 것처럼 입매를 떨었다. 비록 처음은 그러했을지라도, 아니, 정말 처음도 그러했던가? 의도부터 과정까지 실상 음습하기 짝이 없었다는 사실을 스스로도 부정할 수가 없었다.

여원이 어디에서 무엇을 하는지, 하나부터 열까지 제 머릿속에 담아 두지 않으면 불안해서 견딜 수가 없었으니까.

물론 그녀의 안전을 위해서도 있었다. 지난 4년간 괜한 새끼들은 감히 저를 넘보지도 못하도록 머리를 굴렸고 그 본보기가 된 실례도 허다했으나, 만에 하나의 경우를 배제할 수는 없었으므로.

그러나 이 모든 것은 사실, 그가 그녀의 곁에서 떠난다면 필요조차 없는 일이었다.

그렇기에 더욱 여원에게 말할 수 없었다. 사람을 붙인다는 사실부터 거부감을 자아내기에 충분했으며, 그렇게 해야 하는 이유가 결국 그라는 것을 안다면 없던 정도 떨쳐 버릴 게 분명했으니.

전이라면 이런 고려 따윈 재고할 가치도 없었다. 이석이 살아온 세계는 무엇을 하든 대체로 이상할 것이 없는 세계였으니까. 어디까지나, 그녀의 아주 보편적이고 상식적인 '법과 도의' 같은 것에 휘말려 들지만 않았더라면.

그의 기준은 더 이상 온전히 그의 것이 아니었다. 그의 마음이 더 이상 그의 것이 아니듯이.

희끗한 가을 하늘이 창밖으로 펼쳐져 있었다. 이석은 답지 않게 의미 없는 정경 따위를 바라보며 생각에 잠겼다. 어쨌건 간에 비밀로 하면 되는 일이었다. 드러나지 않는다면 거짓은 진실이 되는 법이니까.

그녀에게 사업의 판도가 바뀐 사실을 넌지시 일러 준다면 조금은 마음이 움직일까. 시선 한 조각을 더 내어 줄까. 나지막한 희망이 손에 잡힐 듯 말 듯 했다.

그래도 확실히 이전보다 관계가 꽤나 호전된 것은 사실이었다. 몇 달 전만 해도 마주칠 때마다, 당장 꺼지라는 말을 돌려서 듣는 것이 일상이었으니까. 적어도 이젠 그 문제로 입씨름을 하지는 않았다. 사실상 그녀가 포기한 것에 가까웠지만…… 과히 신경 쓰지 않기로 했다. 최근 그는 정신 승리가 무엇인지

배워 가는 중이었다.

돌이켜 보면 그때조차도 아득할 만큼 과분한 순간들로 남았다. 본디 이석에게 처음에 '그런 것'이란 마지막까지 '그런 것'이었지만, 여원에 한해서는 달랐다. 그녀에 관한 것은 제 의지와 상관없이 끊임없이 변이했고 날마다 낯설어졌다.

그녀를 원망하던 감정이 시간에 닳고 마음에 깎여 나가, 종내는 무엇인지도 알 수 없게 되어 버린 것처럼.

수없이 모양을 바꾼 감정은 무언가 형체를 이루었으되 이름을 붙일 수가 없었다. 그저 원망이라기엔 다단하고 욕망이라기엔 짙다. 갖가지 감정이 덕지덕지 들러붙어 응고한 그것은, 언젠가 그가 맹신했던 논리나 이성과는 완전히 동떨어진 종류였다.

그러니까, 이건······.

불현듯 메신저 알림이 울렸다. 이석은 창밖에서 시선을 떼며 안주머니에서 휴대폰을 꺼냈다. 화면에 뜬 메시지의 내용을 확인한 그의 입매가 살짝 굳어졌다.

죽은 듯 조용히 운전하던 강선영이 백미러로 흘끗 그를 바라보았다. 이석은 고저 없는 목소리로 말했다.

"······주립대병원으로 가."

* * *

여원은 영안실 복도에 있었다. 지하의 조명 탓인지 흰 얼굴이 유독 창백했다. 눈 밑에는 그늘이 드리워져 있었고 넋이 나간 듯 멍한 모습이었다.

"······여원아."

그의 부름에 여원이 고개를 들었다. 얼굴 위로 닿는 시선에서 불안정함이 뚝뚝 묻어났다. 상대를 확인한 그녀의 눈이 살짝 커지더니, 마른 입술이 떨어졌다.

"어떻게 알고……."

여원은 말끝을 흐리다가 이내 됐다는 듯 고개를 돌렸다. 이석은 조심스레 그녀의 옆에 앉았다. 가까이서 보니 눈가가 발갰다.

침묵이 이어졌다. 이석은 섣불리 먼저 말을 걸지 않았고 여원도 제 감정을 추스르기에 바빠 아무 말도 않았다. 그렇게 얼마쯤 시간이 흘렀을까, 이윽고 영안실의 문이 열리며 한 젊은 남자가 나왔다. 스물 중반 남짓 되었을까 싶은, 신경질적인 인상의 얼굴이었다.

벌떡 일어선 여원이 성큼성큼 그 남자에게로 걸어갔다. 그녀는 간절한 눈으로 매달리듯 말했다.

"저어― 장례는 어떻게……."

"안 치를 거예요."

"차라리 무빈소라도."

"아뇨, 안 합니다."

"그래도 가족이잖아요. 언니 부모님께서는…… 부모님께서도 다 동의하신……?"

"네. 다 동의하신 일이에요. 시체 처리 포기 위임서도 작성할 거고요."

"어, 언니는 접견을 기다렸어요. 아닌 척했지만…… 가족들이 오기를 기다렸다구요. 언니가 대체 무슨 마음으로…… 그렇게 갔는지 안다면, 장례 정도는…… 치러 줄 수 있잖아요."

여원의 목소리가 형편없이 흔들렸다. 남자는 짧게 한숨을 내쉬고선 조금 고압적으로 대답했다.

"무빈소라도 상조랑 화장이랑 이것저것 다 하면 이백만 원에 장지 선택까지 추가 비용이 또 든대요. 집 사정도 안 좋고, 애초에 누나랑 연 끊으려고 이사 간 거예요. 사람을, 남자 친구를 병신 만들어 놓은 서른 넘은 여잘 건사하고 살란……."

"그 남자 친구란 사람이 먼저 잘못했잖아요! 어떻게 보면 정당방위였다고요!"

"후…… 6년 전에 판결 난 얘기 꺼내 오지 마시고요, 가족은 전데 왜 그쪽이 자꾸 이러시는지 모르겠네요."

"언니에 대해 그렇게 말씀을 하시니까……. 하아, 장례 비용은 제가 댈게요. 상주만 서 주세요. 이대로라면 무연고 사망자가 될 텐데……!"

"……죄송합니다. 가 볼게요."

남자가 빠른 걸음으로 여원을 지나쳤다. 멍하니 선 여원의 몸이 크게 비틀거렸다. 몇 걸음 뒤에서 지켜보던 이석이 급히 다가와 그녀를 붙들었다.

이석은 힘이 빠진 여원을 부축해 의자에 앉히고 그 앞에 섰다. 그녀의 눈에서 후드득 눈물이 떨어졌다. 그 소리 없는 추락에 일순 그는 가슴이 훅 내려앉는 느낌을 받았다.

여원은 이마를 감싸듯 두 손으로 머리칼을 쥐고선 설움으로 떨었다.

"저, 저런 가족보단 내가 더 언니랑 가까운 사람인데…… 윽, 나는 언니랑 4년이나 같이 먹고 자고…… 같이 지냈는데……."

횡설수설하는 중얼거림이 울먹임과 함께 흘러나왔다.

"근데 왜 난…… 언니 장례를 못 치러 줘……."

뺨 위로 눈물방울이 굴러떨어졌다. 이석은 저도 모르게 손을 뻗어 그것을 닦아 냈다.

옛날에도 여원은 몇 번 눈물을 보인 적이 있었다. 그녀가 울 때면 이석은 무언가에 얻어맞은 것처럼 속이 덜컹거리고는 했다. 그 감각이 너무나 불유쾌해서, 그는 그저 누군가 우는 것을 멍청하게 여겼기에 그녀의 우는 모습도 보기 싫은 것이라고 생각했었다.

그런데 이제는 모르겠다. 느껴지는 이 감정이 정말 이 감정이 맞는 것인지, 그 스스로도 확신할 수가 없었다. 그때도 지금도 동일하게 알 수 있는 사실은 단 한 가지였다. 그녀가 우는 모습을 보고 싶지 않다는 것.

이석은 손끝에 묻어난 그녀의 눈물을 바라보다가 천천히 손을 그러쥐었다.

그때도 나는, 너를 달래 주고 싶었던 걸까.

"……장례를 치르고 싶어?"

나직한 물음에는 채 갈무리하지 못한 초조함이 묻어나 있었다. 하지만 그도 그녀도 그것을 알아채지 못했다. 여원은 흐느낌을 삼키며 조용히 고개를 끄덕였다. 꽉 다문 여린 입매가 부들부들 떨리고 있었다.

평소라면 그의 도움을 받을 만한 일을 질색하는 그녀였지만, 지금은 하나도 정신이 없어서인지 제대로 인지하지 못하는 것 같았다. 그리고 그게 차라리 다행이었다.

이석은 조용히 일어섰다.

"여기 있어. ……어디 가지 말고."

여원이 고개를 숙인 채 대충 끄덕였다. 제대로 알아듣고 답하는 것 같지가 않았다. 이석은 여원의 어깨를 부드럽게 붙들고 분명한 어조로 그녀를 불렀다.

"신여원."

"……."

"나 봐 봐."

그녀가 그렁그렁한 눈으로 그를 올려다보았다. 아래 속눈썹이 눈물에 젖어 달라붙어 있었다.

"여기서 기다리고 있어."

"……."

"금방 올게."

"……."

"알았지."

"……네."

작고 갈라진 목소리였지만 대답은 분명했다. 이석은 그녀의 어깨를 붙든 손에 힘을 한번 주었다가 떼어 내고, 남자가 떠난 곳으로 걸음을 옮겼다.

그는 복도를 빠져나가며 강선영에게 전화를 걸었다. 신호가 채 두 번이 가기도 전에 강선영이 받았다.

"지금 나가는 남자 입구에서 잡아 놔. 나이는 스물네다섯에 강파른 인상이고 키는 174 정도, 둥근 은테 안경 썼고 검은색 누빔 패딩, 연갈색 면바지, 흰색 운동화."

—알겠습니다. 강제적으로요?

"상황 봐서."

—예 알겠습니다.

이석은 전화를 끊고 걸음을 조금 더 빨리했다.

김소희라는 여자의 죽음이나 장례 문제 자체에는 실상 관심이 없었다. 다만 여원이 신경 쓰일 뿐이었다.

이석도 김소희라는 여자를 알고 있었다. 보고를 통해 인식한 김소희는 꽤나 당찬 성격이었다. 김소희는 여원을 제 친동생처럼 챙기며 그녀의 곁에서 도움이 되어 주었다.

여원이 복역 초기 적응에 힘들어할 때도, 불면증에 시달릴 때도, 우울증을 얻었을 때도, 그리고 여원이 자살을 시도했을 때도.

그 사실이 이석에게 이중적인 마음을 안겨다 주었다. 여원에게 큰 부분을 차지하고 있는 사람이 죽었다는 게 한편으론 기꺼우면서도 한편으론 불안했다. 김소희의 죽음으로 인해 여원이 어떤 영향을 받을지 알 수 없었기 때문이었다.

보고를 받자마자 병원으로 오는 내내, 이석은 불안해서 미칠 것 같은 기분을 느꼈다. 여원이 죽은 지인을 보고 무슨 생각을 하고 있을지, 혹시라도 그 지인과 같은 생각을 하고 있는 건 아닌지. 그녀는 이미 전적이 있으니까. 이미 전적이…….

내내 그를 괴롭혀 오던 두려움이다. 그녀를 짓누르고 강제하지 못하게 만들던 두려움이었다. 그녀를 영영 잃을지도 모른다는, 그런 가정에서 기인한.

엘리베이터를 타고 입구 쪽으로 나서자마자, 강선영과 남자가 실랑이를 하고 있는 모습이 눈에 들어왔다.

"……러니까 누구인지 정확히 말을 해 줘야 할 것 아니에요."

"뒤에 오셨습니다."

강선영의 말에 남자가 이석을 돌아보았다. 이석과 시선이 마주친 남자의 눈이 조금 커졌다.

"어, 아까…….."

"장례식 상주만 서. 비용이랑 나머진 알아서 할 테니까."

이석은 성가신 것을 대하듯 말했다. 남자의 얼굴이 일순 황당해졌다가 곧 짜증으로 물들었다.

"하 진짜⋯⋯ 저기요, 또 그 소릴 하려고 사람을 붙잡아 둔 거예요? 이미 싫다고 계속⋯⋯."

"달에 얼마 벌어?"

"예?"

"달에 얼마 버냐고. 세 달 치 주지."

"아니, 저기."

"한 달 치는 지금 선입금하고, 두 달 치는 장례 끝나면. 그래서 얼마 받는데. 쓸데없이 거짓으로 높여 부르지 마."

"어, 음, 그, 백이십⋯⋯ 정도요."

"백이십?"

이석의 미간이 좁혀졌다. 그러나 남자는 이마저도 금액이 높다고 생각해서 철회할까 봐 전전긍긍하는 눈치였다. 이석은 얼마간의 침묵 끝에 한 달을 추가하여 불렀다.

"⋯⋯먼저 한 달 치 받고, 뒷소리 없이 장례 끝나면 세 달 치 주는 걸로 해. 강 팀장, 지금 백이십 입금해 주고 전화번호 받아."

강선영이 예, 대꾸하고선 남자에게 계좌 번호를 물었다. 남자는 여전히 얼떨떨한 얼굴이었지만 착실히 계좌를 불렀다. 이석은 끝까지 확인하지도 않고 몸을 돌려 여원에게로 향했다.

13. 스물여덟의 여자

13. 스물여덟의 여자

〔지킬수록 기분 좋은 기본~ 법은 어렵지 않아요~ 법은 불편하지도 않아요~〕

"아…… 씨바…… 저 좆같은 노래……."

혜수가 잔뜩 가라앉은 목소리로 중얼거렸다. 아침 6시 20분마다 기상 노래로 울리는 법무부 로고 송은 수감자들에게 되레 법에 대한 반발심을 안겨 주곤 했다.

여원은 기지개를 한번 켜고선 비척비척 상체를 일으켰다. 곧이어 방 사람들도 하나둘 일어나 이불을 개고 푸른 단색 수의를 입었다. 30분이 되자 방장이 점호를 했다.

크리스마스이브여서인지 아침 배식으로 광양식 불고기가 나왔다. 수저는 플라스틱으로 제작된 것만 주어졌고 KPI 로고가 쓰여 있었다.

하루 30분씩 있는 운동 시간에 여원은 늘 멍하니 앉아 햇볕을 쬐곤 했다. 줄넘기나 훌라후프 등이 주어졌지만 하고 싶었던 기분이 든 적은 한 번도 없었다. 그냥 다 귀찮을 뿐이었다.

운동 시간마다 걷지도 않고 가만히 앉아 있기만 있는 사람은 여원을 포함해서 셋뿐이었다. 다른 두 명은 나이가 많았다. 내년이면 일흔셋이 되는 할머니는 그냥 교도소 내에서 죽어서 여기에 묻히고 싶다고 했다. 여원도 비슷한 생각을 했었다.

이 안에서는 오늘이 며칠인지, 내가 몇 살인지, 어제 무엇을 했고 내일 무엇을 해야 하는지, 또 내가 누구인지까지도 자주 잊어버린다. 실상 그 모든 것들이 의미를 잃는 곳이었다.

걷다가도 내가 어딜 향하고 있었는지 그 목적지를 잊어버려 멈추어 설 때가 많았다. 주변을 둘러보고선, 남들의 걸음에 함께 떠밀려 마저 걸어갈 뿐이었다. 심할 때는 무언가를 하기 위해 방금 일어나놓고서도 기억이 나질 않아 다시 앉아 버릴 때도 있었다.

모든 삶의 도막들이 먼 기억의 어렴풋한 순간처럼 느껴진다. 이미 오래되어 낡고 해진, 아득한 감각의 저편……. 그 숱한 권태에 매몰되어 버리고 만다.

문득, 누군가 가까이 다가오는 소리가 들렸다. 여원은 눈을 감고도 걸음 소리만으로 누구인지 알아챘다.

"야, 내일 저녁에 케이크 만들자."

옆에 털썩 앉은 소희가 대뜸 말했다. 여원은 한쪽 눈을 슬며시 뜨며 대꾸했다.

"여기서 케이크를 어떻게 만들어?"

"아니, 초코파이 사다가 쌓아서."

"그냥 하나씩 까먹고 말지…….'

"인생을 그렇게 사니까 재미가 없지."

여원은 한 번 웃고서 선심 쓰듯 고개를 끄덕였다.
"알았어, 알았어. 오늘은 내가 살게."
"오, 웬일이야?"
"그냥······."
교도소의 특성상 무언가를 혼자 먹는 일은 드물었다. 주로 다 같이 나누어 먹었고 얻어먹기만 하는 것은 눈치를 받았으므로, 종종 한 번씩 사서 나누는 게 암묵적인 규칙이었다.
대체로 여원은 얻어먹지도 않았고 사서 나누지도 않았다. 모두와 데면데면하긴 했지만, 소희를 제외하고는 딱히 친하게 지내는 이도 없었다. 하지만 내일 같은 날은 그러는 것도 좋을 것 같았다. 크리스마스니까······.
손바닥으로 햇살을 가리던 소희가 생각났다는 듯 물어 왔다.
"참, 너 진짜 프로그램 아무것도 안 들을 거야?"
"상담받고 있는데."
"아니 그런 거 말고. 무슨 프로그램 들으면 상점 준다던데. 저녁마다 티브이만 보지 말고 나랑 뭐 하나 듣자니까? 만날 무기력하게 그러고 있으면 없던 우울증도 생기겠다, 야."
"하기 싫은데······."
"아, 나랑 듣자고오. 혼자 듣기 싫다고."
"······뭐 있는데."
"시 치료 수업인가 뭔가. 이번에 또 개설된다더라."
"언니 작년에도 나한테 그거 듣자고 하지 않았어?"
"그랬을걸? 근데 네가 싫다 그래서 결국 안 했잖아. 아니 이게 제일 편하고 쉽대. 선생도 착하고."
여원은 물끄러미 소희를 응시하다가 시선을 내리깔았다. 끈

없는 운동화로 흙바닥을 툭툭 칠 때마다 얕게 먼지가 일어났다.

일주일 전, 죽으려 했던 일 이후로 소희는 제게 지나칠 만큼 신경을 쓰고 있었다. 여원은 소희에게 그녀만큼 살갑게 굴지 않았고 외려 말을 툭툭 내뱉을 때가 많은데도 그러했다.

한 번 삶을 놓을 뻔했다가 살아났지만 여원의 세상은 크게 바뀌지 않았다. 여전히 이 안이었고, 여전히 어제 같은 오늘이었고, 여전히 같은 풍경과 같은 일상과 같은 사람들이었다.

자살을 시도하던 당일까지도, 여원은 그 어떤 특별한 낌새도 내비치지 않았다. 실제로 크게 특별할 것도 없었다. 늘 똑같은 하루하루 중에 선택한 것이 하필 그날이었을 따름이었다.

그날 소식을 듣고 허둥지둥 찾아온 소희는, 한껏 복잡한 낯을 하고 있으면서도 정작 아무 말도 하지 않았다. 걱정이나 타박도 하지 않았다. 그냥 여원이 다시 잠들 때까지 조용히 침대 옆에 앉아 있었을 뿐이었다.

그 뒤로 좀 유별나게 굴기는 해도 소희가 무슨 탈피라도 한 양 달라진 건 아니었다. 사실 여원은 제 몸 하나 가누기도 버거웠으므로, 소희의 마음까지 신경 쓸 만큼의 정신력이 없었다. 그러니까 그런 귀찮은 프로그램에 참여하고 싶지도 않았다.

"프로그램 같이 들으면 온수 다섯 번 너 줄게."

"……열 번."

"양아치냐. 일곱 번."

동절기 교도소 내에선 일주일에 한 번 있는 온수 샤워가 아니면 찬물을 사용하는 것이 기본이었다. 본래 추위를 많이 타서 한여름에도 온수로 씻던 여원으로서는 고역인 일이었다.

뜨거운 물은 식수로 사용하라고 따로 제공되는 것이 있었다. 소희는 그 온수를 주겠다고 말하고 있었다. 제공되는 뜨거운 물은 라면이나 커피 이외에도 설거지와 세면 등에 사용할 수 있었다. 잠시 갈등하던 여원은 결국 고개를 끄덕였다.

* * *

구매 물품을 신청하는 OMR 카드에 초코파이 두 박스를 체크하고 있는데 교도관이 접견을 알렸다. 건네받은 접견표에는 접견 신청 시각과 접견 횟수, 접견 신청인의 이름이 적혀 있었다.

[접견 신청인 : 장이석]

여원은 건조한 필체로 쓰인 활자를 담담하게 바라보았다. 몇 년 동안 수없이 불러 왔던 이름인데도 생소하게만 느껴졌다. 그녀는 접견표를 교도관에게 돌려주며 거절 의사를 전했다.
방 사람들이 흥미 어린 얼굴로 누구냐며 앞다투어 질문을 던져 왔다. 지난 1년 반 동안 접견 한 번 없던 애를 찾아오는 이가 누군지 궁금한 모양이었다. 여원은 그냥 한 번 웃어 주고 말았다.
며칠 전 이후로 두 번째였다. 그가 접견 신청을 해 온 것은.
처음 그에게서 접견 신청을 받았을 때 들었던 감정은 놀라움도, 당혹스러움도, 기대감도 아니었다. 그저 의아함이었다. 최지엽이 접견 신청을 해 오는 게ー지금쯤 죽었거나 감옥에 들어가 있겠지만ー 차라리 덜 의아할 지경이었다.
왜? 갑자기 왜? 지난 1년 반 동안 단 한 번의 편지도 접견도 없었으니 아예 연을 끊은 것이 아니었나? 그리고 그러기를 바랐다. 자신은 서서히 그를 잊으며 살아가고 있었고 다시는 그와 엮이고 싶지 않았다.

혹 자살 시도를 한 소식을 듣고 그러나 싶기도 했다. 하지만 그조차도 납득이 되지 않는 이유였다. 어디 그가 이런 일에 신경을 써서 직접 걸음까지 할 위인이던가.

차라리 이 꼴을 비웃으러 왔다거나, 출소 후 괜한 말 떠벌리지 말고 조용히 살라는 협박의 말을 전하러 왔다는 편이 훨씬 설득력 있었다. 물론 자신이 출소 때까지 살아 있을지는 모르겠지만.

"그 남자야? 같이 살았다던?"

생각에 잠긴 여원에게 소희가 속닥거리며 물었다. 소희에게는 예전에 반쯤 털어놓은 적이 있었다.

"……응."

"또 안 만나? 한번 만나 보지, 왜."

"됐어, 끝난 사이에."

"아니 그래도 뭔가 이유가 있으니까 찾아왔겠지. 사실 막, 저쪽은 아직 안 끝난 거 아니야?"

"완전 안 좋게 끝났다니까. 만나 봐야 좋은 소린 안 나올 텐데 뭐 하러. 나 이제 미련 없어."

"야, 진짜 미련 없으면 만나는 것도 아무렇지 않아야지."

소희의 끈질긴 설득에 여원이 눈을 가늘게 떴다.

"언니가 궁금해서 그러지."

"들켰네."

넉살맞게 대꾸한 소희가 깔깔 웃어 댔다. 여원은 어이없다는 듯 짧게 따라 웃고선, 도서 대여 신청서를 작성하기 위해 교정

기관 보유 도서 목록을 훑었다.

종이 위를 더듬는 손끝이 희미하게 떨렸다. 아주 자세히 보지 않으면 스스로도 알아채지 못할 정도로. 여원은 천천히 손을 그러쥐었다.

사실, 처음에는 만나려고 했었다.

여원도 궁금하지 않을 리 없었다. 도대체 그가 왜 찾아온 건지. 무슨 말을 할지. 어떤 표정을 할지. 그녀에게 어떤 감정을 갖고 있는지…….

그런 것들 따위가 너무 궁금해서, 여원은 접견을 수락했었다. 그가 무슨 말을 하든 새삼스레 상처받을 것도 없다는 생각에서였다. 그렇게 그녀는 창살 달린 철문이 줄줄이 이어진 관구의 복도를 지나 접견자 대기실까지 들어갔었다.

그런데 문득, 커서 헐떡거리는 끈 없는 운동화가 너무 불편하게 느껴졌다.

또 너무 비참하게 느껴졌다.

막판에 접견을 거절하고 돌아온 것은 그래서였다. 그를 만나면 자신이 너무너무 비참해질 것만 같았다. 장이석은 언제나 그렇듯 완벽하게 잘났을 거고, 그녀는 수의를 입고 수갑을 찬 채 아크릴판 안에 갇혀 있는 꼴이었으니까.

거기에 새삼 이석에 대한 원망이 든다거나 하는 것은 아니었다. 사실 여원에게는 그를 원망할 만한 정당성도 없었다. 빚을 진 건 모친이고, 그 책임을 끌어안은 건 그녀 자신이고, 이석에겐 그걸 책임져 줄 의무가 없고, 되레 3년의 기한을 주기까지 했으며— 그럼에도 불구하고 그를 배신한 것은 그녀였다.

그러니까 이건 어디까지나 마음의 문제였다.

1년 전까지만 해도 그를 아주 많이 원망했었다. 자신이 이런 신세가 된 것이 다 그의 책임인 것만 같았다. 그러나 스스로도 사실은 그게 아니라는 걸 알고 있었기에, 갈 곳 잃은 마음은 더욱 참담해졌고 종내 자기혐오로 돌아왔다.
　언젠가 소희에게 이석의 이야기를 하며 '내가 그를 원망해도 되는 걸까'라고 물은 적이 있었다. 그리고 소희는 이렇게 말했다.
　'왜 네 감정을 허락받아? 원망스러우면 원망스러운 거지 뭘.'
　시원스러운 대답이었지만, 너무 고민 없이 나와서 외려 더 탐탁지가 않았다.
　'하지만 객관적으로 따졌을 때 그 사람한테 책임을 물을 수는 없는 거니까…….'
　'뭐래. 네가 여기서 원망한다고 상대한테 피해가 갈 것도 아닌데, 잘못이 있든 없든 원망 좀 하면 또 어때? 감정이 논리적으로 딱딱 들어맞게 느껴지는 건 아니잖아.'
　소희의 말이 무조건 정답인 것은 아니었다. 그러나 여원은 일리가 있다고 생각했다. 원망의 감정을 갖는 게 죄는 아니며, 느끼는 바를 허락받을 필요도 없었다.
　그래서 여원은 1년간 그를 실컷 원망했다. 원망하고 또 원망하다, 어느 정도 무뎌져 갈 때쯤 웬만큼 털어 냈다. 어느 정도 시간이 지나자 그를 떠올려도 더는 마음이 아프지 않게 되었다.
　하지만 언니의 말대로, 정말 미련이 없다면 만나는 것도 아무렇지 않아야 할 테지.
　그러니까 더욱 만나지 않을 것이다. 마음을 완전히 내려놓기 전까지는 만에 하나라도 흔들리고 싶지 않다. 또 그 이유가 아니더라도, 이제 더는 그와 어떤 식으로든 엮이고 싶지 않다. 그러니 그와는 만나지 않을 것이다. 앞으로도 영영…….
"다 썼어? 장기나 한판 두자."

겨울 내의를 하나 더 체크한 여원이 고개를 설레설레 내저었다. 무언가를 하기가 귀찮았다. 여원은 가장 나이가 많은 수감자인 박금례가 차지하고 있는 티브이 앞에 엎드려 누웠다.

드라마 속에서는 잘생긴 남자 주인공이 사고로 병원에 실려 온 여자 주인공의 병실을 찾아 뛰어다니고 있었다. 드라마에 잔뜩 이입한 금례 할머니와 달리 여원은 심드렁했다.

절박한 얼굴을 한 남자 주인공은 완전히 다른 세계의 사람 같았다. 그의 감정이 고조될수록 외려 여원은 더욱 낯선 느낌을 받았다. 저렇게 격렬한 감정을 느껴 본 게 언제인지 기억도 나지 않았다.

여원은 멀뚱멀뚱 티브이 화면을 바라보다가, 몸을 돌려 똑바로 누웠다. 잠은 오지 않았지만 눈을 감았다. 감은 눈꺼풀 안으로 형광등의 잔상이 푸르게 남았다.

문득, 인라인을 타던 엄마의 말이 생각났다. 희미한 기억 속에서 점점이 오르내리다 끝내 끊어져 버린, 그 말.

'여원아, 앞을 봐. 그렇게…….'

'……수는 없……. 혼자…….'

엄마는 그때 무슨 말을 했던 걸까. 분명 별것도 아닌 말일 텐데, 이상하리만큼 자꾸만 떠올랐다. 그것을 기억해 내기 전까지는 네 숨조차 끊을 수 없다는 양.

'그렇게…….'

'……. 혼자…….'

속이 꽉 막힌 듯 답답하다. 짜증 난다. 성가시다. 반쯤 졸음으로 깜빡깜빡 명멸하는 의식 속에서 여원은 몸을 웅크렸다. 엄마는 끊임없이 그 자리를 돌며 제 귓가에 속삭여 댄다. 빙글빙글, 빙글빙글, 인라인을 타며. 그녀는 눈을 꽉 감아 버렸다.
 몰라.
 생각하기 싫어.
 이대로 영영 눈을 뜨지 않아도 좋을 텐데.

* * *

 크리스마스였다. 공휴일에는 사역이나 교육, 운동 시간도 없었기에 다들 미적거리며 한가로운 시간을 보냈다. 그러나 원래도 지루하기 짝이 없는 교도소 안에서, 크리스마스라고 특별히 할 만한 것은 없었다.
 여원의 사방에서는 그녀가 산 초코파이를 쌓아 소소하게 케이크를 만들었다. 다른 재소자들은 각자의 가족이나 지인들이 보내 준 선물을 풀어 보기도 했다. 물품 반입은 제한이 엄격한지라 대부분이 현금과 편지, 책 같은 종류였다.
 "내일 저녁 돈가스다."
 혜수가 식단표를 들어 보이며 우렁차게 말했다. 맛있는 메뉴들에 형광펜이 죽죽 쳐져 있었다. 소희가 깔깔댔다.
 "완전 여고생이야, 우리 방장니임."
 "참, 지영 언니, 오늘 애기 접견 왔어요?"
 "어, 많이 컸어, 많이 컸어. 말도 인제 좀 잘해."
 지영이 기쁜 듯 미소 지으며 아이의 사진을 보여 주었다. 오동통하고 발그레한 뺨이 귀여웠다. 방 사람들은 애기가 너무 예쁘게 생겼다며, 연예인을 할 거라고 호들갑을 떨어 댔다.

"숙모 발음이 안 돼서 '뚱모', '뚱모' 이런대. 귀여워 죽겠어."

지영은 혼자 아이를 키우다가 교도소에 들어오게 되었다. 아이는 친정 엄마가 맡아 키우고 있다고 했다.

여기 들어와 새롭게 안 사실인데, 살인이나 상해죄로 수감된 여자들은 대개 그 대상이 남편이었다. 지영도 마찬가지였다. 소희도 남편은 아니지만 남자 친구에게 상해를 입혀서 수감된 것이고.

밖에서 생각했던 것처럼 교도소 사람들은 폭력적이거나 위험하지 않았다. 물론 좀 양아치 같은 이들도 꽤 있었지만……. 어쨌거나 특별 감시 대상인 노란색 이름표를 단 몇몇 사람들 빼고는 대부분 잘 지냈다.

케이크 아닌 케이크를 다 먹은 후 여원은 받은 물품을 반송 신청했다. 그녀에게도 물품이 왔는데, 예상했던 대로 발신인은 그였다. 그 외에 그녀에게 이런 걸 보내 줄 사람 같은 것은 없었으니까.

보내온 물품 안에는 최대한도인 현금 이백만 원이 들어있었다. 여원은 역시 거절했다.

재작년까지만 해도 크리스마스는 둘이 보냈다. 원래 이석은 그런 걸 챙기지 않는 사람이었지만, 여원이 챙기니 그도 챙겼다. 특별히 선물이나 편지를 주고받는다거나 하는 건 아니었다. 그냥 와인 잔을 부딪치고 케이크를 나누어 먹는 정도였다.

이브에서 크리스마스로 넘어가는 자정이면, 그는 농담처럼 '메리 크리스마스' 하고 말하며 그녀의 뺨에 가벼운 키스를 하곤 했다…….

이윽고 여원은 생각을 끊어 냈다. 그를 잊고 지내려던 노력을 수포로 만들고 싶지 않았다.

반송 신청을 하고 사방으로 돌아오자 소희가 엎드린 채 책을 펼쳐 보고 있었다. 수감 전 다니던 교회에서 신앙 간증과 관련된 책을 선물 받았다고 했다. 소희는 무교가 된 지 꽤 오래였다. 가족에게선 아무것도 오지 않은 모양이었다.

여원은 소희의 어깨를 툭 치며 말했다.

"언니, 메리 크리스마스. 내년엔 모범수가 되어 보자."

"어 그래. 교도소식 덕담이야?"

그가 없어도 크리스마스는 크리스마스였다.

* * *

새해가 밝자 교도소 내에서도 새로운 프로그램들이 진행되었다.

여원은 소희의 제안대로 시 치료 프로그램을 선택했는데, 교도관의 근무복과 기동복을 만드는 교도 작업 후 바로 진행되는 터라 조금 힘이 들었다.

프로그램을 진행하는 여자는 시인이자 어디 대학의 교수라고 했다. 무테안경을 썼고, 사십 대 정도의 연식에 말랐지만 선한 인상이었다. 자신을 안선희라고 소개한 선생은 가장 먼저 재소자들에게 필명을 짓게 했다.

여원은 한참을 끙끙대다 결국 '이원'이라고 아무렇게나 지었다. 소희는 '쏘'로 지었다. 자기도 대충 지었으면서, 소희는 왜 이렇게 성의가 없냐며 여원을 타박했다.

선생은 필명을 하나하나 출석부에 받아 적었다. 외우려는 듯 몇 번씩 되뇌기도 했다. 그러고선 『새길』이라고 적힌 책을 하나 꺼내 보여 주었다.

"이건 수용자 종합 문예지예요. 비매품이라 서점에서는 살 수 없는 특별한 책이지요. 법무부 산하 부서에 '사회복귀과'라는 곳이 있는데, 거기에서 매년 이 문예지를 발간해요. 여러분의 시를 심사 위원들이— 아, 거기 저도 있고요, 아무튼 시를 평가해서 여기에 실을 거예요. 싣지 않더라도 제가 하나하나 여러분의 시를 읽고 감상과 코멘트를 드릴 거고요. 어디까지나 나중의 이야기고 일단 처음은 시와 친숙해져 보는 걸로 합시다."

선생은 프린트해 온 시들을 한 부씩 나누어 주고선 한 명에게 조병화의 『고독하다는 것은』이라는 시를 낭독하게 했다. 지목당한 이의 필명은 '칠판'이었다. 짐작건대 그냥 눈에 보이는 사물의 이름을 따온 것이 분명했다.

'칠판'은 목을 한 번 가다듬고는 무미건조한 목소리로 시를 읽어 나갔다. 정말이지 무드라고는 하나도 없는 낭독이었다.

「아직도 나에게 삶이 남아있다는 거다…….」[1)]

여원은 턱을 괸 채 성의 없는 눈길로 활자를 읽어 내려갔다. 낭독은 별로였지만 시는 좋았다. 고등학교 문학 시간 이후로 시를 제대로 읽는 것은 처음이었다.

이후로 윤동주와 김경주의 시도 몇 편 읽었다. 잘은 몰라도 예쁘고 좋은 시였다. 선생은 시를 너무 어렵게 생각하지 말라

---

1) 조병화, 『사랑이 가기 전에』, 조병화 문학관, 1955.

며, 이곳을 우리들만의 혹은 자기만의 방으로 여기라고 했다. 그러나 밖과 이곳이 뭐가 다르다는 건지 모를 일이었다.

"여러분은 공간인 스페이스(Space)와 장소인 플레이스(Place)의 차이가 뭐라고 생각하시나요?"

재소자들 사이에 침묵이 맴돌았다. 선생은 개의치 않고 웃으며 다음 질문을 했다.

"그러면 하우스(House)와 홈(Home)의 차이는 뭐라고 생각하세요? 천천히 생각해 볼 시간을 드리겠습니다."

역시 침묵이었지만, 여원은 답을 알고 있었다. 한국인들이 흔히 헷갈리는 단어 중 하나였는데, House는 물리적인 건물 그 자체를 지칭하는 반면 Home은 추상적인 가정, 고향, 소중한 공간을 지칭할 때 쓰였다.

이 때문에 House와 Home 앞에 붙는 관사나 소유격이 달라졌지만 이 부분은 명확히 기억이 나지 않았다. 이젠 많이 잊어버린 까닭이었다. 그 현실이 새삼 씁쓸해서 여원은 창밖으로 고개를 돌렸다.

선생은 조곤조곤한 투로 말을 이었다.

"공간은 말 그대로 어떤 물리적인 공간일 뿐이에요. 복도, 방, 화장실, 운동장, 거리……. 그냥 거기에 있는 어떤 '곳'인 거지요. 하지만 우리가 그 공간에 의미를 부여하고 가치를 선사하는 순간, 공간은 장소가 됩니다."

잠깐 말을 끊은 선생은 복도를 가리키며 다시 이어 설명했다.

"그냥 복도가 아니라 누군가와 이러저러한 이야기를 나누었던 복도. 그냥 거리가 아니라 내가 떨어지는 낙엽들을 보며 어떤 생각을 했던 거리. 마찬가지로 '하우스'라는 단어는 그냥 건물 그 자체를 가리키지만, '홈'은 보다 더 특별하죠. 우리의 소중한 무엇이 있는 집은 홈으로 지칭됩니다."

소중한 무엇이 있는 집……. 한때 여원에게도 그런 곳이 있었다. 비록 그녀의 '집'이라고는 할 수 없었지만.

"그러니까 여러분이 어떤 의미와 가치를 두느냐에 따라, 모든 공간이 여러분의 방이 될 수도 있고 영감을 얻는 장소가 될 수 있어요. 여러분에겐 어떤 평범한 공간이 특별한 장소가 되었나요? 아주 사소한 의미여도 좋아요. 몇 분에게 이야기를 들어 보고 싶은데, 음…… '양념치킨' 님?"

작게 웃음이 터졌다. 함께 웃은 선생이 재차 물었다.

"양념치킨이 무척 먹고 싶으신가 보네요. '양념치킨' 님에게는 어떤 특별한 장소가 있나요?"

지목당한 젊은 여자는 고등학교 시절 지냈던 기숙사를 특별한 장소로 꼽았다. 야자가 끝난 후 사감 몰래 친구들과 함께 치킨이나 피자, 떡볶이 등의 야식을 시켜 먹던 때가 행복했다며, 너무나 그립다고 했다.

이외에도 선생은 몇몇을 더 지목해 발표를 하게 했다. 누구는 어릴 때부터 뛰놀았던 고향 집의 앞마당, 누구는 여행지로 갔다가 남자 친구를 만났던 유럽의 마들렌 성당, 누구는 가족의 유해를 뿌렸던 바다…….

모두에게 저마다의 사연과 의미 있는 장소가 있었다. 대답할 거리가 궁했던 여원은 내심 안절부절못하고 있었으나, 다행히도 선생은 거기에서 지목을 멈췄다.

"좋아요. 어쩌면 별것 아닌 공간에서도, 아주 사소한 가치에서도 우리는 우리만의 특별함을 부여하여 장소로 만들 수 있지요. 여러분이 이 강의실이라는 공간도 그렇게 생각해 주었으면 좋겠어요. 이해하시죠?"

재소자들이 괜찮아요, 하고 대답했다. 슬쩍 돌아보자 다들 집중하고 있는 얼굴이었다. 여원은 저만 귀에 잘 안 들어오나 싶어 조금 어색해졌다. 실상 선생의 문제라기보단 제 태도의 문제였다.

"어느 장소에서나 우리는 우리에게 주인공이에요. 시를 쓰는 첫걸음은 주인공인 스스로에게 몰두하는 일이고요. 우리가 가진 스트레스의 대부분은 고요하길 원하는 내면과 소란스러운 바깥 세상이 충돌하는 데에서 발생해요. 이런 혼란한 와중에서도 스스로에게 몰두한 채 글을 쓴다는 건 아주 대단한 일인 거죠. 내가 놓인 공간을, 특별하고 온전한 나만의 방으로 만들면서요."

잠깐 말을 멈춘 선생은, 재소자들을 찬찬히 바라보더니 살짝 미소 지으며 이어 이야기했다.

"그러니 우리는 이 혼란 속에서 육체적으로나 정신적으로나 곧게 서려는 노력을 해야 해요. 자, 다들 허리를 쭉 펴 볼까요?"

재소자들이 허리를 펴고 앉았다. 여원도 마지못해 허리를 폈다. 별것 아닌 행동인데도 힘이 들었다.

"아, 좋아요. 우리 수업에서는 꼭 이렇게 허리를 펴고 앉으면 좋겠습니다. 또 각자 매일 스트레칭을 하며 이런저런 생각을 해 보았으면 해요. 스스로에게 몰두하는 좋은 시간이 될 수 있습니다."

인자하게 말하는 선생을 물끄러미 응시하며, 여원은 대학 시절 겪었던 교수들을 떠올려 보았다. 고작 1년 다니고 자퇴했던 데다가 워낙 오래전 일이라 가물가물했다. 좋은 교수도 있었고 이상한 교수도 있었던 것 같다.

"자, 오늘은 이렇게 필명을 짓고, 각자의 장소들을 나눠 봤는데요. 마지막으로 하나만 더 하고 마치도록 하겠습니다. 지금 드리는 종이에 자신의 '특별한 장소'에서 있었던 일을 되짚어서 써 보세요. 여기서의 '특별함'이 정말 대단할 필요는 없다는 거 알지요? 내게 공간이 장소가 되었던 경험을 쓰면 됩니다. 그때의 느낌과 감정을 솔직하게 되살려 주면 좋겠어요."

앞에서부터 종이가 나누어졌다. 여원은 막막한 기분으로 백지를 바라보았다. 흰 페이지만큼이나 머릿속도 텅 빈 상태였다. 소희를 비롯하여 주변을 돌아보니 모두 진지하게 골몰하는 중이거나 이미 무언가를 쓰기 시작하고 있었다.

여원은 펜을 들었다가 놓기를 반복하다 이내 다시 창밖으로 고개를 돌려버렸다. 운동장에서 다른 재소자들이 산책을 하고 있었다. 어쩐지 가슴이 답답했다.

* * *

두 번째 수업에서는 또 시를 낭독한 후 지난번 썼던 '공간이 장소가 되었던 경험'을 발표했다. 결국 여원은 아무것도 쓰지 못했고 아무것도 발표하지 못했지만, 선생은 그럴 수 있다며 천천히 생각해 보라고만 했다.

수업 내내 제대로 집중을 하지 못하던 여원은 소희가 앞에 나가자 그제야 귀를 기울였다. 소희는 살짝 긴장한 얼굴이었다. 그녀의 손에 들린 종이가 미세하게 떨리는 것을 보니 픽 웃음이 나왔다.

"흠, 아, 안녕하세요. 제 필명은 쏘……이구요, 제가 고른 장소는 예전에 제가 살았던 자취방입니다. 그, 처음 독립해서 살게 된 곳이기도 하고 제 취향대로 열심히 꾸며 놓은 곳이에요. 원래 살던 본가는 집이 좁아서 제 방이랄 게 없었거든요. 남은 방은 남동생 주고 그래서…… 어릴 때부터 저만의 공간이 없었는데, 자취방은 처음으로 제게 생긴 저의 공간이었어요. 그래서 제게 장소가 되었습니다."

소희는 털털한 듯하면서도 원체 자기 이야기를 잘 하지 않는 사람이었다. 그래서 여원은 소희의 이런 이야기들을 처음 들었다.

"이사하고 첫날 혼자서 자려고 누웠는데, 너무 설레고 벅차…… 그런 기분이 들었습니다. 혼자 살기 시작하면 무섭다던데 전 그런 건 하나도 없었어요. 해방감이 더 컸던 것 같아요. 정말 나만의 공간이라는 생각에, 돈도 없으면서 괜히 책도 들여놓고 액자도 걸고 소소하게 인테리어도 하고 그랬습니다. 여기에 와서 힘든 점 중 하나가 제 공간이 없다는 건데, 그래서 그런지 제 자취방이 더욱 그립네요. 어서 나가서 다시 저만의 공간을, 장소를 가지고 싶습니다. 감사합니다."

소희가 꾸벅 고개를 숙였다. 여원은 재소자들과 함께 박수를 쳤다. 선생은 박수를 치다가, 자신의 손을 맞잡으며 안타까운 듯 말했다.

"아, 자신만의 방이 없다는 건 정말 힘든 일인데. 특히 사춘기 시절에는 더욱요. 유명한 작가인 버지니아 울프는 여성이 글을 쓰기 위해서는 자신만을 위한 방 한 칸과 오백 파운드— 그러니까 사색할 곳과 경제적인 뒷받침이 필요하다고 말했었죠."

여원은 다른 것보다도 선생이 언급한 오백 파운드에 집중했다. 한국 돈으로 얼마일지 궁금했다. 자리로 돌아온 소희가 제 가슴에 손을 얹으며 과장되게 숨을 몰아쉬었다.

"나 안 더듬었지? 떠는 거 티 많이 났어?"

"좀 나긴 나더라. 막 종이가 달달달달 떨리던데."

여원이 옅게 미소 지으며 대꾸해 주었다. 이어지는 다른 재소자들의 발표를 들어 보니 나름 재미있었다. 이야기만 들으면 바깥의 여느 평범한 사람들과 정말 다를 바가 없어서 기분이 이상해지기도 했다.

날 때부터 시인인 사람은 없듯이, 날 때부터 범죄자인 사람도 없을 테지.

그 사실이 왜 이제야 새삼스럽게 느껴지는 건지 모를 일이었다.

"두 번째로 할 활동은 자기 스스로에게 '시 편지'를 써 보는 건데요, 주제는 고백이에요. 시라는 장르를 빌려 스스로에게 고백해 봅시다. 과거든, 현재든, 미래의 일이든 모두 좋습니다. 나 그때 그렇게 행동했지만, 사실 다르게 행동하고 싶었어. 나 앞으로 뭘 하고 싶어. 정말 무엇이든 좋아요."

갑자기 난이도가 어려워졌다. 재소자들의 당혹감을 읽은 선생이 너무 걱정하지 말라는 듯 말했다.

"지금부터 우리가 시를 쓰겠다고 마음먹고 쓰는 모든 것은 시가 될 거예요. 내용이나 형식이 어떻든지 간에요. 그러니 마음을 놓고 편하게 쓰도록 해요."

선생의 설명으로 인해 난이도가 조금 낮아지긴 했으나 여원에겐 여전히 어렵기만 했다. 스스로에게 고백을 하라고? 대체 무엇을? 어차피 내가 나인데 스스로에게 무슨 고백을 하라는 말인가?

오랜만에 깊이 생각을 해 보려고 했지만, 무언가에 튕겨져 나오기라도 하는 양 사고를 이어 나가기가 힘들었다. 우울증이라는 병명을 얻은 뒤로 매사가 이런 식이었다. 선생이 말했던 '스스로에게 몰두하기'란 도대체 어떻게 하는 것일까.

슬쩍 옆을 보니 소희는 벌써 무언가를 쓰기 시작하고 있었다. 여원은 연필을 고쳐 잡으며 주제를 생각해 내려고 애썼지만, 정말이지 쓸 만한 것이 없었다.

소희가 종이의 반을 채워 갈 때쯤에야 여원은 간신히 몇 가지 쓸 만한 주제를 추려 낼 수 있었다. 그러나 생각할수록 너무 별로인 것 같아 결국엔 다 접어 버렸다. 이런 걸 썼다가는 비웃음만 살 게 뻔했다.

책상 사이를 천천히 걸어 다니며 재소자들의 쓰는 모습을 지켜보던 선생이 여원의 옆에서 멈춰 섰다. 선생은 속닥거리는 목소리로 물어 왔다.

"뭐가 잘 안 되세요?"

"……네. 생각이 안 나서……."

"아, 그럴 때 있죠. 저도 그럴 때가 많아요. 부담 갖지 말고 천천히 생각해 봐요."

선생은 친절히 그녀의 어깨를 두드려 주고 떠났지만, 여원은 어쩐지 눈치가 보여서 고개를 들 수가 없었다. 여기서 한 글자도 못 쓰고 있는 사람은 그녀뿐이었다.

아무래도 관심 학생, 뭐 그런 게 된 것이 아닐까 하는 생각이 들었다.

여원은 빈 종이와 창밖을 번갈아 보며 한참을 멍하니 앉아 있었다. 소희는 쓸 게 많은지 계속해서 적어 내려갔다. 그렇게 얼마쯤 시간이 흘렀을까. 교실을 빙 둘러 다시 앞에 선 선생이 입을 열었다.

"자, 시간상 쓰는 건 여기까지만 할 건데요. 오늘 남은 시간과 다음 수업 시간에 걸쳐 모두에게 발표를 들어 보려고 해요. 혹시 아직 다 못 쓰신 분이 있다면 다음 수업 때까지 써 오시면 됩니다."

발표라니, 발표라니. 여원은 저도 모르게 긴 한숨을 내쉬었다. 도대체가 이 수업은 남의 얘기 듣는 걸 왜 이렇게 좋아하는지 모르겠다. 괜히 들어왔다는 후회가 뒤늦게 밀려왔다.

"혹 쓰기 어려우신 분들을 위해 팁……이라기엔 좀 그렇고 도움이 될 만한 방법을 알려 드리겠습니다. 이 '시 편지'는 스스로에게 말을 거는 고백의 형식이에요. 그러니까 스스로에 대한 이해가 먼저 되어야 합니다. 자신을 천천히 되짚어 보고, 종이 위에 과거의 추억을 하나하나 써 보세요, 좋은 추억이든, 나쁜 추억이든. 그때의 감정까지 떠올려 보는 게 좋겠지요. 아니면 남에게 자기 과거 이야기를 하는 것도……."

여원은 엎드려 버리고 싶은 기분을 꾹 참아 내며, 백지 위에 '고백'이라고 쓴 후 바로 밑에 '이원'이라고 필명도 썼다. 뭐라도 쓰긴 써야 할 것 같았다.

그 두 단어를 물끄러미 응시하던 그녀는 문득, 자신의 글씨체가 많이 흐트러진 것을 깨달았다.

* * *

[접견 신청인 : 장이석]

여원은 신청인의 이름만 보고선 바로 교도관에게 접견표를 돌려주었다. 벌써 세 번째였다. 그답지 않게 끈질긴 덕분에 여원은 외려 꽤나 담담해졌다. 그는 자신을 만나고 싶은 걸까. 자신에게 뭐 남은 볼일이 있다고…….

이석은 심지어 영치금도 보내왔다. 물론 그녀는 돌려보냈다. 도대체 무슨 꿍꿍이인 건지 찜찜하기만 했다. 갑자기 무슨 바람이 불어 이러는지는 몰라도, 철창 안에서 버티고 있으면 아무리 그라도 한들 어쩌겠느냐 싶었다. 출소까지는 아직 한참이었으니까.

그래, 앞으로 2년 반이 남았다. 이제껏 지나온 까마득한 날보다도 더욱 긴 시간이 남아 있었다.

여원은 차분한 얼굴로 책상 앞에 앉아 종이를 꺼내 들었다. 선생의 말대로 과거의 일들을 기억나는 대로 써 볼 작정이었다. 원래는 그냥 백지를 들고 덜렁덜렁 가려고 했지만 소희가 하도 성화였다. 몇 줄이라도 써 보라는 것이다. 아니면 하다못해 소재라도 정하라고.

[장이석]

여원은 반쯤 무의식적으로 그 이름을 썼다. 방금 접견표에서 봤던 터라 정말 저도 모르게 쓴 것이었다. 그녀는 지우개로 지워 버릴까 하다가 그냥 두었다.

선생은 중요한 일을 자세히 써 보라고 했다. 인정하기 좋든 싫든, 그는 한때 그녀에게 아주 중요한 사람이었다. 여원은 그와의 첫 만남부터 차근차근 떠올려 보았다.

[채권 추심 중에. 사장의 동생. 나를 빌림. 마음에 들어서… 흥미?]

이어지던 짤막한 키워드의 나열은 금방 멈추어 버리고 말았다. 연필심이 종이 위에 닿았다가 떨어졌다. 눈싸움을 하듯 종이를 노려보던 여원은 '흥미'라는 단어에 동그라미를 쳤다.
 그 흥미란 도대체 뭐였을까?
 장이석은 쓸데없는 것에 불필요한 관심을 쏟지 않는 인간이었다. 그러니 어떤 식으로든 그녀에게 흥미를 느꼈기 때문에 데려온 건 맞을 것이다. 왜인지가 궁금하긴 했지만, 이제 와서 이유를 따지기도 무의미할 터다.
 그는 나름대로 그녀에게 잘해 주었다. 소중히 대해 주지는 않았어도 완전히 무시하거나 방치하지도 않았다. 그 사실 자체만으로도, 장이석에게 그녀는 여느 이들과는 다른 존재였을지도 모른다. 뭐, 조금쯤은 사랑스럽게 여겼을지도 모르고.
 하지만 그래서?
 결과가 어떠했지?

[구속. 재판. 재판장이 항소를 설명하는 동안 수갑이 채워짐…]

의식의 흐름대로 글이 이어졌다. 구치소에서부터 1심에서 항소했던 일, 또 2심을 거쳐 최종심까지 갔던 과정들을 조금 두서없이 적어 내려갔다.
 마지막 재판에서 재판장은 여원에게 급하게 연락할 사람이 있느냐고 물었다. 그건 수감자가 아닌 신분으로 자유롭게 연락할 수 있는 마지막 기회를 주는 것이었다.

'있어요.'

왜 있다고 대답했는지 모르겠다. 왜 그가 생각났는지 모르겠다. 정말 나를 이대로 감옥에 보낼 것이냐고 묻고 싶기라도 했던 걸까. 그러지 말라고, 용서해 달라고 매달리고 싶기라도 했던 걸까.

재판장은 연락할 사람과 어떤 관계냐고 물었다. 여원은 대답하지 못했다. 3년을 함께 살았지만 결국 그와는 아무런 관계도 아니었기에. 결국 그녀는 아무런 관계도 아닌 그에게 연락하지 않았다.

그러니까 마지막으로 그를 본 것은 오피스텔에서가 끝이었다. 재판이 진행되는 내내, 또 호송 버스를 타고 구치소로 갈 때까지도 그는 그녀를 찾거나 연락을 취해 오지 않았다.

단 한 번도.

여원은 입술을 깨물고선, 지우개로 쓴 것들을 죄다 지워 버렸다. 떠올렸다가 괜히 기분만 안 좋아졌다.

여원을 상담했던 정신과 의사는 그녀의 자존감이 많이 낮아진 상태라고 말했다. 그럴 이유야 많았고 자존감 같은 것을 챙길 상황도 아니었지만, 실질적인 주범이 누구인지는 빤한 이야기였다.

그녀는 그에게 언제나 약자였으니까…….

'대신 상환 기한을 3년 후로 미루고, 그간 머물 곳을 마련해 주지. 거주에 들어가는 비용은 없을 거야. 3년간은 이자도 통상 정상 이자로만 받고.'

'마음에 안 들어? 그럼 이자는 아예 안 받는 걸로 하지. 원금만 열심히 갚아 봐.'

그건 정말 흥미와 호의였을까.

'무슨 말이라도 좀 하지? 나쁘지 않은 제안일 텐데.'

아니면 흥미와 호의를 가장한 조롱이었을까.

여원은 안간힘으로 그에 대한 생각을 떨쳐 냈다. 괜히 떠올렸다. 스스로에 대한 이해건 뭐건 그에 관한 것은 더 이상 생각하고 싶지 않았다. 그녀는 다른 추억을 되짚어 보기 위해 애썼다.

그를 제외하고 가장 먼저 떠오르는 이라면 단연 하나였다.

조금 더 어릴 때의, 그녀에게 소중했던, 그녀를 소중히 여겼던, 한때 누구보다 사랑했던, 한때 누구보다 원망했던, 그녀의 인생을 만들었고 또 망쳐 놓았던…….

[엄마]

여원은 턱을 괸 채 느릿느릿 연필을 움직여 뒷말을 이어 썼다.

[보고 싶어]

우습게도 그랬다. 인생이 이렇게 된 것은 결론적으로 제 잘못도 아니고 그의 잘못도 아니다. 엄마의 잘못이었다. 딸의 인생을 절벽 끝으로 몰아넣고 무책임하게 죽어 버린 엄마의 탓이고 책임이었다.

그런데, 우습게도 그랬다.

포크레인이 되겠다는 딸의 어린 꿈을 응원해 주던 엄마가 보고 싶었다. 학생처럼 함께 공기놀이를 하던 엄마가 보고 싶었다. 퇴근길이면 통닭을 사 오던 엄마가 보고 싶었다. 앓는 허리로 자리를 뒤척이던 엄마가 보고 싶었다.

꺼내 놓은 기억은 짓무른 과일처럼 축축이 젖어 있었다.

"……언니."

"어."

그녀의 곁에 모로 누운 채 티브이를 보고 있던 소희가 심드렁하게 대꾸했다. 여원은 그녀 쪽으로 돌아앉으며 물었다.

"엄마 계셔?"

"갑자기 왜 패드립이야……?"

"아니, 진짜 계시냐고."

"있어. 왜?"

"언니는 엄마가 보고 싶어?"

"음…… 보고 싶지."

"언니 엄마는 좋은 분이야? 그래서 보고 싶어?"

소희가 인상을 찡그리며 손을 휘휘 내저었다.

"야, 말도 마라. 좋은 분은 무슨. 나랑 남동생이랑 차별 엄청 심해. 나 발표할 때 못 들었어? 방 하나 남은 거 걔 줬다니깐?"

"아, 맞아……. 들었어. 언닌 그래도 엄마가 보고 싶은 거야? 원망하는데도?"

"우리 부모님은 날 사랑하긴 해."

티브이 화면에 고정되어 있던 소희의 시선이 바닥으로 조금 미끄러졌다.

"동생만큼이 아닐 뿐이야. ……그래도 뭐 가족으로서의 사랑은 있지. 나도 부모님을 사랑하고. 근데 갑자기 이건 왜 물어?"

"선생님이 안 써지는 사람은 남한테 자기 이야기를 해 보랬잖아."

"뭐야, 그럼 네 얘기를 해야지. 난 이미 다 썼거든요."

소희는 여원에게 부모님이 안 계시다는 걸 알고 있었다. 다만 여원이 그 이상으로 자세한 이야기는 한 적이 없었다. 장이석에 대해서도 두루뭉술하게 이야기했을 뿐 정확히 어떤 관계였고 그녀가 왜 감옥에 들어오게 된 것인지는 말하지 않았다.

여원은 자세를 편하게 고쳐 앉으며 평이한 어조로 말했다.

"우리 엄만 도박 빚 잔뜩 지고 교통사고로 죽어 버렸어."

"……야 갑자기 스케일이……."

"그거 갚다가 일이 꼬여서 여기 온 거야. 근데 엄마가 보고 싶어. 말이 돼?"

"그럴 수 있지."

"언닌 만날 그럴 수 있대."

여원이 뾰로통하게 대꾸했다. 소희는 피식 웃고선 몸을 일으켜 앉았다.

"나도 가족이 미워 죽겠는 이유 꼽으라면 한두 가지가 아닌데, 결국은 보고 싶더라. 결국 나한테 남는 건 가족이야. 돌아가면 날 품어 줄 게 가족밖에 없으니깐……. 아 그래도 도박 빚은 너무했다. 얼만데?"

"이자까지 2억 훨씬 넘어."

"미친, 시발."

말이 끝나기가 무섭게 소희가 욕설을 뱉었다.

"그걸 안 갚고 죽…… 돌아가셨다고? 설마 네가 다 떠맡은 거야? 부모 부채는 유산 안 받겠다고 하면 그냥 없어지는 거 아닌가?"

"……이래저래 문제가 있어서. 어떻게 다 갚긴 했어."

"와 갚았다니 다행이긴 한데…… 무슨 드라마 같다. 어머니 진짜 너무하네……."

"그 지경이 되어서도 나 거의 끝까지 엄마랑 연을 못 끊었어. 물론 사채가 내 명의로 된 걸 몰라서이긴 한데…… 내가 진짜, 어디가 모자란 앤가 봐."

"음— 우리 엄마 얘긴 아닌데."

소희가 제 몸을 여원 쪽으로 바짝 끌어다가 앉으며 말을 이었다.

"내가 칼로 척추 찔러서 다리 못 쓰게 만들어 놓은 남자 친구. 나 그 새끼 진짜로 좋아했어."

"……."

"허구한 날 나 때리고 협박하고 그랬는데, 그래도 좋아했어. 헤어지면 남일 뿐인 존재인데 말이야. 나도 내가 이해가 안 가. 근데 그랬어."

"……."

"사랑하는데 또 존나 미워하고, 그럴 수 있다고 생각해. 감정은 어쩔 수 없는 거잖아. 나도 멍청해서 잘은 모르겠지만, 그냥…… 그 '어쩔 수 없는 감정'을 핑계로 행동을 잘못하지만 않으면 되는 거 아냐? 난 감정대로 행동했다가 이 꼴이 된 거지만."

"……그게 쉽지가 않네. 감정대로 행동하지 않는 거."

"어쩌겠어, 인간이 대부분 그렇지. 아무튼 그래서 쓸 마음이 들긴 한 거야?"

"쓰는 중. 아, 이제 진짜 제대로 써 봐야지. 완전 숙제 생긴 기분이야."

여원이 앓는 신음을 내며 다시 연필을 잡았다. 소희는 큭큭

대고선 바닥에 드러누웠다. 사방 안에는 티브이 소리와 재소자 둘이 장기 두는 소리만이 났다.

여원은 멍하니 벽을 보고 앉아 선생의 말을 떠올렸다.

'과거든, 현재든, 미래의 일이든 모두 좋습니다. 나 그때 그렇게 행동했지만, 사실 다르게 행동하고 싶었어. 나 앞으로 뭘 하고 싶어. 정말 무엇이든 좋아요.'

과거로 돌아간다면 어떻게 행동해야 할까. 엄마가 빚까지 져 가며 도박을 하고 있다는 사실을 알았을 때 연을 끊어 버려야 했던 걸까. 설령 그때로 돌아간다 한들, 정말 엄마를 매정히 내칠 수 있을까?

과거…… 과거에 대해 생각하고, 후회하고, 자괴한 적은 수도 없이 많다. 하지만 돌이킬 수 없는 일을 곱씹어 보는 것에는 지쳤다. 여원은 현재나 미래의 일을 생각하고 싶었다.

하지만 이제 현재랄 게 있나. 미래랄 게 있나. 엄마는 이미 죽었고, 남은 것은 그녀 혼자인데. 여원은 어쩐지 울컥하는 기분을 간신히 내리누르며 종이 위에 연필을 가져다 댔다.

더듬더듬 몇 줄 써 나가던 여원이 조용히 물었다.

"……그 남자 친구란 사람 얘기 처음 들어. 언닌 왜 언니 얘길 안 해?"

얼마간 침묵이 흘렀다. 녹화된 예능 속에서 연예인들이 시끌시끌하게 농담거리를 던졌다.

"재밌는 얘기도 아냐."

소희는 그렇게 웃고 말았다.

* * *

'아, 나 잡아 줘!'
'혼자 타세요ㅡ.'
'그럼 좀 타는 법 좀 알려 주든가!'
깔깔거리는 웃음소리. 산뜻한 바람에 흩날리는 머리칼.
'이건 감으로 타는 거거든?'
'으왁! 와아악!'
'여원, 조심조심! 하여튼 저 운동 신경은 누굴 닮았는지.'
'엄마, 진짜 나 잡아 주면 안 돼? 무서워.'
앞서 나가던 엄마가 태양을 등진 채 되돌아온다. 선명한 여름날의 햇빛에 여원은 눈을 잔뜩 찡그렸다. 가늘어진 시야 사이로 엄마의 입 모양이 움직였다.
'여원아, 앞을 봐. 그렇게 땅만 보고 걸으면 네가 어디까지 왔는지 모르잖아.'
'그런 거 몰라도 돼. 나 잡아 달라니까아.'
'잡아 줄 수는 없네요. 그러다간 같이 넘어지거든. 혼자 가야 해.'
'그래도 무서운데.'
여원은 징징거리며 손바닥으로 눈 위에 그늘을 만들었다. 손날 아래로 엄마의 입매가 가느스름하게 늘어났다. 명료한 목소리가 내려앉는다.
'혼자 가. 지켜보고 있을게.'

14. 서른하나의 여자

14. 서른하나의 여자

그때, 시 편지를 뭐라고 썼더라. 오래전의 일이라 기억이 잘 나지 않았다. 대충 쓰고 사방 아무 곳에나 던져둔 것을 소희가 주워 갔던 것 같다. 여원은 멍하니 생각하며 맥없는 시선으로 앞을 바라보았다.

소희는 사진 속에서 미소 짓고 있었다. 영정 사진으로 쓸 만한 가장 최근의 사진이라곤 온통 수의를 입은 채 찍힌 것뿐이라, 6년 전 증명사진으로 제작한 것이었다. 사진 속 스물일곱의 그녀는 풋풋했다.

텅 빈 빈소에는 적막만이 감돌았다. 분향실에는 소희의 남동생이 두 줄짜리 완장을 차고 조용히 서 있었다. 빈소에는 이따금 소희의 예전 친구와 교회 사람들이 방문했지만, 그마저 몇 되지 않았다.

소희의 최근 지인은 죄 수감자들이니만큼 장례식 참여가 불가능했다. 이미 출소한 이들 몇몇만이 찾아왔고, 그 외엔 교도소 안에서 기린다고 했다. 사람이 없는 만큼 장례는 약식인

2일장으로 치르기로 했다.

  6년이었다.

  6년 동안, 수감되기 전의 소희를 알던 사람들 대부분이 떠나갔다. 동료 수감자들 외에 찾아오는 사람들은 의례적인 슬픔을 표할 뿐이었다. 소희의 부모님은 끝내 빈소에 오지 않았다.

  티브이 화면 위에서 미끄러지던 소희의 시선이 현기증처럼 의식을 덮쳤다. 쓸쓸한 목소리가 귓가에서 이지러진다.

  '우리 부모님은 날 사랑하긴 해.'

  정말로?

  '동생만큼이 아닐 뿐이야. ……그래도 뭐 가족으로서의 사랑은 있지. 나도 부모님을 사랑하고.'

  정말로 가족들이 언닐 사랑했어?

  그렇다면 지난 몇 년간, 왜 언니에게 접견을 오지 않았던 거야? 왜 언니가 출소하기도 전에 도망치듯 이사를 가 버린 거야? 왜 언니에게 아무런 연락도 하지 않았던 거야? 왜 언니는 돌아온 집에서 생전 모르는 사람들을 마주쳐야 했던 거야?

  왜, 언니의 장례조차 치르지 않으려 했던 거야.

  언니, 그건 사랑하는 게 아니야. 나도 겪어 봐서 알아. 한때는 사랑했을지 몰라도, 이제는 아닌 거야. 그 사람들은 언니에 대한 사랑보다 더 중요한 것이 있어서 언니를 저버렸어. 우리 엄마가 내게 그러했듯이.

  우리 엄마도 내게…….

  여원은 몸을 바짝 웅크렸다. 무정히 지난 시간 속에서 덮어 두었다고 생각했던 아픔이 전신을 훑어 내렸다. 양팔로 제 몸을 바짝 끌어안았지만 기묘하게 추위는 좀체 가시지 않았다.
 툭, 몸 위로 커다란 정장 재킷이 떨어졌다.
 "눈 좀 붙여."
 "……."
 "너 사흘간 거의 안 잤어."
 무뚝뚝한 목소리가 머리 위에서 들려왔다. 여원은 재킷을 끌어다 엉성히 덮으며 멍하니 위를 바라보았다. 그러나 한껏 고개를 쳐들어도 그의 가슴팍까지밖에 보이지 않았다.
 이석이 소리 없이 그녀의 옆에 몸을 앉혔다. 7년간 변하지 않은, 익숙한 향이 코끝을 맴돌았다. 일순 시야가 흐릿해졌다가 돌아오며 그의 서늘한 얼굴이 초점에 잡혔다.
 머리를 넘기고 검은 정장을 입은 그는 여느 때처럼 강박적일 만큼 반듯했고, 완벽했다.
 어쩐지 울컥하는 기분이 들어서 여원은 다시 고개를 돌렸다. 식의 처음부터 끝까지 자리를 지켜 준 이가 그라는 게 아이러니했다.
 "장례 치르게 해 준 거, 당신이죠?"
 이석에게선 아무런 대답이 없었지만 여원은 긍정으로 알아들었다. 아니, 이 상황은 긍정일 수밖에 없었다.
 지금껏 그에게 빚 같은 걸 지고 싶지 않아 발버둥 쳐 왔다. 그러나 이미 벌어진 일이었고, 고마운 건 고마운 거였다. 언니를 무연고자로 떠나보내느니 그에게 빚을 지는 게 나았다.
 "……고마워요."
 "고마우면 잠이나 좀 자."
 "장례 비용 얼마예요? 갚을게요."

"내가 하고 싶어서 한 건데 네가 왜 그걸 갚아."
"언니랑은 얼굴도 모르잖아요."
"내적 친밀감 같은 거야."
"뭐래……."
그의 헛소리에 여원이 짧게 웃음을 흘렸다. 눈꺼풀은 무거웠으나 마음이 술렁거려 도무지 잘 수 있을 것 같지가 않았다.
"내가 이상해요?"
"갑자기 뭐가."
"이미 죽은 사람 장례를 이렇게까지 신경 쓰는 게."
"……안 이상해."
대답은 그렇게 했지만 여원은 그 말을 믿지 않았다. 분명 효용 없는 일이라고 생각하고 있겠지.
그녀는 두 무릎을 끌어안으며 나직이 입을 열었다.
"장례식은 남겨진 자들을 위한 거라잖아요."
맞다. 결국 장례를 치르고 싶어 했던 건 그녀 자신을 위해서였다. 언니를 그냥 떠나보낸다면 괴로워서 견딜 수가 없을 것 같았으니까. 자신을 위해 많은 것을 해 준 언니에게, 그것 하나 못 해 준다면 스스로가 너무 부끄러워질 것 같아서.
"……마지막으로 만날 때까지만 해도, 정말이지 전혀 그런 낌새는 없었어요."
"……."
"늘 평소의 언니였죠. 늘 힘들어하던 건 나였고 언니는 그런 날 일으켜 주는 역할이었는데…… 그래서 더 모르겠어요. 언제부터 그런 생각을 한 건지……. 내가 출소한 이후였는지, 아니면 그 전이였는지……."

그는 별다른 대꾸 없이 가만히 듣기만 했다. 그리고 오히려 그게 나았다. 여원은 고해성사라도 하듯 천천히 말을 이었다.
 "수감된 지 1년 반이 되던 즈음에, 나도 죽으려고 했어요. 실패했지만……. 그래서 언니가 충동적으로, 어느 날 갑자기, 죽어야겠다는 결심을 했다고는 생각하지 않아요. 죽음에 대한 생각을 하는 건 굉장히 단계적이거든요."
 "……."
 "당장 오늘이 힘들어서 죽고 싶은 게 아니에요. 내일보다, 그리고 그다음 날보다— 차라리 오늘이 낫다고 생각하기 때문이죠. 오늘보다 더 나은 미래가 기다릴 것이라는 희망이 없는 거예요. 그렇게 되기까지 여러 희망이 좌절되었기 때문이고요. 하지만 지금은요……, 그때 죽지 않길 다행이라고 생각해요. 지금 와서 돌이켜 보면 왜 그렇게까지 생각했는지 잘 모르겠거든요. 너무 지나치게 몰려 있었고, 생각도 좀 왜곡된 방향이었죠."
 목 안쪽에서 뜨거운 것이 치밀었다. 여원은 그것을 꾹 삼켜 내며 손바닥으로 눈가를 눌렀다.
 "……언니한테도 이 말을 해 주고 싶은데. 진부한 말이라고 여길지는 몰라도…… 지나 보면, 정말 지나간 일이 된다고. 그 순간만큼은 영원할 것처럼 느껴진다고 해도, 그게 아니라고. 그때의 감정이 영원하지는 않다고."
 순식간에 눈가에 열이 몰렸다.
 "그런데 이젠 말해 줄 수가 없어서……."
 입 밖으로 작은 흐느낌이 비집어 나왔다. 그게 신호라도 된 양, 둑이 터지듯 눈물이 쏟아졌다. 여원은 잔뜩 몸을 웅크린 채 겨운 숨을 토해 냈다. 가슴이 아팠다. 칼로 난자당한 듯 너무너무 아파서 견딜 수가 없었다.
'나오면 내가 밥 살게.'
'비싼 걸로 얻어먹어야지.'
나한테 밥 얻어먹겠다며.
'출소할 때 오고 싶은데 그날 아침부터 근무라.'
'야, 됐어. 알아서 연락할게.'
연락하겠다며.
왜 날 찾지 않았어? 왜 힘들다고 내게 얘기하지 않았어? 언니는 늘 그런 식이었어. 다 괜찮은 척 굴면서 결국 내게 언니 얘길 해 주지 않았지. 언니에게 나는 아무것도 아니야? 어떻게 날 두고 그렇게 가 버릴 수가 있어?
또.
또다시.
나를 사랑하는 사람은 아무도 없고 내가 사랑했던 기억만 남았어.
온몸이 덜덜 떨렸다. 뺨이 흠뻑 젖어 들어갔다. 엄마의 장례식장을 홀로 지킬 때 느꼈던 고독감이 파도처럼 그녀를 덮쳐왔다. 자꾸만 혼자가 된다. 자꾸만…….
나를 사랑하는 사람은 아무도 없고…….
문득, 너른 품이 그녀를 안아 왔다. 익숙한 향이 주변을 몰아내듯 감쌌다. 모든 파도에게서, 소란에게서, 아픔에게서 그녀를 영원히 지켜 줄 것처럼 단단했다. 그럴 리가 없다는 것을 알면서도.
여원은 그 품에 기대어 한참을 울었다.

* * *

여원은 소희가 그녀에게 남겼다는 책을 전달받았다. 책의 표지에는 『새길』이라고 적혀 있었다. 시 치료 프로그램을 들을 때 선생이 소개했던 수용자 종합 문예지였다.

소희는 여원이 출소한 후 시 치료 프로그램에 한 번 더 참여했다고 했다. 출간 일자를 보니 아마 그때 받은 책인 모양이었다.

어이가 없었다. 편지도 아니고, 흔적이라곤 시 한 편이 실렸을 뿐인 책 같은 걸 남기다니. 추억이라도 되돌아보라는 건지, 자기 작품을 자랑이라도 하려는 건지. 도무지 그 의도를 짐작할 수가 없었다.

"……이딴 걸 왜 준 거야. 직접 주든가……."

어디에도 닿지 않는 중얼거림이 공허하게 흩어졌다.

여원은 그것들을 당장 볼 자신이 없어서 그냥 서랍에 넣어두었다. 편지가 아니라 이런 쓸데없는 걸 남긴 것에 대한 화도 있었다. 그녀에게 감정을 잊는 익숙하고 편한 방식은 도피였다. 언제나 그랬다. 교도소 안에서 이석에 대한 기억을 애써 묻고 또 묻어 두었듯이.

좀 더 시간이 지나면.

좀 더 괜찮아진다면.

그때 꺼내 볼 것이다.

여원은 서랍을 닫고 방을 나섰다. 장례식으로 인해 나흘간 연차를 쓴 터라 오늘부터는 출근을 해야 했다.

계단을 내려와 건물을 나오자 언제나와 같이 그가 앞에 서 있었다. 훌쩍한 키의 사내는 전체적으로 파르스름한 빛깔을 띠고 있었다. 머리칼과 눈동자는 깊숙한 밤의 단면처럼 짙었다. 그를 이루는 모든 것이 차갑고 건조한 색이었다.

쏴아아―

거리를 휩쓰는 바람에 그의 머리칼이 나부꼈다. 여원은 문득 멈추어 서서, 그 장면을 생경한 듯 바라보았다. 눈앞의 광경이 혼곤한 꿈의 조각처럼 멀고 아득하게 느껴졌다.

그가 고개를 기울이며, 경계를 부수듯 한 걸음 다가왔다.

흠 없는 이목구비는 언뜻 무감했지만 여원은 거기에 의아함이 서려 있음을 알았다.

'알았다.' 모를 수도 있는 것을― 너무나 자연스러운 익숙함으로. 그 차이가 주는 깨달음은 컸다.

가을의 어느 때에 놓인 상시의 아침이었다.

여원은 그가 제 일상의 당연한 부분이 되었다는 것을 새삼 인정해야만 했다. 4년 전 그 오피스텔에서 그러하였듯이……. 비록 당연해진다는 것이 그 옛날의 감정과 동의어는 아닐지라도.

그녀는 그에게로 걸음을 내디뎠다.

소희가 없어도 세상은 여느 때와 같이 돌아갔다. 장례식이 끝난 후 여원의 일상도 그대로였다. 변한 것은 없었다. 어제가 오늘 같을 것이고, 또 오늘이 내일 같을 것이다.

그러나 소희의 장례식을 아주 오랫동안 잊지 못할 것이라는 예감이 들었다.

"……날이 갑자기 추워졌네요."

도망치듯 넣어 둔 기억은 책장 안에 끼워 둔 책갈피처럼, 너무나 손쉽게 열어 볼 수 있을 것이다.

"추운데 왜 옷은 얇게 입고 나왔어."

"외투 살 거예요. 그리고 아직 가을이잖아요."

아주 오랜 시간이 지나 열어 본 기억은 어쩌면 해져 있을지도 모른다. '그때 이런 일이 있었지' 하고 심상하게 넘겨 볼 수 있을지도 모르고.

"너 내가 준 옷 아직도 안 입어?"

"그거 다 갖다 팔았는데."

"뭐?"

그러나 결코 잊을 수는 없을 것이다.

"언제 팔았어?"

"받고 얼마 안 돼서……. 팔면 안 돼요?"

시간이 흘러도 그때의 마음은 몸에 남아, 사는 동안 때때로 예측할 수 없는 곳에서 출몰할 것이다.

"그런 게 아니라……, 너 예전에 입던 옷이랑 최대한 똑같은 걸로 산 거란 말이야."

"아 무슨 그렇게까지 해요. 강박증 여전하시네."

기억은 그렇게 내일로, 또 내일로 마음을 상속하여 자신이 살아 있음을 증명할 것이다.

"내 목도리라도 해."

"됐어요."

"괜히 고집부리다 감기 걸리면 네 책임이야. 외투는 언제 살 건데."

"자꾸 구박할 거면 같이 안 가요!"

"구박 안 하면 계속 같이 갈 건가?"

여원은 걸음을 조금 빨리했다. 그가 자연스레 발을 맞춰 왔다. 그녀의 걸음은 늘 그에게 너무나 손쉽게 따라잡혔다. 아무리 애써 노력하여 빨리 걷는다고 해도 그랬다. 거기에 괜히 마음이 가라앉는다.

그녀는 고개를 들었다. 시야가 잠깐 부옇게 변했다가 다시 또렷해졌다.

무연한 겨울 하늘을 마른 나뭇가지들이 어지럽히고 있었다. 건조한 바람 한 점에 간신히 매달려 있던 나뭇잎 하나가 떨어져 나갔다. 창백한 하늘에 눈이 부신 듯 여원이 눈을 가늘게 떴다.

언니.

나는 아주 오랫동안 언니를 잊지 못할 거야.

* * *

두 달이 지났다. 계절은 가을을 지나 겨울의 가운데에 들어섰다.

생활은 여느 때와 다름이 없었다. 시간에 맞추어 그와 함께 출퇴근을 했다. 주간 조와 야간 조를 번갈아 근무했으며, 휴일과 비번인 날에는 도서관에서 토익 공부를 했다.

역시 이석도 함께였다. 평일임에도 그는 도서관에 따라와 거기서 회사 업무를 보았다. 점심 한 끼 먹으러 고시텔까지 갔다가 또다시 오는 것은 시간과 체력 낭비라는 그의 주장에 휘말려, 얼떨결에 그 근처 식당에서 밥도 같이 먹었다.

시간이 갈수록 제 곁에 있는 그가 익숙해졌다. 어쩔 수 없는, 자연스러운 흐름이었다. 그러나 그럴수록 여원은 외려 스스로의 마음에 대해 냉정해졌다. 이러한 변화 또한 이석의 계획일 것이라는 확신에서였다.

'익숙하다.' 그 단어는 결코 긍정적인 부분만을 내포하고 있지 않았다.

그녀는 여전히 과거를 잊지 않았고, 그가 어떤 사람인지 잊지 않았으며, 자신의 처지와 이 관계의 부조리함을 잊지 않았다. 그 상태 그대로 익숙해져 가는 것일 뿐이다.

근본적인 문제들이 해결되지 않는 이상, 이석과의 새로운 시작 따위는 기대할 수 없었다.

여원은 끊임없이 그에게 문제를 제기했다. 이게 정상적인 관계 같으냐고, 이제 그만두는 것이 맞지 않겠느냐고, 차라리 좀 다른 방법을 생각해 보자고. 그러나 이석은 제대로 들을 생각이 없어 보였다. 처음부터 그러했듯이.

모든 것이 여느 때와 같거나— 혹은 조금씩 달라지고 있었다.

비록 과거가 물 아래에 어른거리고 있다 해도. 끊임없이, 늘 그 자리에서…….

비번 이후 출근한 공장에는 세 명의 결원이 있었다. 한 명은 문자 하나만 남긴 채 그만뒀고, 한 명은 연차를 썼으며, 한 명은 말도 없이 결근을 했다. 다영이었다.

말도 없이 안 나올 애는 아니라 걱정이 됐다. 퇴근 후 전화해 봐야겠다고 생각하던 참이었는데, 점심시간에 한성태가 먼저 말을 걸어 왔다. 최근 괜히 이죽거리는 걸 그만둔 이후로는 오랜만이었다.

"여원 씨, 다영 씨랑 연락돼?"

"아, 아뇨. 아직 안 해 봤어요."

"아니, 사람이 안 나올 거면 말을 해야지. 연락도 안 받고."

"다영이가 연락을 안 받아요?"

"전화해도 안 받아. 이따 여원 씨가 연락 좀 해 봐 봐."

"아…… 네."

여원이 얼떨떨하게 고개를 끄덕였다. 연락도 받지 않는다니, 무슨 일이 있는 걸까. 일하는 시간 외에는 거의 휴대폰을 달고 사는 애라 대개 재깍재깍 답이 오곤 했었는데.

여원은 밥을 입에 밀어 넣으며 다영에게 전화를 걸어 보았다. 통화 연결음이 한참이고 이어졌지만 다영은 받지 않았다.

―고객이 전화를 받지 않아 소리 샘으로 연결됩니다. 삐 소리 이후…….

통화 종료 버튼을 눌렀다. 여원은 걱정스러운 얼굴로 다영에게 메시지를 넣었다.

[다영 오늘 왜 안 왔어??]

역시 답장은 오지 않았다. 미정은 새벽까지 술이라도 마시고 지금까지 자고 있는 게 아니겠냐며 가볍게 말했다. 사실 여원도 그럴 가능성이 높다고 생각하긴 했다. 술과 사람을 좋아하는 다영은 종종 숙취에 절은 채로 출근하기도 했으니까.

하지만 어쩐지, 뭔가…….

"자, 교대하고 작업 들어갑시다!"

밥 먹고 이야기 좀 나눴을 뿐인데 벌써 30분이 지나갔다. 여원은 식판을 들고 일어났다. 옆에서 미정이 점심시간이 너무 짧다며 투덜거렸다.

공식적인 식사시간은 1시간이었지만 작업대를 비울 수 없었기에, 30분씩 교대로 돌아가며 밥을 먹고 바로 투입되는 실정이었다. 휴게 시간도 무늬만 휴게 시간이었고, 남은 작업에 따라 그때그때 달라졌다.

여원은 찜찜한 기분을 안고 작업실로 들어섰다.

* * *

오후 8시, 퇴근 후 여원은 계단을 내려오며 휴대폰을 확인했다. 다영에게 답신이 와 있었다. 급하게 열어 본 메시지의 내용은 다른 때처럼 발랄하기만 했다.

[다영 : 헐 언니지금봣ㅅ러요 어제술먹어서 지금까지자느라ㅠㅠ]

역시 술 먹고 늦잠을 잔 거구나 싶어 안도하던 것도 잠깐, 이어지는 메시지에 여원이 고개를 갸웃했다.

[다영 : 저 며칠 휴가써여~~ 넘걱정마세용]

"휴가……?"
갑자기 웬 휴가지?
냉기가 서려 있는 건조한 바람이 속을 파고들었다. 여원은 어깨를 움츠리며 잠바를 여몄다. 저만치에 장신의 그가 오래된 나무처럼 우뚝 서 있었다. 그녀는 그를 흘끔 보고선 다영에게 다시 전화를 걸었다.

무뚝뚝한 얼굴의 이석이 가까워지는 그녀를 가만히 응시했다.

그와 몇 걸음 남겨 두지 않고 다영과 통화가 연결되었다. 여원은 한 손을 들어 보이며 '잠깐만요'하고 입 모양으로 말했다. 통화 좀 하겠다는 표시였다.

―여보세요.

"어, 다영아. 문자 봤는데 걱정돼서 전화했어."

―아 언니. 저 괜찮아요! 걱정 안 해도 되는데.

다영 특유의 까랑까랑한 목소리가 귀를 울렸다. 여원은 내심 안도하며 걱정스레 타박을 놓았다.

"얼마나 마셨기에 전화도 못 받아. 연락도 안 되고. 속은 좀 괜찮아?"

―내내 변기 붙들고 있었죠, 뭐. 이젠 좀 괜찮아졌어요.

"다행이네. 근데 갑자기 휴가는 왜 써? 무슨 일 있어?"

아주 잠깐, 침묵이 있었다. 몹시 짧았으므로 그다지 이상하게 여길 만한 간격은 아니었다.

―남자 친구랑 여행 좀 다녀올까 해서요. 펜션 잡고 겨울 바다 보러 가려고요.

"내일부터 바로?"

―네, 내일 바로! 아, 나 또 올라오려 그래. 속 울렁거린다. 언니 끊을게요!

"아, 응. 잘 놀고 와……."

뚝, 통화가 끊겼다. 여원은 조금 얼떨떨한 얼굴로 휴대폰 화면을 바라보다가, 짧게 숨을 내쉬며 주머니에 집어넣었다. 이석의 덤덤한 시선이 그녀를 면밀히 훑었다.

"왜?"

"오늘 다영이가 결근했는데 연락이 안 됐었거든요. 방금 전화가 됐는데…… 내일부터 휴가를 낸다고."

걸음을 옮기는 둘 사이로 노호하는 찬바람이 훅 스쳐 갔다. 이석은 별 의미 없는 말을 되뇌듯 대꾸했다.

"휴가."

"남자 친구랑 여행 다녀온대요."

"어디로?"

그가 왜 새삼 이런 걸 묻나 생각하면서도 여원은 대답해 주었다.

"겨울 바다요. 펜션 잡고."

"우리도 갈까?"

"……."

"여행."

"또 무슨……."

"헛소리, 라고 하려 그랬지."

여원은 어처구니가 없다는 눈으로 이석을 올려다보았다. 그가 입매를 슬쩍 늘여 웃었다. 여행이라니, 정말이지 그와는 하나도 어울리지 않는 단어였다. 같이 살 때도 3년 동안 휴가 한 번 쓰는 꼴을 못 봤다.

그녀는 다시 고개를 앞으로 돌리며 다른 말을 꺼냈다.

"……가을 즈음에 다영이한테 넌지시 물어봤었거든요. 남자 친구 무슨 일 하냐고. 예전에 휴대폰 대리점에서 일 잠깐 하다가 지금은 쉬고 있대요. 그래서 외제 차는 어떻게 산 거야? 집이 잘살아? 물었더니, 그것도 아니래요."

"중고 할부겠지."

"그렇다고 네 남자 친구 차 중고 할부로 산 거 아니야? 이렇게 물어볼 순 없잖아요. 확실한 것도 아닌데."

"왜 못 물어봐?"

"……아무튼, 약간 운을 띄우긴 했어요. 혹시 몰라 걱정돼서 그러니까, 한번 남자 친구한테 물어나 보라고. 알아들은 눈치긴 했어요. 그때 다영이도 일단 알았다고 하긴 했는데…… 남자 친구한테 이야기 안 해 본 것 같아요."

여원이 긴 한숨을 뱉었다. 계절이 한 번 지났는데도, 여태껏 그 문제와 관련된 말은 전해 듣지 못했다. 확실치도 않은 남의 일에 괜히 참견한 건가 싶기도 했다. 다영이 그녀보다 열 살이나 어린 터라 이런저런 걱정이 되었던 건데, 이게 흔히 말하는 '꼰대질'인가.

이석이 제 목도리를 풀어 여원의 목에 걸었다. 앞을 가로막은 그의 몸에 그녀도 자연히 멈추어 섰다.

"예전에도 말했지만."

그가 목도리를 둘러 주며 담담히 말을 이었다.

"너무 신경 쓰지 마. 알아서 할 문제니까."

"……그렇겠죠?"

"그래."

그래……. 그럴 것이다. 아무리 다영이 한없이 어리게 느껴지더라도, 남의 사적인 문제를 자꾸 파고들려는 건 무례였다. 여원은 커다란 목도리에 코를 파묻었다.

* * *

"……알아서 하는 건 알아서 하는 거고."

여원이 조그맣게 중얼거리며 대중교통 정보를 확인했다.

시내 쪽으로 가는 버스였다. 그녀는 시내에 볼일이 있다는 걸 핑계 삼아 그 근처 다영의 자취방에 찾아가 볼 생각이었다. 예전에 두 번 가 본 적이 있어서 기억하고 있었다.

이건 참견이 아니다. 정말 그냥 지나가는 길에 잠깐 들르는 것일 뿐이다. 걱정 정도는, 또 확인 정도는 해 볼 수 있는 것 아닌가? 아까 전화로 다시 제대로 확인을 하려고 했었지만, 다영은 받지 않았다.

여원은 다영에게서 온 메시지를 한 번 더 켜서 확인해 보았다.

[다영 : 헐 언니지금봤ㅅ러요 어제술먹어서 지금까지자느라ㅠㅠ]
[다영 : 저 며칠 휴가써여~~ 넘걱정마세용]

다영의 마지막 메시지를 한참 바라보며 아랫입술을 잘근잘근 깨물었다. 뭔가가 찜찜했다.

'제가 전날 술 마시면 아침에 목말라서 일찍 깨는 타입이라, 오늘도 5시에 일어났거든요. 피곤해 죽겠음.'

예전에 분명 다영은 그렇게 말했었다. 전날 술을 마시면 일찍 깨는 타입이라고. 그런데 오늘 정오가 넘어서까지 늦잠을 자 버린 탓에 연락이 안 됐다는 건 앞뒤가 맞지 않았다.

물론 확신할 수는 없었다. 일찍 깼다가 너무 힘들어서 다시 잠들어 버린 것일 수도 있고. 하지만…… 또 걸리는 부분이 있었다.

정말 여행을 갈 예정이었다면, 다영은 한참 전부터 자랑을 하고 다녔을 것이다. 누구와 어디서 뭘 할 것이라며 잔뜩 들떠서

늘어놓았을 애였다. 그러나 다영에게는 그런 낌새조차 없었다.
 심지어 비번과 주말이 이어진 바로 다음 주에, 휴가를 쓰면서까지 여행을 간다고? 서로 일정이 안 맞아서라기엔 남자 친구는 일을 쉬고 있다고 했다.
 넘기려면 넘길 수 있는 일이었다. 급작스레 결정된 여행일 수도 있으니까. 자세히 따지고 든다면 크게 이상할 것도 없었다.
 그러나 여원은 도무지 그냥 넘길 수가 없었다. 다영이 알아서 할 문제라며, 신경을 꺼 버릴 수가 없었다. 왜냐하면…….
 '내가 칼로 척추 찔러서 다리 못 쓰게 만들어 놓은 남자 친구. 나 그 새끼 진짜로 좋아했어.'
 '허구한 날 나 때리고 협박하고 그랬는데, 그래도 좋아했어. 헤어지면 남일 뿐인 존재인데 말이야. 나도 내가 이해가 안 가. 근데 그랬어.'
 소희의 목소리가 머릿속에서 뭉그러졌다.
 여원은 화면이 꺼진 휴대폰을 꽉 쥐었다. 다영에게 미리 연락을 해야 하는 게 원래는 맞지만, 그러지 않을 생각이었다. 괜찮다고, 걱정 말라고, 안 와도 된다고 말할 게 뻔했으니까. 통화나 문자가 아니라 직접 얼굴을 보고 그 말을 들어야 마음이 놓일 것 같았다.
 정 불안하다면 이석에게 부탁해서 함께 가면 되겠지만, 그러면 정말 그에게 의지하는 꼴이 될까 봐 싫었다. 최근 그가 익숙해졌다고 한들 괜한 일로 이리저리 부탁하고 싶지는 않았다.
 곧 버스가 정류장에 도착했다. 여원은 조금 굳어진 얼굴로 차에 올라탔다. 어둑한 밤거리를 버스가 가로지르며 나아갔다.

{402호}

다영이 사는 투룸짜리 자취방 앞에서, 여원은 죽 봉투를 든 채 몇 번을 망설였다. 낡은 건물의 복도 등은 반쯤 불이 나가 어두침침했다. 주홍빛 괴괴한 분위기가 망설임과 불안감을 더욱 짙게 불러일으켰다.

휴대폰 화면을 켜자 유독 밝게 느껴지는 빛에 눈을 찡그렸다. 여원은 잠금 화면의 긴급 전화를 눌렀다. 나타난 키패드에 천천히 '112'를 입력했다.

그러고도 불안한 탓에, 그녀는 메시지를 켜서 [은하수 빌라 402호 도와주세요]라고 썼다. 만에 하나 통화를 하기 힘든 상황이라면 전송 버튼만 누를 작정이었다. 너무 과민한가 싶기도 했지만, 무릇 불감보다는 과민이 나은 법이었다.

'혹시 모르니까 눌러 두는 거야. 혹시 모르니까······.'

여원은 숨을 길게 몰아쉬고선, 현관문을 두 번 두드렸다. 똑똑. 낮고 또렷한 소리가 복도를 울렸다. 그러나 안에서는 반응이 없었다.

손에 힘을 주고 좀 더 세게, 세 번 두드렸다. 별것도 아닌 행동에 괜스레 심장이 크게 뛰었다. 안쪽에서 누구냐는 질문이 돌아오리라고 예상한 것과 달리, 곧장 현관문이 벌컥 열렸다.

여원은 놀라 한 걸음 물러섰다.

"······."

"······."

"······안······녕하세요."

목소리가 저절로 떨려 나왔다. 여원은 몇 번 마른기침을 했다. 문고리를 잡고 선 남자의 눈동자가 도르르 굴러가며 여원을 훑어 내렸다가, 다시 얼굴 위로 올라왔다. 그 시선에 왜인지 소름이 끼쳐 왔다.

남자가 마르고 꺼칠한 입술을 뗐다.

"……아, 예. 어쩐 일로?"

가래 낀 목소리를 낮게 깐 남자가 물어 왔다. 여원은 태연히 미소 지으며 죽 봉투를 들어 보였다.

"아— 저 다영이랑 같은 공장에서 일하는 친한 언닌데요. 다영이가 오늘 몸이 안 좋아서 결근을 했대서……. 여기, 근처 들른 김에 죽 좀 사 가지고 왔어요."

"아아."

"저희 예전에 한 번 뵈었었는데, 공장 앞에서."

흰색 반팔 티에 통이 좁은 검은색 체육복. 그때 봤던 남자였다. 다영의 남자 친구인 김강현. 외제 차를 끌고 한껏 허세를 부렸지만 어린 티가 나던 애였다.

그런데 어딘지 그때랑은 분위기가 사뭇 달랐다. 제대로 관찰하기도 전에, 김강현이 씩 웃으며 죽 봉투를 받아 들었다.

"아 네, 기억납니다. 죽 다영이한테 전해 줄게요, 감사합니다."

"저!"

닫히려는 문을 여원이 한 손으로 급히 붙들었다. 김강현의 쌍꺼풀 짙은 눈이 닫히다 만 문틈에 놓였다. 여원은 미소 지은 얼굴 그대로 물었다.

"……다영이는, 안에 없나요?"

도르르, 또다시 눈동자가 굴러온다.

"자고 있어요."

"아…… 자고 있구나. 몸이 많이 안 좋나요?"

"네. 어제 술을 너무 많이 마셔서."

"내일 여행 간다고 들었는데…… 컨디션이 그래서 어떡해요."

"숙취니까 하루만 앓다가 괜찮아질 거예요. 너무 걱정 마세요. 이따 다영이 깨면, 누님께 연락드리라고 하겠습니다!"

"……네."

여원은 문을 붙잡았던 손을 천천히 떼어 냈다. 손끝이 희미하게 떨렸다. 끼이익, 낡은 문이 공기를 긁으며 서서히 닫혔다. 문 너머의 공간이 빨려 들어가듯 사라졌다.

"아."

문이 닫히기 직전, 김강현의 손이 그 사이를 비집고 나왔다.

"근데요."

아주 약간의 틈을 두고 걸걸한 목소리가 흘러나왔다.

"저, 그 차 능력이 돼서 산 건데."

복도의 센서 등이 꺼졌다. 순식간에 사위가 컴컴해졌다. 유일하게 빛이 나오는 곳이라곤 김강현이 서 있는 문틈, 소화전 경보 장치, 비상구 표지판, 그리고 그녀의 휴대폰 화면이었다.

여원은 휴대폰을 쥐고 있던 엄지를 살짝 움직여, 비밀번호를 쳤다. 곧장 뜬 메시지 화면에서 전송 버튼을 눌렀다. 그녀가 더듬더듬 입을 열었다.

"……아, 그거…… 어린데 좋은 차를 타기에 궁금해서 물어본 거였는데. 기분 나빴으면 미안해요."

"아하. 아니, 다영이한테 이상한 소릴 하셨기에."

"내가 너무 생각 없이 물어봤다. 미안해요. 아무튼 그럼 전 이만 가 볼게요. 여행 즐겁게 다녀……."

"근데 방금 뭐 하셨어요?"

덜컹. 심장이 내려앉았다. 등 뒤로 싸한 냉기가 흘러내렸다.
"……네?"
"자꾸 휴대폰을 만지작거리셔서……. 한번 봐도 되나요?"
"아니, 뭘 봐요?"
그 순간 화면이 다시 밝아졌다. 힐끔 화면을 보자 잠금 화면에 경찰서에서 온 답신의 앞 내용 일부분이 떠 있었다.

[[Web 발신] 접수완료, 경찰관이 출동하겠습니다. ★금융대출·수사기관 사칭…]

문틈이 조금 더 벌어지더니 김강현의 손이 쑥 뻗어 나왔다. 놀란 여원이 뒷걸음질 쳤다. 깜빡. 복도의 센서 등이 켜졌다. 노란 빛을 이고 선 김강현의 얼굴에 얼룩덜룩한 음영이 드리웠다.
"아니, 저번부터 보니까 의심이 많으신 분 같아서. 내역만 보려는…… 어!"
곧장, 여원은 뒤도 돌아보지 않고 계단 쪽으로 달음박질쳤다. 뒤따라오는 뜀박질 소리가 복도를 요란하게 울렸다.
"뭐야, 씨발!"
험악한 욕설이 터져 나왔다. 다른 이들이 나와 볼 수도 있다는 것을 의식했는지 크지는 않은 목소리였다.
여원은 비명을 질러야 한다고 생각했지만, 목 안이 꽉 막힌 듯 아무 소리도 나오지가 않았다. 빨리 이 건물을 벗어나야 한다는 목적의식만이 머릿속에 가득했다.
금방이라도 뒷덜미를 잡아채일 것 같은 불안감에 심장이 쿵

쾅쿵쾅 뛰었다. 탁탁탁탁탁, 계단을 내려가는 다리는 거의 무의식적으로 움직이고 있었다. 조금만 스텝이 꼬이면 곧장 계단을 구르게 될 터였다.

휴대폰을 꽉 쥔 손바닥 안에 땀이 배어들었다. 거칠게 몰아쉬는 제 숨소리가 귓가에 가득히 찼다. 3층, 2층……

"—아!"

억센 손에 머리채가 쥐어 잡혔다. 여원은 그대로 뒤로 넘어가 김강현과 함께 나동그라졌다.

"으악!"

"이거 놔— 아악!"

"그러니까 씨발 왜 도망을……!"

"아아아아! 여기요!"

여원은 눈을 질끈 감은 채 마구 비명을 내질렀다. 김강현이 당황하며 손으로 여원의 입을 틀어막았다. 그러나 그녀는 막힌 입으로도 최대한 소리를 내며 발버둥 쳤다.

"으으읍! 으으으으으!"

"아씨, 미친년이 진짜…….."

김강현은 여원의 목에 팔을 둘러 계단 위로 질질 끌고 갔다. 목이 졸려 왔다. 여원은 고개를 한껏 젖혀 김강현의 얼굴을 확인했다. 벌겋게 달아오른 흰자위가 형형히 보였다. 소름이 등골을 훑어 내렸다. 도저히 정상적인 행태가 아니었다.

출동 문자를 받았으니 곧 경찰이 올 것이다. 조금만 버티면 됐다. 그러나 그 전에 무슨 일이 일어날지 장담할 수가 없었다. 4년 반 전 공항에서 끌려갔던 일 이후로는 겪은 바 없는, 거대한 공포였다.

김강현이 여원의 손에서 휴대폰을 뺏었다. 잠금 화면에 뜬 답신 문자를 확인한 그의 눈이 부릅떠졌다.
"씨발, 아, 좆같게 하네."
여원의 목에 둘린 팔에 힘이 들어갔다. 여원은 캑캑대며 숨을 뱉었지만 입을 꽉 덮은 손에 호흡이 가로막혔다. 허공을 허우적거리다 간신히 김강현의 팔을 붙들었다. 손끝에 힘을 주어 잡아 보았지만 손톱이 짧아 별다른 타격이 없었다.
"아, 어쩌지. 씨발 진짜…… 미친년이…….."
김강현이 연신 욕설을 중얼거렸다. 끌려가는 여원의 발목 뒷부분이 계단 모서리에 계속해서 긁혔다. 몹시 따가웠지만 그런 고통에 신경을 쓸 여력도 없었다.
어쩌지.
얼마나 더 버텨야 하지.
머릿속이 어질어질했다. 애써 다리를 들어 그에게 발을 걸려고 했지만 뜻대로 되지 않았다. 그래도 곧 경찰이 올 거라는 희망과 당장의 무력감 사이에서 여원은 허우적거렸다.
그 순간, 입구에서 1층과 2층 사이 계단으로— 누군가 뛰어들어 왔다.
워낙 순식간이라 얼굴은 제대로 확인하지 못했지만, 어떤 여자였다. 여자는 김강현의 손가락을 꺾어 여원의 목에 둘려 있던 팔을 손쉽게 풀어냈다. 김강현에게 들려 있던 그녀의 휴대폰이 떨어져 계단을 굴렀다.
"으아악! 뭐야, 씨발!"
비틀거리며 풀려난 여원을 여자가 가볍게 받아 낸 후, 후방으로 세워 두었다. 여원은 얼떨떨하게 계단 난간을 붙잡고 섰다.

곧장 여자가 김강현의 팔 관절을 꺾은 후 오금을 차서 바닥에 쓰러뜨렸다.

"억!"

여자는 엎어진 김강현의 위에 올라타 상체를 제압했다. 일반인의 것이라고 보기엔 지나치게 노련한 실력이었다. 여자가 고개를 돌려 얼어붙은 채 서 있는 여원을 바라보았다.

"괜찮으세요?"

익숙한, 얼굴이었다.

여원은 정신없는 와중에서도 여자의 익숙한 이목구비를 샅샅이 뜯어 살폈다. 이십 대 후반 정도 되었을 법한 연식의 얼굴, 짧은 단발머리. 금속 테의 동그란 안경. 고시생들이 입고 다닐 법한 검은색의 낡은 체육복.

고시텔 근처에서 이따금 오며 가며 봤던 여자였다. 이 근처에서 고시 공부하는 이웃이겠거니 대수롭잖게 생각했었다. 그런데 이 여자가 왜 여기에 있지? 저 실력은 뭐지? 어떻게 이렇게, 짜 맞춘 듯 능숙하게…….

사고가 멈추었다.

얻어맞은 듯한 깨달음은 찰나였다.

* * *

"아, 씨발 나도 맞았다니까!"

"목격자 진술도 확보했고, 단순히 제압만 하신 거니까 정당방위 성립될 겁니다. 저분은 전과도 있고 해서 가중 처벌 되겠네요."

여원이 불렀던 경찰들의 도착으로 상황은 일단락되었다. 여원과 김강현을 제압한 여자까지 상황 진술을 위해 경찰서로 왔다. 김강현에 의해 집 안에 감금되어 있던 다영은 곧장 병원으로 옮겨져 치료를 받고 현재 안정을 취하고 있다고 했다.
"저 근데, 신여원 씨?"
"……네?"
경찰관이 목소리를 낮추어 물었다.
"도움 주신 여자분과는 아는 사이십니까? 그, 기록을 보니까……."
경찰관은 뒷말을 죄 잘라먹었지만 어떤 내용인지 알 것 같았다. 경찰이 조회했을 여원의 전과는 삼진과 관련된 횡령 및 배임죄였다. 그리고 모르긴 몰라도, 저 여자는 경호든 감시든 관련 전문 업체에 소속된 사람이겠지.
"아뇨……. 모르는 사람이에요."
여원은 힘없이 대꾸했다. 거짓말을 한 건 아니었다. 그녀는 정말 저 여자를 몰랐다. 그가 붙인 사람일 테니까……. 그래, 그가 붙인.
화, 짜증, 허탈함, 분노, 실망, 미움 등 온갖 감정들이 뒤섞여 목 안에 맺혔다. 천치가 아니고서야 이게 어떻게 된 상황인지 모를 수가 없었다. 이석은 그간 제게 사람을 붙여 온 것이다.
경호의 목적인지 감시의 목적인지는 중요한 문제가 아니었다. '그가', '사람을', '붙였다.' 오직 이 사실만이 남아 있을 뿐이었다. 또 경호를 목적으로 했다 한들, 자신의 일거수일투족이 그의 귀에 흘러들어 가지 않았을 리가 없었다. 새삼 그의 행적들을 되짚어 보니 더욱 알겠다.

오피스텔에 돌아가지 않겠다는 의견을 존중하는 척, 을의 입장에서 굴복하는 척하더니— 결국 처음부터 끝까지 장이석은 자신을 손안에 놓아두고 있었다.

'정말로 몰랐어?' 가느다란 이성이 속삭여 왔다. '그가 이럴 줄 몰랐던 거야?' 알았다. 처음부터 인지하고 있었다. 그의 행동을 제어할 수 없다는 이유로, 혹은 익숙해졌다는 이유로 내심 방관해 왔을 뿐.

이석은 그녀에게 선택권을 주었다. 그를 선택할지, 말지.

그리고 그건 시혜를 닮은 행위였다. 마치 원래는 그녀에게 선택권 따위가 없었는데, 그가 선택권을 특별히 부여하는 것인 양. 그의 호의가 거두어지면 함께 사라질 허상과 같은 것들.

경찰관이 관찰하듯 여원을 훑어보았다. 그는 고개를 갸웃거리며 말을 이었다.

"아, 모르십니까? 흐음…… 그러면 혹시……."

그때, 경찰서 유리문이 벌컥 열렸다. 여원은 냉한 눈으로 고개를 돌려 입구를 바라보았다. 문 앞에 이석이 숨을 몰아쉬며 서 있었다. 급하게 온 듯 평소와 달리 다소 흐트러진 모습이었다.

화가 났다.

4년 만에 이석을 처음 만난 날, 그는 그녀에게 자신을 원망하느냐고 물었다. 그리고 여원은 아니라고 답했다. 왜냐하면 정말로 그에게 아무런 감정도 없었기에. 사랑도, 원망도 않았기에.

그런데 지금은 너무, 너무, 화가 났다. 은연중에 그래도 그가 변했다고 생각했었다. 변할 인간이 아니라는 걸 머리로는 알면서도, 이전과 다른 것처럼 보이는 모습들에 수시로 그 사실을 망각하곤 했다.

그 믿음을 배신당한 기분이었다. 또 잠시나마 그를 믿었다는 사실에 자존심이 상했다.

재빠르게 서 안을 둘러보던 그의 시선이 곧 그녀에게 닿았다. 여원을 확인한 그가 한 꺼풀 가라앉은 낯을 했다. 이석은 성큼성큼 이쪽으로 걸어오더니 경찰관에게 명함을 내밀었다. 기계적인 목소리가 따라붙었다.

"삼진건설의 장이석입니다. 저와 얘기하시죠."

* * *

경찰서를 나오자 찬 바람이 정면으로 온몸에 부딪쳐 왔다. 여원은 액정이 깨진 휴대폰을 외투 주머니에 집어넣으며 빠르게 걸음을 옮겼다.

"여원아!"

뒤에서 부름이 들렸지만 여원은 무시하고 걸어갔다.

"신여원!"

뒤따라온 이석이 그녀의 손목을 잡아채 돌려세웠다. 또, 이렇게, 쉽게, 따라잡힌다. 여원은 냉소하며 손목을 비틀어 빼냈다. 전에 없이 차가운 태도였다.

이석은 텅 빈 손아귀를 잠시 바라보다 다시 그녀의 얼굴로 시선을 옮겼다. 잠깐의 소요가 있었음에도 그는 숨소리 하나 흐트러지지 않은 채였다.

"······이야기 좀 해."

"싫어요."

"추우니까 어디 들어가서 이야기하자."
"싫다고 말했어요."
"내 차든, 아니면 근처 카페든……."
"내가, 싫다고, 몇 번이나."
말이 끊어졌다. 잠깐의 간격 끝에 여원은 목이 멘 목소리를 힘겹게 뱉었다.
"내가 몇 번이나 말했는데. 처음부터, 계속."
"……."
"당신은 들은 적이 없지."
눈물이 나올 것 같았지만 여원은 울지 않았다. 그 앞에서 다시는 눈물을 보이고 싶지 않았다. 차고 건조한 바람이 눈에 고일락 말락 한 물기를 말려 주기만을 바랄 뿐이었다.
"다…… 설명할게."
"……이야기를 하자고요? 무슨 이야기요? 나한테 사람을 붙였다는 말? 내 일거수일투족을 감시하고 있었다는 말?"
"널 위해서였어. 최지엽 같은 일을 또 만들고 싶지 않아서. 지금도 봐, 위험했잖아."
"조금만 기다렸으면 경찰이 왔을 거예요. 내가 신고해 뒀으니까. 그리고 내가 알아서 할 문제였어요. 최지엽 같은 일은, 당신만 없으면 나한텐 일어나지도 않을 일이겠죠."
그가 바늘에 찔린 것 같은 표정으로 입을 다물었다.
"내가 당신과 엮이기 싫었던 이유는 이딴 것들 때문이었어요. 이딴 상황들!"
"……지금 내가 싫은 거 이해해. 하지만 지금은 너 너무, 흥분했으니까……."

"이해한다고."

여원이 헛웃음을 지었다.

"이해한다고요, 당신이."

사람을 붙이는 것? 생활을 감시하며 보고받는 것? 그에게는 별일이 아닐 수도 있다. 외려 그의 입장에선 이렇게까지 화를 내는 자신이 이해가 가지 않을 수도 있을 것이다. 그런 바닥에서 살아온 사람이니까.

그러나 그렇다고 해서, 그가 '그런' 사람이라고 해서, 그의 생각과 사정을 제가 이해해 주어야 하나? 자신이 왜? 대척점에선 문제다. 처음부터 안 될 이야기였다.

그는 평생 그녀를 이해할 수 없을 것이다. 그녀가 평생 그를 이해할 수 없듯이.

"당신, 내 말이 우스웠죠?"

"……무슨 소리야."

"우스웠을 거야. 처음엔 그렇게나 싫다고 버티더니, 적당히 체념하고 받아 주니 만만했겠지. 뭔가 될 것 같았겠지. 계획대로 되어 간다고 생각했겠지."

"아니라고 하면, 아니라고 생각할 거야?"

"아뇨."

"내게 무슨 말을 듣고 싶은 건데."

"나한테서 꺼져요, 제발."

여원은 잠긴 목소리로 중얼거리고선 차게 돌아섰다. 그가 다급히 그녀의 어깨를 붙들었다.

"신여원!"

"놔!"

"무슨 말을 듣고 싶어."
"당신이란 인간 지긋지긋해!"
"네가 어디에 있는지!"
이석이 그녀의 양팔을 붙든 채 고함쳤다.
"어디서 뭘 하는지!"
"……."
"죄다, 알아 두지 않으면 불안했다고. 최지엽 같은 일이 있을까 봐 걱정됐다고. 그런데 네 말대로, 나만 없으면 사실 그런 건 일어나지도 않을 일이라고. 그런데 너를 놓을 수는 없었다고. 그래서 네가 싫어할 걸 알면서 몰래 사람을 붙였다고."
"……."
"……이딴 말이 듣고 싶어?"
"그게…… 당신 생각인 거죠."
여원은 그럴 줄 알았다는 듯 비웃음을 지었다. 이석의 눈가가 희미한 진동을 일으켰다.
"그게 당신 진심인 거지. 거기에 어떤 미안함도 없죠. 그냥 계획에서 틀어진 것에 대한 안타까움밖에 없을 거야. 나한테 들키는 건, 당신 계획에 없던 일일 테니까."
여원의 어깨가 부들부들 떨렸다. 수면 아래서 서로를 할퀴어 왔던 모든 과거와 어긋남, 대척과 몰이해. 그 수많은 상처들이 이 순간 물 위로 반쯤 떠올랐다. 언젠가는 반드시 드러내야만 하는 것들이었다. 애써 덮어 두고 자위해 왔던 것들.
여원은 그를 처음 만났던 7년 전부터 지금까지, 참아 왔던 모든 감정을 한꺼번에 터뜨리듯 쏟아붙였다.
"당신 계획에 멋대로 날 끼워 넣지 마. 날 배려하는 척, 존중

하는 척, 위하는 척, 척, 척! 사실 죄다 제멋대로면서!"

여원은 그에게서 벗어나려고 했지만 팔이 단단히 붙들려 있어 꼼짝도 할 수가 없었다. 이런 상황마저도 화가 나서 미칠 것 같았다.

"내 눈앞에서 제발 꺼져요! 당신이 짜증 나, 짜증 난다고! 휘둘리는 내가 자존심이 상해! 그 지긋지긋한 계획에 대체 내가 어디까지 휩쓸려야……!"

"누가!"

이석이 끊어지듯 외쳤다. 그는 반쯤은 화에, 반쯤은 절박함에 휩싸여 한 음 한 음 짓씹듯 말했다.

"누가, 널, 계획에 끼워 넣었다는 거야."

"모르는 체하지 마!"

"휩쓸리는 건 나야!"

"휩쓸려? 개소리…… 다 당신 마음대로면서, 당신 계획대로면서!"

"이게 다 내 계획이라고? 네가 내 계획에 휩쓸렸다고? 내가 이따위 멍청한 짓으로 이루어진 계획을 짤 것 같아? 정말 이게 다 내 의도라면 이런 상황에까지 오지도 않았어! 너는! 너는 단 한 번도!"

일순, 그녀의 팔을 붙든 손에서 힘이 풀렸다. 이석은 견딜 수 없는 사람처럼 얼굴을 일그러뜨렸다.

"내 계획 속에, 있었던 적이 없는데……."

그 말은 그의 안 어딘가가 무너진 것처럼 들렸다.

잠시간 숨 막히는 정적이 흘렀다. 여원은 힘이 약해진 이석의 손아귀에서 곧바로 벗어나지 않았다. 그저 숨을 죽인 채 조용히 그를 바라보았다.

 아주 오랜 시간 그조차 외면해 온 그의 이면을, 혹은 진심을…… 어쩌면 처음으로 마주할 수 있으리라는 예감이었다.

 이윽고 거친 숨소리가 잦아들었다.

 "너는 정말이지……."

 "……."

 "너는, 번번이 내 생각에서 어긋나지. 너에 관한 건 모든 게 다 변수였어. 처음부터 그랬어. 처음부터……. 너는 내 생각과, 시선과, 계획을 다 어그러뜨려. 다 엉망이 됐다고. 정말이지 견딜 수 없을 정도로, 나를……."

 "……."

 "나를 흔들고, 이렇게 망가뜨리고……."

 "무슨……."

 "그래서 네가 싫었어. 그래서 네가 거슬렸고……, 치워 버리고 싶었고……. 병신같이. 결국은 그러지도 못할 거면서."

 이석의 상체가 그녀 쪽으로 굽혀져 기울었다. 그는 겨울을 나는 짐승처럼 몸을 잔뜩 웅크린 채 그녀의 목덜미와 어깨 사이에 얼굴을 묻었다. 팔을 붙든 손은 강제하기보단 간절히 매달리는 것에 가까웠다. 희미한 떨림마저 느껴질 정도였다.

 "결국엔 그러지를 못했어, 여원아……."

 그가 고해하듯 중얼거렸다. 목덜미에 뜨거운 숨이 토해졌다.

 여원은 멍하니 그를 내려다보았다가, 고개를 들어 허공을 응시했다. 무어라 말을 해야 할 것 같은데, 무슨 말을 해야 할지 모르겠다. 아무런 생각이 나지 않았다. 머릿속이 물에 잠겨 버린 것 같다.

"여원아."
"……."
"여원아."
"……."
"신여원……."
 그는 계속해서 그녀의 이름을 불렀다. 마치 세상에 이름이 그것 하나밖에 남지 않은 것처럼. 계속 부르지 않으면 그 이름의 존재가 금방이라도 사라져 버리기라도 할 것처럼.
"내가, 너를 도저히, 놓을 수가 없어……."
 놓을 수가 없다고.
 문득, 찬물을 맞은 것처럼 정신이 들었다. 여원은 그를 확 떨쳐 내고선 뒷걸음질 쳤다. 그가 힘없이 물러났음에도 무게 차 때문에 그녀는 잠시 비틀거렸다.
"……당신 말이 정말이라면."
"……."
"당신은 이상해……. 이상한 사람이야. 내가 당신 생각대로, 계획대로 따라 주지 않아서 싫고 거슬렸다고? 치워 버리고 싶었다고? 당신 날, 나를…… 인간으로 보기는 했던 거야?"
 여원은 기가 막힌 말을 들었다는 듯 헛웃음을 흘렸다. 거기엔 분노가 섞여 있었다.
 이석은 이역만리 낯선 땅에 놓인 이방인의 얼굴로, 여원을 바라보기만 했다. 그저 하염없이.
 그 무력해 보이는 모습에 더 화가 난다. 자신은 어떤 영향력도 행사하지 않을 거라는 양, 그녀에게 모든 선택을 맡긴다는 양— 발톱과 이를 숨기고 나약한 동물처럼 위장하는 모습들이

가증스럽다.

"내가 당신을 흔든다고? 내가 당신을 망가뜨려? 개소리하지 마! 왜 나한테 책임을 돌려? 날 흔드는 건 당신이야. 왜 내 영역을 침범해 와? 왜 멋대로 내 일상에 끼어들어?"

내게 당신이 익숙해지도록 만들지 마.

"이제 와서, 사실 그때의 진짜 마음은 이런 거였다고? 이제 와서 그렇게 말하면 어쩔 건데? 차라리 내가 싫다고 말해! 지금도! 그때도! 여전히 내가 싫다고!"

이기적인 속내를, 진심을 토로하는 양 안쓰럽게 드러내지 마.

"그렇게 말하란 말이야……."

억눌린 목소리가 흐느끼듯 흘러나왔다. 이석은 그녀의 얼굴을 만질 듯 한 손을 들며 다가섰다가, 다시 멈칫했다. 여원은 그가 다가온 만큼 물러났다.

"……나는 너를 싫어하지 않아."

그가 공허하게 말했다.

"나는 너를, 싫어할 수가 없어. 정말로 널 싫어했다면 이럴 리가 없잖아……. 내가 이럴 리가 없는데."

이석의 얼굴이 일그러졌다. 꽉 잠긴 목소리가 띄엄띄엄 흘러나왔다.

"내가 싫어했던 건 나였어. 그리고 나는, 그만큼 너를……."

거대한 감정에 짓눌려 점점이 오르내리던 말은 이내 끊겨졌다. 그가 무언가를 꾸역꾸역 삼키듯 힘겹게 숨을 몰아쉬었다. 한참 동안 침묵이 이어졌다.

정말로 한참 동안.

어깨의 떨림이 차차 가라앉았다. 너절한 꼴들을 밑바닥까지 보이고 나자, 솟아오르려던 눈물도 현기증처럼 사라졌다. 여원은 천천히 정신을 차렸다. 격해졌던 감정이 어느 정도 가라앉은 후에야 그녀는 다시 입을 뗐다.

"······처음부터 난 당신이 이러는 게 싫다고 말했고."

"······."

"당신은, 잘못된 나를 원망하라는, 무책임한 말이나 지껄였지. 거기에 내 의사 따위는 들어 있지 않았어요."

"······."

"나는 결국 당신에게 하나도 존중받지 못하는 거야. 내가 당신을 받아들이지 못하는 가장 큰 이유는⋯⋯ 결국 그거예요."

이석의 창백한 얼굴에서는 아무것도 읽어 낼 수가 없었다. 여원은 지친 목소리로 말했다.

"이런 상태인 채 억지로 가까워져 봤자, 평생 당신은 내게 가까운 타인으로 존재할 뿐이겠지. 늘 지나가는 거리에 있는 건물이나, 전봇대나, 담벼락과 같은 익숙함으로⋯⋯ 그걸 원해요?"

그는 대답하지 않았다. 그 스스로도 답을 알지 못하는 것 같았다. 조금 희게 질린 낯을 하고 있을 뿐이었다. 그 얼굴에 담긴 감정을 읽어 내려다가 관두었다. 여원은 눈을 길게 감았다가 떴다. 그리고 뒤돌아서서, 지친 걸음을 옮겼다.

이번에는 붙잡는 목소리도 손길도 없었.

* * *

늦은 밤, 여원은 고시텔 방으로 돌아가자마자 그에게 전화를 걸었다.

신호음이 두 번을 넘기지 않고 통화가 연결되었다. 건너편에서는 여보세요, 하는 말도 없었다. 숨소리조차 나지 않았다. 그녀의 말만을 기다리듯 조용히 침묵하고 있을 뿐이었다.

여원은 나직한 어조로 말문을 열었다.

"······내일, 오지 않았으면 좋겠어요."

―······.

"내일모레도 오지 않았으면 좋겠어요."

―······.

"이 부탁, 단 한 번도 들어준 적 없죠. 그러니까 이번에는 들어줬으면 해요. 우선 겨울이 끝날 때까지만이라도."

―······.

"별것 아닐 거예요. 그냥······ 내가 수감 중이던 4년 동안의 시절로 돌아가는 거죠. 우리에겐 시간이 필요해요. 4년의 공백 동안 비틀려 있던 감정들을, 제자리로 돌려놓을 시간이요."

―······.

"겨울이 끝나고 봄이 오면, 아무것도 아니었다고 느끼게 될 거예요."

여원은 담담히 말을 끝맺고 그의 대답을 기다렸지만, 건너편에서는 여전히 침묵만이 넘어올 뿐이었다. 자신이 할 말은 그것으로 끝이었다. 구태여 대답을 요구하고 싶지도 않았다.

"대답 없으면, 알아들은 걸로 할게요."

여전히 그는 대답이 없었다. 그녀는 미련 없이 전화를 끊었다. 밤에서 새벽으로, 어제의 일을 좀먹듯 시간이 기울어 갔다.

* * *

다음 날 그는 보이지 않았다.

그다음 날도 보이지 않았다.

그다음 날도, 그리고 또 그다음 날도, 그는 보이지 않았다. 그녀를 기다리지도 않았다. 함께 출퇴근을 하지도 않았다. 함께 도서관을 가지도 않았다. 가는 길목마다 나타나지도 않았다.

그를 제외한 모든 것이 그대로였다. 늘 지나가는 거리에는 여전히 건물이 있었고, 전봇대가 있었고, 담벼락이 있었다. 상시의 풍경에 그만이 부재할 뿐이었다.

여름의 초입에 출소했고 7월에 이르러 그가 이곳으로 찾아왔다. 5개월. 여름을 지나 겨울의 한가운데에 이르기까지의 시간. 채 반년도 되지 않았다. 그토록 다단한 감정들을 거쳐 그를 익숙하게 여기게 되기까지의 시간치고는, 너무나 짧았다. 지나고 보니 정말 찰나의 순간들이었다.

'……무슨 생각해.'

'당신이 언제쯤 질릴까, 하는 생각?'

'……안 질려.'

'그거야 두고 봐야 아는 거죠. 나는 반년 안에 질리거나 지친다, 에 한 표.'

'내기할까? 반년 넘어가면 소원 들어주는 걸로.'

도서관에서 나누었던 대화들이 지나가는 바람처럼 떠올랐다.

'뭐야, 그런 내기 안 해요.'

'왜? 확신하듯 말해 놓고.'

'이석 씨는…… 지는 내기 같은 건 안 하잖아요.'

'잘 아네. 반년이든 1년이든 100년이든 난 너한테 안 질려.'
그리고 지나가는 바람처럼 사라졌다.

그의 마음이 반년을 채울지 채우지 못할지는, 지금으로서는 알 수 없는 일이었다.

며칠 후 여원은 다영에게 병문안을 갔다. 타박상과 찰과상이 심했지만 금방 나아질 거라고 했다. 중요한 것은 정신적 충격의 회복과 마음의 안정이었다.

다영은 펑펑 울며 여원에게 사과했다. 다 자기 잘못이라는 말을 고장 난 라디오처럼 반복했다.

그러니까 전말은 이러했다. 다영은 여원에게 할부 관련 이야기를 듣고 의구심을 계속 품고 있었다. 하지만 남자 친구의 심기를 건드리기 싫어서 그 이야기는 계속 꺼내지 못했었다고 했다.

그러다 크게 한번 싸울 때 일이 터졌다. 격렬한 다툼 중에 욱한 다영이 네 차도 할부로 산 게 아니냐며 비꼬듯 말을 해 버린 것이었다. 김강현은 그딴 걸 네가 어떻게 아냐고 반박했다. 그에 다영은 '언니도 다 눈치채던데, 뭘.'이라는 식으로 대꾸했다고 했다.

구체적으로 이름을 지칭하진 않았지만, 다영이 언니라고 지칭하는 지인 중 김강현의 차를 본 건 여원뿐이었다. 그리고 자신을 무시하는 다영의 태도에 눈이 돌아간 김강현이 그따위 일을 저지른 거였다.

"흐윽, 언니한테 미안해서 어떡해, 진짜. 내가 괜히 그런 말을 해서 언니까지."

"네가 무슨 잘못이 있어. 걔가 또라이인 거지."

"김강현 미친 또라이 새끼…… 흐어엉…… 시발놈아……."

여원은 네 잘못이 아니라며, 그 '시발놈'이 나쁜 거지 너는 아무 잘못도 없다고 한참 다영을 달래 주었다. 그리고 실제로 다영의 잘못도 아니었다.

다영은 김강현에게 민사 소송까지 걸 생각이라고 했다. 일말의 관용도 느껴지지 않는 다영의 태도에 여원은 안심했다. 증언 같은 게 필요하면 얼마든지 말하라며 응원을 해 주었다. 거기에 다영은 또다시 울음을 터트렸다.

여원은 그때의 불안함을 그냥 넘기지 않길 잘했다고 생각했다. 스스로를 완연한 어른이라고 생각하진 않았지만, 다영보다 연장자로서 해야 하는 일을 할 수 있어서 다행이었다.

토닥토닥. 끌어안아 달래는 손길에 훌쩍임이 점차 잦아들었다. 간신히 울음을 그친 다영은, 생각났다는 듯 휴대폰을 켜서 갤러리를 들어갔다.

"맞다, 한번 찾아 보래 가지고…… 에쎈에스랑 구글이랑 엄청 서치해 보다가 발견한 거거든요."

하며 다영이 휴대폰 화면을 보여 주었다. 그녀가 캡처해 놓은 사진 속에는 김강현과 어떤 남자가 엄지를 치켜든 채 외제 차 앞에 서 있었다. 사진을 옆으로 넘기자 SNS 게시 글 내용이 떴다.

[#당일한도4000_여유한도500_전액할부 #수원출고_픽업가능_3분한도에보험까지 #고객님만을위한_팀장특별승인

!!벤츠 E클래스!!

안녕하세요 1등중고차딜러 차파는형 손재호 팀장입니다.

오늘 또한번 소개드릴 리얼후기는 인천에 거주하시는 김*현 고객님의 출고후기입니다! 이 고객님께서는 저신용자 신분에 과거 연체이력과 과다조회까지 걸려계셨는데요. 아무리 저라도 쉽게 풀수없었지만 결국엔! 고객님께서 제게 믿고맡겨주셨기에 간절이 부탁을 하셨기에 특별이 힘을 써서 해냈습니다!

저 손재호 팀장이 캐피탈 심사자와 직.접. 협의하여 당일한도 4000만원에 여유자금 500만원까지 도와드렸습니다!

#고객님만을위한_특별승인 #1등중고차_차파는형]

"진짜 미친놈이죠?"
이번 사건이 아니더라도 인생이 망한 건 확실해 보였다.

* * *

시간은 속절없이 흘러갔다.

여원은 보증금 이천만 원짜리 월셋집으로 이사를 했다. 물론 은행의 도움을 받았다. 또한 토익 점수를 만들어 놓은 뒤 전산회계 1급 자격증을 땄고, 여기저기 취업 서류를 넣었다.

지원했던 여덟 곳 중 네 곳에서 면접 연락이 왔다. 비번인 주로 최대한 일정을 맞추고, 정 시간이 되지 않으면 공장에 연차를 내 가며 면접을 보러 다녔다.

가는 곳마다 4년의 공백기에 대해 질문했다. 교도소에서 보냈다고 말할 수는 없었기에, 이십 대 초반부터 시작한 사회생활에 지쳐 잠시 휴식기를 가지고, 진로에 대해 고민하며 자신에게 맞는 기업을 찾느라 지체되었다는 식으로 대답을 했다.

그러나 역시 그 정도로는 긴 공백기에 대한 만족스러운 답변이 될 수 없었다. 여원은 면접을 보러 간 네 회사에서 모두 불합격 통보를 받았다.

한 해의 끝자락, 여원은 실패를 딛고 다른 자격증 공부를 시작했다. 공장은 여전히 다니고 있었지만 취업 준비와 병행하려니 너무 힘이 들었다. 밤낮이 바뀌는 교대 근무가 가장 큰 문제점이었다.

결국 여원은 공장을 그만두고 근처 편의점에 아르바이트를 구했다. 손님은 그리 많지 않았고 사장은 착했다. 덕분에 그녀는 근무 시간 중에도 여유가 있을 때마다 자격증 공부를 할 수 있었다.

시간은 속절없이 흘러갔다.

여원이 그와 헤어졌다고 생각한 정숙 언니와 미정 언니는 계속해서 남자를 소개시켜 주겠다고 난리였다. 크리스마스도 혼자 보낼 거냐는 것이다. 조금 부담스럽기는 했지만 싫지 않았다. 공장을 그만둔 후에도 자신을 챙겨 주는 사람들이 있어서 기뻤다.

이따금 한성태에게도 연락이 왔다. 바로 번호를 차단했다.

12월에는 혜수 언니가 만기 출소를 했다. 여원이 지내던 사방의 방장이었다. 줄 게 있다며 먼저 연락을 해 온 혜수는 여원을 보자마자 꼭 끌어안아 주었다. 수감 시절 상대적으로 그리 친분이 깊던 사람은 아니었지만 그 품은 따뜻했다.

"괜찮아?"

"네, 뭐."

여원은 애써 웃으며 고개를 끄덕였다. 혜수는 걱정스러워하는 얼굴이었다. 사방 사람들은 여원이 소희에게 많이 의지했었던 사실을 알고 있었다.

"왜 그랬는지 모르겠다. 너 충격받을 거 뻔히 알면서."

"……자기가 힘든데 남이 다 무슨 소용이겠어요. 소희 언니 나온 후에 있었던 일, 들으셨어요?"

"대충은."

"언니는 알고 있었을 것 같아요."

"가족들이 자길 버렸다는 거?"

"네……. 혹시 언니 출소하기 전에, 그럴 낌새가…… 있었어요?"

혜수는 절레절레 고개를 흔들었다.

"전혀. 그래서 예상도 못 했어."

혜수의 말은 이상하게 들리지 않았다. 자살하기 전날 밤에도 웃는 것이 사람이다. 심지어 소희 언니는 한강으로 가기 몇 시간 전에 찜질방에서 깨끗하게 목욕을 했다. 새 옷도 사 입었다. 그렇게 징조라곤 전혀 없는 사람처럼 갔다.

"걔가 원체 속을 알 수 없는 애잖아."

여원은 씁쓸하게 웃으며 고개를 끄덕였다.

"……그랬죠. 언닌 속을 알 수 없는 사람이었죠."

새삼스러운 원망이 들었다. 왜 자신에게라도 속을 말해 주지 않았을까. 그렇게 못 미더웠나. 말해 봤자 소용이 없어 보였나. 아니면 우울한 이야기가 내게 좋지 않은 영향을 끼칠 걸 우려하기라도 했나.

하지만 뒤늦게 그녀의 죽음을 전해 듣는 것보다 가슴 아픈 일이 어디에 있다고.

뭐든 간에 이미 다 끝난 일이었다. 죽은 사람은 말이 없었다.

"아, 전해 주신다는 건 뭐예요?"

"잠깐만."

혜수가 가방을 뒤적였다. 이윽고 건네진 것은 종이 뭉치가 끼워진 L자 파일이었다.

"이건……."

"사물함 구석에 처박혀 있더라고. 소희랑 너랑 같이 들었던 시 치료 뭔가 그거 교재야. 뭐 이것저것 많이 적혀 있던데 버리기엔 좀 그렇고, 너 주는 게 나을 것 같아서."

공동 사물함은 방장이 관리했다. 내 물건 네 물건이랄 게 없는 곳이라, 미처 수거하지 못한 소희의 유품인 모양이었다. 여원은 맨 첫 장에 적힌 '시 치료 프로그램'이라는 제목을 담담히 바라보다 미소 지어 보였다.

"……고마워요, 언니. 챙겨 줘서."

"뭐 이런 걸로."

"제가 밥이라도 사야 하는데."

"됐어. 나도 일할 데 구했어."

"아, 벌써요? 어디로 구하셨어요?"

"출소자 취업 연계 지원해 줘 가지고 제조업체 나가게 됐어. 너도 공장 다닌다며?"

"전 몇 달 전에 그만뒀어요. 다른 데 취업 준비 중이에요. 뭐, 다 떨어졌긴 한데."

"그, 사회적 기업? 그쪽으로 한번 알아봐. 자세히는 모르겠지만 뭐 지원이 있어 가지고 출소자 상관없이 붙여 준다더라. 경쟁률이 세려나?"

"아, 정말요."

혜수는 이런저런 이야기를 해 주고선 쿨하게 작별인사를 했다. 연신 고맙다고 말하는 여원의 태도가 낯간지러운지 손을 마구 내젓기도 했다.

여원은 L자 파일을 가슴에 끌어안은 채 바닥을 보며 걸어가다, 문득 뒤를 돌아보았다. 혜수의 뒷모습이 점점 멀어지고 있었다. 혜수는 뒤돌아보는 법 없이, 계속해서 나아갔다. 여원은 그녀가 시야에서 사라질 때까지 묵묵히 서서 지켜보았다.

아마 혜수를 다시 볼 일은 없을 것 같았다. 그냥, 그런 느낌이 들었다.

연말은 빠르게 지나갔다. 출소 후 처음 크리스마스를 맞았다. 여원은 여느 때처럼 편의점에서 근무하며 오픽 공부를 했지만, 손님들이 다들 들떠 있으니 그녀도 모처럼 괜히 들뜬 기분이 되었다.

집으로 돌아온 밤에는 초코파이를 쌓아 소소하게나마 케이크를 만들었다. 교도소 사방에서와 달리 혼자 먹어야 했으므로, 1층에 네 개, 2층에 한 개로 총 다섯 개만 쌓았다. 맨 위에는 초도 하나 꽂았다.

교도소에서는 초를 꽂을 수도, 불을 붙일 수도 없었다. 그러나 이제는 할 수 있었다. 라이터가 잘 켜지지 않아서 고생을 좀 했지만 어쨌든 불을 붙이는 데 성공했다. 간신히 몸을 가누는 작은 불씨가 일렁거렸다. 훅. 촛불을 불었다.

시간은 속절없이 흘러갔다. 엇비슷한 하루들이 또다시 지나가고 새해가 밝았다.

서른둘.
나이를 하나 더 먹었다.

15. 서른둘의 여자

15. 서른둘의 여자

"헤이, 짜잔!"
"어, 뭐야. 다영아!"
다영이 헤헤 웃으며 편의점 안으로 들어섰다. 1월에 마지막으로 한 번 본 후 오랜만인 얼굴이었다.
"한번 들러 봤어요."
"대학 가더니 얼굴이 폈다, 너."
"아, 요새 피부과 다녀요."
여원은 웃음을 터트리며 다영의 차가운 손을 잡았다. 어느덧 새해가 가고 계절은 봄에 들어섰지만, 꽃샘추위로 인해 날이 많이 쌀쌀했다.
"학교생활은 어때?"
"잘생긴 남자 선배 없던데요."
"대학이 원래 그래."
다영은 공장을 그만두고 전문대 식품 영양학과에 입학했다. 제과 제빵 쪽은 도무지 답이 나오지 않는다며, 졸업하고 자격증을 따서 영양사를 하고 싶다고 했다. 집에서 졸업 때까지는 계속 지원을 해 준다니 다행이었다.

"기대치 맥스 찍고 들어갔는데 완전 실망임."

"공부는 재밌고?"

"그럴 리가여."

"그래. 그럴 것 같다."

"캠퍼스 생활은 나름 재밌어요. 친구도 많이 사귀었고, 아! 스터디도 하나 들었어요. 근데 1학년 시간표를 다 짜 줘 가지고, 뭔가 고등학교 때랑 좀 비슷해요. 실망임."

"얼른 졸업하고 영양사 돼서 나 먹여 살려."

"꺄악, 이거 청혼인가."

다영은 개구지게 웃으며 과장스럽게 발을 동동거렸다. 그때 편의점 안으로 손님 한 명이 들어왔다. 여원은 어서 오세요, 인사하며 자리에서 일어났다. 급 표정을 가라앉힌 다영이 손님의 눈치를 슬쩍 보더니, 수군거리듯 말했다.

"맞다, 김강현 그 새끼 재판 다 끝났는데, 감옥 간대요."

"아, 잘됐네! 몇 년?"

"일단 선고된 건 3년이요. 걔 전과도 있어 가지고."

"전과가 있는데 3년밖에 안 된다고? 주거 침입죄도 있잖아."

"그러니까요. 그리고 저도 어느 정도는 쌍방이래요. 가위 던지고 했다고. 진짜 어이가 없어서……. 물론 참작되긴 했는데."

여원은 자신의 정확한 죄목과 재판 과정을 떠올려 보려고 했지만, 너무 오래된 일이라 잘 기억이 나지 않았다. 재판이 끝난 후, 수갑이 채워진 손목 위에 또 포승이 채워지던 순간만이 기억에 선명할 뿐이었다.

"진짜…… 무슨 분노조절장애 같던데, 3년 들어갔다 나온다고 새사람 되는 거 아니잖아."

여원은 탄식처럼 말했다. 직접 보고 들은 경험담이었다. 다영이 으쓱거리며 대꾸했다.

"그래도 민사 진행하는 중이에요. 소송 비용이랑 위자료까지 다 받아 내려구요. 콩밥 먹이고 돈도 다 뜯어내야지."

'콩밥'이라는 단어에 괜히 찔렸다. 하지만 콩밥은 옛날이야기고 이젠 교도소에서도 흰쌀밥이 나온다. 여원은 적당히 맞장구를 쳐 주고선 말을 돌렸다.

"그딴 놈보다 좋은 남자 많아."

"아 참, 근데요, 누가 막 언니 번호 안 따 가요?"

"응?"

"왜 괜히 원플원 제품 사다가 하나 알바생한테 주면서 막…… 플러팅하고. 그렇게 눈도장 찍은 담에 번호 따 가고 그러잖아요."

다영이 눈을 반짝이며 여원을 바라보았다. 여원은 푸핫 웃고선 고개를 끄덕이며 대답했다.

"한 명?"

"헐! 진짜요?"

"어, 한 명 있었어."

"미친, 미친, 누구요? 번호 줬어요?"

"거절했더니 더 이상 안 오더라."

"아악 얼굴 궁금해! 잘생겼어요?"

"그냥 평범했지, 뭐."

다영이 왜 번호를 안 줬느냐며 꿍얼댔다. 이윽고 물건을 고른 손님이 계산대로 왔다. 다영은 입을 다물고 한 걸음 물러나 있었지만 여전히 흥미가 가득한 얼굴이었다. 이제 스물두 살이 되었는데도 그녀는 아직 고등학생처럼 보이기만 했다.

계산을 마친 손님이 나가자마자 다영이 툭 말을 내뱉었다.

"하긴 언니는 눈 높죠."

"……내가 무슨 눈이 높아?"

"전 남친 얼굴이 겁나 쩔잖아요."

"아니, 전 남친 아니라고 한 오천 번 말했거든요."

"아무튼. 그 정도 와꾸 보고 살았으면 눈이 안 높아지려야 안 높아질 수가 없는 거 아닌가? 덩달아 지금 나도 높아졌단 말이에요."

"나 참, 그래서 대학교 선배들이 눈에 안 차?"

"그런가 봐. 그거 때문인가 봐. 근데 언니, 그 오빠랑은 진짜 이제 완전히 헤어진 거예요?"

다영이 거침없이 물어 왔다. 공장의 다른 사람들도 내내 궁금해하던 것이었다. 이석은 존재 자체로 자연스레 그곳의 유명 인사가 되었었으니까.

이따금 공장 사람들이 물어 올 때마다, 여원은 자연스럽게 넘기듯 대답해 왔다. 원래 아무 사이 아니었어요, 별거 아니에요, 일이 있어서요, 기타 등등. 예상했던 물음들이었기에 딱히 당황스럽지도 어줍지도 않았다.

그런데 순간, 여원은 이상하게 말문이 막혔다.

* * *

'언니, 이번 달 내로 만나요! 나 밥 사줘! 꼭이요! 나 만나 줘!'

다영은 요란하게 다음 만남을 기약하고선 편의점을 떠났다. 순식간에 편의점 안이 노랫소릴 제외하곤 조용해졌다. 마치 폭풍우가 쓸려 간 자리에 홀로 남은 것 같았다.

다영의 밝은 어조와 상기된 얼굴을 떠올리자 픽 웃음이 나왔다. 그 일에 기죽지 않고 여전히 씩씩해서 다행이었다. 여원은 자신이 좋아하는 사람들이 늘 씩씩하기를 바랐다.

문득 창밖을 바라보았다. 가지런히 선 나무의 가지들에 새순이 돋아나고 있었다. 밀고자처럼 이리저리 기웃거리며 나뭇가지를 건드리던 봄바람이 거리를 휘돌다 가라앉았다.

'겨울이 끝나고 봄이 오면, 아무것도 아니었다고 느끼게 될 거예요.'

여원은 담백하게 떨어지는 미소를 지었다. 그녀가 아는 말로는 명확히 정의할 수 없는 감정들이, 그 희미한 미소 끝에 묻어났다.

겨울은 끝났다. 이제 완연한 봄이 왔다.

그러나 이석은 더 이상 그녀를 찾아오지 않았다.

그의 마음은 결국 반년을 채우지 못했다. 예상했던 일이었다. 아니, 처음 예상했던 2-3개월의 두 배에 가까운 시간이었으니 오히려 놀라야 하는 것일까. 그때 도서관에서 그와 내기를 하고 계약서까지 쓸 걸 그랬다고, 여원은 우스개처럼 생각했다.

이석이 종종 떠오르는 것은 사실이었다. 그에 대한 감정은 차치하고서라도, 반년 가까이 일상의 대부분을 함께했었으므로. 그러나 어디까지나 익숙했던 것의 부재가 낯설기 때문이었다. 이 또한, 시간이 지나면 괜찮아질 것이다.

이석은 처음부터 자신을 찾아오지 않았어야 했다. 시간 낭비,

돈 낭비, 감정 낭비, 무엇 하나 낭비하지 않은 것이 없었다. 쓸모없고 무익한 것을 그렇게나 싫어하는 인간인데. 정말이지 그는 답지 않게 어리석었다.

어차피 이렇게, 아무것도 아니었다고 느끼게 되었을 것을.

시간은 흘러갔다.
속절없이.
뒤돌아보지 않고.

4월. 그의 수행 비서라는 여자가 여원을 찾아왔다.

* * *

카페 테이블 위로 명함이 내밀어졌다.
[삼진건설 비서실 팀장 강선영]
무테안경을 쓰고 키가 몹시 큰 여자는 메마른 얼굴로 간단히 자신을 소개했다.
"장이석 이사님 보좌하는 수행 비서 강선영입니다. 구면이지요."
"……네."
딱 부러지는 말투에 어쩐지 기가 죽었다. 아니, 말투만의 문제가 아니었다. 여원을 바라보는 강선영의 시선은 시종 냉랭하기 짝이 없었다. 지난번 첫 만남이 좋지 않았기에 더 그렇게 느끼는 것일지도 몰랐다.
그러니까, 첫 만남이라고 할 만한 것은 이석과 이 여자가 말다툼 비슷한 것을 하던 때였다. 그리고 말다툼의 이유를 구태여 따지자면— 자신이었다. 물론 그렇다 해서 자신에게 잘못이 있는 것은 결단코 아니었지만.

"유선상으로보단 직접 찾아뵙고 말씀 나누는 게 좋을 것 같아서요. 연락 없이 불쑥 찾아온 점 양해 부탁드립니다."

"네, 정말…… 연락이라도 주시지."

"미리 연락드리면, 만나 주셨을 겁니까?"

물론 아니었다. 강선영도 딱히 대답을 바라고 물은 게 아니었는지 곧장 다른 말을 이어 붙였다.

"과거 이사님과 여원 씨 사이에 있었던 일은 모두 알고 있습니다. 물론 그 부분에 대해 이야기하려고 온 것은 아닙니다."

"그럼, 왜 찾아오셨나요?"

강선영은 그러지 않아도 꼿꼿했던 허리를 더욱 바로 세웠다.

"여원 씨, 본래 이사님의 수행을 주로 맡는 수석 비서는 엄준섭 차장이었습니다. 지금도 마찬가지입니다. 그러나 작년 가을부터 이사님은 저를 더욱 많이 동행시키셨습니다. 차장에 대한 신임이 줄었다거나 그의 입지가 줄어든 것은 아닙니다. 어디까지나 이사님의 사적인 업무를 수행하기에 제가 적합했을 뿐입니다. 그러니까 이곳, 인천이요."

"……."

"여원 씨 때문입니다. 이사님은 과거의 일로 여원 씨께서 엄준섭 차장을 꺼려 하리라고 생각하셨습니다."

"……."

"여름부터 이사님은 여러 사업을 축소하거나 정리하기 시작하셨습니다. 정확히 말씀드릴 수는 없으나 대개 위험하거나 범법적인 일이었지요. 또한 출장을 최소한으로 줄이셨고 그로 인한 피해를 다소 감수하셨습니다. 아시겠지만요."

"……."

"여원 씨 때문입니다. 아, 물론 이 부분, 여원 씨께서 이사님께 요청한 부분은 아닐 거라고 생각합니다. 외부에 함구해 주셨을 거라고도 믿습니다."

이건 도대체 설명인가, 협박인가.

저 여자는 대체 무슨 말을 하고 싶은 거지. 여원은 불편한 기분으로 시선을 내리깔았다. 아주 미묘하게 감정이 실려 있지만, 그게 무엇인지 정확히 짚어 낼 수는 없는, 뚝뚝한 목소리가 이어졌다.

"이사님은 출중하고 이성적인 분이십니다. 이러한 상황과 악조건을 껴안았음에도 불구하고 사업 판도를 스스로 뒤집어 나가실 만큼. 저는 얼마간 걱정스러웠으나 여전히 이사님을 믿었고, 다행히 안도할 수 있었습니다."

"……."

"그런데 이젠 그런 안도마저도 할 수가 없어졌습니다. 지난겨울 이사님과 여원 씨 사이에서 정확히 어떤 대화가 오갔는지는 모르겠습니다만 이사님께 타격이 되었던 것은 확실합니다. 이사님을 주축으로 꾸려졌던 사업이고 TF고 다 날아갈 판이 되었으니까요."

"……."

"여원 씨 때문입니다."

강선영이 또다시 결론지었다. 결론, 결론, 결론, 같은 결론.

여원은 주먹을 꽉 말아 쥐었다. 튀어나오려는 헛웃음을 삼켜 냈다. 아, 정말이지, 짜증이 났다. 원래도 없던 강선영에 대한 일말의 호감마저 날아가는 것이 느껴졌다. 도대체 책임을 누구에게 돌리는 것인가.

"······저 때문이라고요?"

목 안에서 서슬하게까지 느껴지는 목소리가 흘러나왔다.

"눈이 있고 귀가 있다면 아실 텐데요. 처음부터 끝까지 제멋대로 행동한 건, 당신네 잘나신 이사님이라는 걸."

"압니다. 여원 씨를 탓하는 말은 아니었습니다."

"적어도 제 귀엔 저를 탓하는 걸로 들리는군요."

"그만큼 여원 씨가 이사님께 큰 영향을 끼치고 있다는 점을 강조하고 싶었을 뿐입니다."

"'때문'이라는 말을 써 가면서까지 말이죠."

"원인과 까닭을 듣고자 했던 겁니다."

"그러니까 그 원인이 저한테 있다는 거잖아요."

"······이사님께서 여원 씨를 못 이긴 이유를 알 것 같군요."

"제가 이긴 거라고 생각하시나요?"

이러다간 대화가 끝나지 않을 거라고 생각했는지, 강선영이 소리 없이 한숨을 내쉬었다. 여원은 목이 타서 커피를 한 모금 마셨다. 몇 차례의 소요 끝에 강선영은 한껏 정중해진 태도로 다시 입을 열었다.

"제 말이 불쾌하셨다면 죄송합니다. 여원 씨의 마음이 완고할 것 같아 서두를 열고자 한 말이었습니다."

서두? 여원은 아미를 찌푸렸다. 그러고 보니 다소 과민하고 날카롭게 구느라, 정작 중요한 본론을 놓치고 있었다. 그녀는 새삼스레 의아한 눈으로 눈앞의 여자를 바라보았다.

"······서두가 길었네요. 그래서 절 찾아오신 이유가 뭔가요."

옆 테이블의 웃음소리가 한 차례 넘어왔다. 노랫소리 사이로 컵이 달그락거리는 소리가 드문드문 섞여 들었다. 강선영은 얼마간의 침묵 끝에, 긴 고뇌가 묻어나는 어조로 말문을 뗐다.

"이사님을 만나 주셨으면 합니다."

"거절할게요."

"딱 한 번이면 됩니다."

"왜 비서님이 이러시는 건지 모르겠네요. 저는 그에게 형식적이나마 기한을 정했어요. 찾아오지 않는 건 그 사람이에요."

"아뇨, 못 찾아오시는 겁니다. 이사님께서는 부상으로 병원에 입원 중이십니다."

"……네?"

순간 잘못 들은 줄 알았다. 여원은 믿을 수 없다는 듯 되물었다.

"병원이요?"

"다치셨습니다. 수술도 받으셨고요."

"아니, 누가 그랬는데요?"

"이사님의 사촌 동생입니다. 물론 이사님 잘못은 아닙니다. 사촌이 약을 하던 인간이라 좀 제정신이 아니라서…… 여러 가지로 마찰을 빚게 되자 앙심을 품었던 겁니다. 아, 절대 흔한 일은 아닙니다. 이사님이 다치신 건 처음입니다."

강선영은 여원이 그에 대해 좋지 않은 감정이라도 가질까 우려하는 양, 구구절절 변명을 덧붙였다. 그러나 그런 변명들은 제대로 귀에 들어오지 않았다.

"어딜, 얼마나 다친 건가요?"

"칼에 복부를 찔리셨습니다. 작년부터 근접 경호를 물리긴 하셨지만 그래도 긴장을 놓으시는 분은 아니었는데, 최근엔 어딘가 망가진 사람처럼 구시는 바람에……."

이번엔 '여원 씨 때문입니다'라는 말이 덧붙여지지 않았다. 하지만 여원은 강선영이 하고 싶은 말이 무엇인지 어렵지 않게 예측할 수 있었다. 그가 작년부터 근접 경호를 물린 이유도, 최근 어딘가 망가진 사람처럼 군 이유도, 모두 '여원 씨 때문'이겠지.

여원은 커피 잔의 표면을 멀거니 바라보았다. 머릿속이 혼란스러웠다. 이석이 다칠 수 있는 사람이라고 생각해 본 적이 없었다. 누군가 그를 다치게 할 수 있을 거라고 생각해 본 적도 없었다.

이석이 속한 세계가 어떤 곳인지, 제대로 체감하지 못했던 게 사실이었다. 워낙 일상적인 부분을 함께해 왔으니까. 그는 제 앞에서 그 부분에 관한 것들을 최대한 숨기고자 했으니까.

"……언제…… 다쳤는데요?"

"며칠 전입니다."

"그렇다면 다치기 전에도, 어차피 절 찾아오지 않았었다는 거군요."

"그 점에 관해선 만나서 이야기 나누시길 바랍니다. 적어도, 여원 씨가 생각하는 이유는 아닐 겁니다."

"제겐 그 사람을 먼저 찾아갈 이유가 없어요."

"여원 씨의 마음에는 차지 않았을지 모르겠지만, 이사님은 여원 씨를 위해 정말 많이 노력하셨습니다. 여원 씨가 아는 것부터 모르는 것까지, 정말 많이요. 지척에서 지켜보아 왔기에 압니다. 근접 경호를 물렸던 것도 여원 씨의 불편함을 고려해서

였습니다. 저는 정말이지…… 그분께서, 그렇게까지 하실 수 있는 사람이라는 게."

강선영은 기가 막힌다는 듯 잠시 말을 끊었다. 의도인지 실수인지 가늠하기가 어려웠다. 다시 말이 이어지기까지는 얼마간의 간격이 있었다.

"……이사님의 그런 노력이 여원 씨에게 긍정적으로만 받아들여질 수는 없었다는 것을 압니다. 이사님이 노력하셨다는 이유로 여원 씨가 그분을 받아들여야 한다는 것도 아닙니다. 다만."

강선영은 말을 고르는 듯 잠시 뜸을 들였다. 긴 숨을 들이쉬는 듯 그녀의 어깨가 올라갔다가 도로 가라앉았다.

"결과가 어떻게 나든, 마무리를 지어 주시길 바랍니다. 한 번만, 그분을 만나 주셨으면 좋겠습니다. 만일 어떤 식으로든 여원 씨에게 좋지 않은 결과가 된다면— 제가 최선을 다해 무마하겠습니다. 약속합니다."

"……."

"부탁드립니다."

* * *

여원은 혜수가 주었던 L자 파일 끄트머리를 한참 만지작거렸다. 맨 앞장에는 소희의 필명이었던 '쏘'가 작게 적혀 있었다.

안에서 파일을 꺼내 슬쩍 한 장을 넘겨 보자, 시 한 편이 나왔다. 첫 시간에 읽었던 조병화의 『고독하다는 것은』이었다. 교재를 보니 당시의 기억이 조금씩 되살아났다.

그때 낭독했던 시들을 하나하나 읽어 보며 페이지를 넘겼다.

새삼스레 가슴을 울리는 부분들이 있어서 천천히 보느라 시간이 조금 걸렸다.

첫 주차 시 세 편을 읽고 나자, 다음으로는 '공간이 장소가 되었던 경험'에 대해 적어 보는 문항이 나왔다. 조금 흘려 쓰는 소희의 글씨체가 몹시 눈에 익었다.

[내가 고른 장소는 내가 살았던 자취방이다.]

'그, 처음 독립해서 살게 된 곳이기도 하고 제 취향대로 열심히 꾸며 놓은 곳이에요. 원래 살던 본가는 집이 좁아서 제 방이랄 게 없었거든요.'

종이를 꾹 쥔 채 떨리던 손과 목소리가 생각났다. 여원은 나지막한 웃음을 흘리며 허리를 쭉 펴고 앉았다. 또 페이지를 넘기자 소희가 어릴 적의 자신에게 쓴 시 편지가 나왔다. 기죽지 말고 좀 더 잘 살라는, 애정 어린 충고의 편지였다.

그 뒤에는 여원이 썼던 시 편지도 끼워져 있었다. 대충 써 두고 사방 아무 데나 놔둔 것을 소희가 가져갔었는데, 그걸 같이 끼워 둔 모양이었다.

여원의 시 편지에는 다음 생애에 무엇으로 태어나고 싶은지에 대한 내용이 적혀 있었다. 여원은 그리운 눈으로 종이를 한참 내려다보았다.

그 이후로도 프로그램에서 활동했던 많은 문항들이 이어졌다. 지금 가장 보고 싶은 사람의 얼굴 그리기, 제시된 키워드를 넣고 쓰는 시, 억압되었거나 불안했던 경험, 돌이키고 싶은 순간, 지난날의 희로애락······.

언니.

그 사람 때문에 언니의 장례식을 치를 수 있었어. 장례 비용 갚으려고 했는데, 안 받더라고. 물론 갚을 돈도 없었지만. 그에게는 빚이 있어. 다시는 그에게 빚지고 싶지 않았는데, 다 언니 때문이야.

그 사람을 찾아가는 게 이 빚을 갚는 일이라는 생각이 들어.

과연 이게 맞는 일일까. 이대로 흐지부지 끝낼 수 있는 일을, 구태여 찾아가 더 어렵게 만드는 것 아닐까. 언젠가 다영이가 말했던 대로, 나는 너무 무른 것이 아닐까.

하지만 마지막으로 그가 내게 했던 말들이 마음에 걸려. 세상에 마지막으로 남은 것인 양 애타게 부르던 나의 이름이, 그 폐허처럼 무너진 얼굴이 마음에 걸려.

반년 동안 누구보다 가까운 거리에서 지내 왔지만, 정말 가까운 사람이라고는 생각해 본 적이 없었는데. 그때서야 비로소 그를 조금 알 것 같다는 생각이 들었어.

나는 그의 진심을 알고 싶어. 지난하게 길었던 이야기의 결론을 마무리 짓고 싶어. 내가 어디까지 왔는지 알고 싶어.

나, 그래도 될까?

그래도 되는 걸까?

상념이 문드러진다. 여원은 마지막 페이지에 다다른 교재를 다시 파일에 정갈하게 끼워 놓았다. 그리고 서랍 속에 넣어두었던 책을 꺼냈다. 소희가 남긴 문예지 『새길』이었다.

받은 후 단 한 번도 꺼내 보지 않았었다. 소희를 상기하는 것만으로도 가슴이 너무나 아팠기에. 그냥 묻어 두고만 싶었기에. 하지만 이제는 볼 수 있을 것 같았다. 또 이제는 봐야 한다는 생각이 들었다.

언니는 왜 이걸 남겼을까. 내게 무슨 말을 하고 싶었던 걸까. 언니라면, 내게, 어떤 말을…….

'왜 네 감정을 허락받아?'

물밀듯 기억이 흘러들었다. 대답을 얻은 기분이 들었다.

* * *

오랜만에 와 보는 병원이었다. 출소 후에도 온 적이 없으니 마지막 기억으로는 5년도 더 넘었다. 여원은 생소한 듯 병원 안을 둘러보며 강선영의 안내에 따라 엘리베이터에 탔다.

그의 병실은 맨 꼭대기 층에 있었다. 예상했던 대로 VIP실이었다. 한밤중의 병원 복도는 조명에도 불구하고 어둑했다. 조금 으스스한 기분이 들었다.

병실 앞을 지키고 섰던 남자가 강선영을 보자 비켜섰다. 강선영은 남자와 뭐라 뭐라 대화를 나눈 후, 여원에게 정중히 몸수색에 관한 동의를 구했다. 여원은 고개를 끄덕였다.

강선영은 여원의 몸과 소지한 것들을 꼼꼼히 확인한 후 물러났다. 그러고선 병실 문을 열어 주며 여원을 바라보았다. 별다른 말은 없었다. 여원도 딱히 물어보는 말 없이 안으로 들어섰다. 등 뒤로 문이 닫혔다.

안은 완전히 컴컴했다. 여원은 잠시 병실 문 앞에 서서 어둠에 적응했다. 어느 정도 눈이 익자 그제야 안을 둘러볼 수 있었다. 병실은 상당히 넓었다. 그는 고요히 누워 있었지만 깨어 있는 것인지 자는 것인지 확실하지 않았다.

설마 자고 있는데 들여보낸 건가? 나더러 어쩌라고? 그를 깨우라고?

곤란함을 느끼며 안쪽으로 걸음을 옮겼다. 딱 두 번째 걸음을 내딛으려는 찰나, 낮은 목소리가 났다.

"……누구야."

여원이 우뚝 멈추어 섰다. 명료한 목소리로 보아 그는 진즉 깨어 있었던 것 같았다. 분명 준비해 둔 할 말들이 있었는데, 당혹스러움에 몽땅 머릿속에서 날아가 버렸다.

여원은 한숨을 내쉬며 침대 쪽으로 걸어갔다. 이석은 여전히 눈을 감은 채였다.

"……강선영 씨가 날 찾아왔었어요."

그 순간, 이석이 벌떡 상체를 일으켰다. 여원은 갑작스러운 반응에 놀라 어깨를 움찔거렸다. 눈앞의 여자를 확인한 그의 얼굴이 일순 멍해졌다. 척수 반사 같던 움직임과 달리, 그의 입에서 말이 나오기까지는 한참 지체가 있었다.

"……여원아."

조금 떨리는 목소리였다. 여원은 놀란 마음을 추스르고선, 침대 옆에 놓인 의자에 앉으며 덤덤히 말했다.

"다쳤다면서요. 그렇게 막 일어나도 돼요?"

"……난…… 아냐. 아니, 나는……."

이석이 혼란스러운 듯 더듬거렸다. 귀신이라도 본 것 같은 낯이었다. 기다렸다간 영원히 본론으로 들어가지 못할 것 같아서, 그녀는 먼저 입을 열었다.

"정신 빼놓고 다니다가 칼 맞았다면서요. 실수 같은 거 안 하는 사람이 왜 그랬어요."

여원은 차분히 말했다. 그제야 이석도 조금 정신을 차렸는지, 혼란스러워하던 얼굴이 한층 가라앉았다.

"······누구 때문인지 알잖아."

"봄이 오면, 아무것도 아니었다고 느끼게 될 거라고— 그렇게 말했었죠. 나는 당신이 그렇게 느낀 줄 알았어요. 겨울이 끝나고도 날 찾아오지 않기에. 그리고 그게 당연하다고 생각했어요."

이석의 얼굴이 굳어졌다. 그는 어쩐지 화가 난 듯한 어조로 띄엄띄엄 말을 뱉었다.

"어째서, 그게, 당연해."

"믿지 않았으니까, 당신 마음을."

"반년이나 병신같이 굴었는데도, 믿지 못한다고?"

"어쨌든 더 이상 날 찾아오지 않았잖아요."

"내가 널 찾길 바랐어? 그렇게 밀어낼 땐 언제고."

"그게 아니라."

"왜 날 신경 써? 내가 네게서 떨어지면, 좋은 거 아니었어? 늘 내게 물었잖아. 대체 언제까지 이럴 거냐고."

"······좋아요. 강선영 씨가 어떻게든 마무리를 지어 달라고 하도 부탁하기에 온 건데, 됐어요. 괜히 왔네요. 갈게요."

여원은 미련 없이 일어나 등을 돌렸다. 그 순간, 침대에서 뛰쳐나온 이석이 단숨에 그녀를 끌어안았다. 여원은 그대로 얼어붙었다. 등 뒤로 밀착된 그의 가슴이 크게 오르락내리락했다. 맞닿은 온기에서는 고독의 냄새가 났다.

"······미안해."

"······."

"가지 마."

한없이 무력한 말이 공기 중에서 흩어졌다. 귓가를 어지럽히는 그의 숨결은 잔뜩 흐트러져 있었다.
 이석은 천천히, 아주 조심스러운 손길로, 그녀를 끌어다가 다시 의자에 앉혔다. 시야를 온통 가린 그의 몸이 거대했다. 여원은 한껏 위를 올려다보았지만 그의 얼굴까지는 잘 보이지 않았다.
 이석이 느릿느릿 몸을 낮추었다. 그녀의 양팔을 붙든 채, 그 앞에 무릎을 꿇고 앉은 모양새였다. 심지어 신발도 신지 않았다.
 "……일단 침대로 가서……."
 "무슨 말을 할까. 나, 무슨 말을 하면 될까."
 "다쳤는데 이렇게."
 "거의 나았어. 그딴 건 지금 중요하지도 않아."
 이석은 완고했다. 그는 해소되지 않는 갈증 속에서 떨어지는 이슬을 간절히 기다리는 사람처럼, 여원을 올려다보았다. 가까이서 본 얼굴은 많이 까칠해져 있었다.
 "겨울이 끝나고 내가 다시 너를 찾아갔다면."
 "……."
 "……나를 받아 줬을 거야?"
 "당신에게도 생각할 시간이 필요하다고 판단했어요. 이성적으로 결론 내리고 나면 찾아오지 않을 거라고, 여겼기도 하고."
 "나는 이미 수없이 생각했어. 아주 오래전부터, 나는, 너에 대해, 계속……."
 "4년간은 얼굴도 못 보고 지냈잖아요. 그동안 자라난 마음이 정말, 정상적인 형태라고 확신할 수 있어요?"
 "나 자체가 정상적인 인간이 아니니까, 그런 확신 같은 것도 필요 없어."

 여원은 착잡한 숨을 내쉬었다. 이런 대화는 이전에도 수없이 반복해 왔을뿐더러 결국 겉핥기에 불과할 뿐이다. 조금 더, 본질적인 대답을 듣길 원했다.

 "그래서, 당신이 내린 결론이 뭔데요?"
 "계속 말했잖아. 난 널 못 놔."
 "그렇다면 왜 나를 다시 찾아오지 않았죠?"

 그의 눈동자에 아픔이 스쳐 갔다. 그때도, 마지막으로 헤어지기 전에도 보았던 눈이다. 아프고, 괴롭고, 상처받은 눈.

 "……모르겠어. 난…… 내가."
 "……."
 "내가 이런 상태로 네게 다가가고, 네 주위를 끊임없이 맴도는 게…… 네게 상처를……."

 목이 메는지 말이 끊어졌다. 그는 할 말을 모조리 잃어버린 듯 고개를 떨구었다. 여원은 움츠러든 아이를 달래는 것처럼 나지막한 목소리로 말했다.

 "나를 놓을 수 없다고 했죠. 그 '놓을 수 없는' 마음이란 게 대체 어떤 건데요? 못 가진 것에 대한 집착인가요? 아집?"
 "아니야."
 "그럼 뭔데요. 내게 당신에 대해 제대로 말해 준 적이나 있어요? 당신은 늘 스스로에 대해선 다 숨기고 내가 받아들이기만을 원했죠. 옛날에도, 지금도, 늘 그랬어요. 당하는 쪽에서는 자존심이 상하고 아주 짜증이 난다구요."
 "난 원래가 이런 인간이야."
 "이제 그 말 금지예요. 그런 말로 회피하려고 들지 말아요."

"정말이야. 나는……."

여원의 양팔을 붙든 그의 손에 힘이 조금 들어갔다. 여원은 그 손을 천천히 떼어 낸 후, 마주 잡은 채로 제 무릎 위에 올려놓았다. 맞잡은 그의 손이 움찔 떨렸다.

"나는, 뭐요?"

"……나는 태어날 때부터가 이랬어. 어머니는 나를 데리고 온갖 정신과를 다녔지. 불안 장애에 이인증…… 그 외 등등. 내원 상담에 약물 치료까지 다 받아 봤어. 어릴 때부터, 계속……."

5년 전 이석을 배신하기로 마음먹고 그의 서재를 뒤졌을 때 발견했던 약통이 떠올랐다. 오랫동안 손이 닿지 않은 듯, 뚜껑 위에 먼지가 쌓여 있던 약통 두 개. 이름은 잘 기억나지 않았지만 분명 항정신성 약물의 종류였다.

"그래도 안 됐어. 결국 난 실패작이었고, 어머니도 날 포기했어. 구제 불능인 정신병이라고 했지. 평생 이렇게 살 거라고. 그 말이 맞아. 네가 어떤 인간을 바라는지는 몰라도…… 난 절대 그런 인간이 못 돼."

여원은 놀란 얼굴로 그를 내려다보았다. 아이였을 때부터 정신과를 다니며 온갖 치료를 받았다고? 거기다 모친에게 그런 소리를 들었다니. 그가. 장이석이. 도저히 믿기질 않았다.

이석은 자조적인 어조로 말을 이어 나갔다.

"태생이 그래, 난. 날 둘러싼 환경도 내게 아주 알맞지. 그러니까 나는 그냥 여기에서, 이렇게 살아갈 수밖에 없어. 너한테는 평생 닿지 못하겠지만……."

'구제 불능인 정신병.' 그는 그 말이 정답이라고 했다. 자신은 평생 이렇게 살 거라고……. 정말로? 정말로 그럴까? 물론 그렇게 태어난 것도 있겠지만, 그렇게 '믿고' 살아온 것 또한 크지 않을까. 그런 생각이 들었다.

그때는 그도 아이였을 것이다. 아무리 정상적이지 못한 세계에서 나고 자랐다 한들, 그에게도 아이였을 때가 있었을 것이다.

아이의 세계는 아무리 높고 견고해 봤자 아이의 세계. 세상에 무지하고 삶에 낯선, 연하고 연약한 세계. 그렇기에 가장 소중히 다루어져야 할 세계. 심지어 그녀는 다 자라서도 그 세계의 기억을 놓지 못했었다.

그가 안쓰럽다는 생각이 들었다. 이렇게나 커다랗고, 냉엄하고, 제멋대로인 남자가.

여원은 그의 손을 힘주어 잡았다.

"위험하거나 불법적인 사업들을 많이 정리했다고 했잖아요. 나는 사실 그것도 제대로 믿지 않았어요. 하지만 정말이라면, 당신이 변했다는 것 아닌가요?"

"⋯⋯너한테 보이기 위한 일이었을 뿐이야. 내가 옳은 인간이라서가 아니라."

"이유야 어찌 됐든. 당신은 당신 마음을 내게 솔직하게 이야기해 주어야 했어요. 내가 이런 인간이니 그저 받아들이라고 강요할 게 아니라."

"내가."

이석이 시선을 들어 그녀를 노려보았다. 거기엔 원망이 묻어나 있었지만, 그보다 더한 불안과 긴장과 고통이 혼재되어 있었다.

"⋯⋯다 이야기하면."

분명한 목소리였음에도 이미 다 부서진 것처럼 들렸다. 다음 순간, 그의 눈에서 눈물이 후드득 떨어졌다. 창백한 뺨 위로 물줄기가 생겨났다. 여원은 너무 놀라 그대로 굳었다.
"날 버릴 거였잖아."
"……."
"솔직하게, 있는 그대로 다 말하면, 너는 날 버릴 거였잖아."
뚝. 턱 끝에 맺힌 눈물이 바닥으로 추락했다. 그는 자신이 울고 있다는 사실도 제대로 자각하지 못하는 것 같았다. 여원은 못 박힌 듯 아연하게 그를 바라보았다.
"사람을 붙였던 건…… 그때 말했던 것처럼. 불안해서였어. 네 모든 걸 다 알지 않으면, 불안해 미칠 것만 같아서. 이런 마음을 솔직하게 말하라고?"
"……말했어야 해요. 모두."
"넌 그걸 알게 되자 나를 떠났어."
"떠난 게 아니라 시간을 갖자는 거였어요."
"뭐가 달라? 하긴, 떠나는 것도 아니지. 넌 처음부터 내 곁에 없었으니까……."
투둑. 또다시 눈물이 떨어졌다. 이석은 그제야 제 눈물을 자각한 듯 손끝으로 거칠게 뺨을 쓸었다. 묻어난 물기를 확인한 그가 허탈하게 웃었다.
"날 대체 어디까지 망가뜨려야 속이 시원해."
"또 내 탓이지."
"그래. 다 너 때문이야. 이제 할 말은 다 했어. 어쩔 거야."
"아뇨. 가장 중요한 걸 못 들었는데요."
안쓰러운 마음에 여원은 엄지로 그의 젖은 뺨을 쓸었다. 축축한 느낌이 전해져 왔다.

"……지금 당신의 마음이 정확히 어떤지, 말해 줘야죠."

눈물을 닦아 내리는 손길에 그의 눈가가 진동을 일으켰다. 여원은 손을 떼어 내고선 묵묵히 대답을 기다렸다. 그는 한참 입술을 달싹였다.

기나긴 망설임과 갈등과 소리 없는 탄식 끝에, 그가 떨리는 목소리를 토해 냈다.

"나는…… 너를 가지고 싶었어."

"……."

"예전처럼 너를 갖고 싶었어. 처음에는 분명 그랬지. 그런데 그렇게 하면 네가 불행할 것 같아서…… 나는 언제나 너를 상처 입히기만 하니까. 네 마음 따위 신경 쓰지 않으려 해도 그게 안 돼. 이전처럼 살고 싶어도 그럴 수가 없어."

마침내, 그의 모든 진심을 마주했다.

"네가 나를 그저, 그냥 타인처럼 여기는 걸 견딜 수가……."

그조차 외면했고, 부정했고, 숨겨 왔던 모든 이면들. 그가 짓밟으려 애썼고 부수려 매진했음에도 꾸역꾸역 몸집을 불려 여기까지 오게 만든— 골수처럼 깊은 무언가.

"이렇게 될 거라는 걸 처음부터 알았어야 했는데. 처음부터 알았어야 했지. 네가 나를, 언젠가는."

위태롭던 말끝이 끝내 허물어졌다.

"언젠가는, 이렇게 만들 거라고……."

여원은 조금 멍해진 얼굴로 그를 바라보았다. 결코 거짓이라고는 생각할 수 없는, 너무도 처절하고 간절한 모습이었다.

지금껏 그녀는 그의 마음을 믿지 않았었다. 정체도 모르고 정의할 수도 없는 마음을 믿을 수 있을 리가 없었다. 그렇기에 언젠가 저물리라 생각했다. 언제나 인간 같지 않던 그에게 '그런' 감정 따위가 있으리라곤 상상도 하지 못했으니까.

"왜요?"

이석은 어딘가 결여된 사람이었다. 여원도 그것을 알았다. 알면서 사랑했고 알기에 미련을 버렸다. 4년 만에 만난 그는 어딘가 달라져 있었지만, 그렇다고 해서 그 본질이 바뀌었다고는 생각하지 않았다.

그렇게 생각했었다.

"……왜 제 마음을, 신경 써요?"

그러나 이제는 그게 무엇인지 알 것 같았다.

"제가 불행한 것 같은 일을…… 왜 안 하는데요?"

"……."

"옛날 일 자꾸 꺼내는 거, 미련한 거 알지만…… 당신, 옛날엔, 그러지 않았으면서."

언제나 기다리는 쪽은 그녀였다. 그의 한 줌 자비에 기대는 것도 그녀였고, 더한 자비를 구걸하는 것도 그녀였다. 그리고 그는 그녀의 불행에 개의치 않았다.

"제 마음 같은 거, 신경 쓰지 않았잖아요."

그는 대답 없이 눈물을 뚝뚝 떨어뜨리기만 했다. 그 스스로도 어떻게 제어해야 할지 모르는 것 같았다.

"……다시 물을게요. 그 '놓을 수 없는' 마음이란 게 대체 어떤 거예요?"

"몰라."

"나를, 좋아해요?"

"……."

"날 좋아해요? 그래서 그래요?"

이석의 입가가 희미하게 떨렸다. 그는 고개를 저을 듯하다가, 이내 멈칫하며 굳어 버렸다.

"날…… 사랑해요?"

"……몰라."

이석이 힘겹게 대답을 뱉어 냈다. 그는 도저히 믿을 수 없다는 얼굴로 한참 입술을 달싹거렸다.

"모르겠어. 이게…… 사랑하는 거야? 너 때문에 내 모든 게 흔들리는 게, 이게, 사랑이라고? 사랑은 긍정적인 종류의 감정이잖아. 행복하고, 기뻐야 하는 거잖아. 하지만 나는…… 이렇게나, 이렇게……."

목소리가 처참할 만큼 흔들렸다. 여원은 어둠 속에서 그의 눈을 바라보았다. 망가진 합리와 이성의 부스러기가 혼란 속을 부유하고 있었다. 결국 이석은 말을 끝맺지 못하고 입을 다물어 버렸다.

여원은 조용히 물었다.

"내가 어떻게 하길 바라요?"

"……내 생각이 다 무슨 소용이야. 난 너한테 완벽하게 졌는데."

"그냥 물어보는 거예요. 반영은 안 해요."

서로가 내뱉는 숨이 허공에서 얽혔다. 그의 숨은 어딘지 축축한 기운이 있었다. 이석은 목숨을 구걸하는 패잔병의 얼굴로 그녀를 올려다보았다. 하염없는 눈이었다.

그는 더디게 움직이는 손으로, 여전히 꿇어앉은 채, 그녀의 상체를 끌어안았다. 허리에 둘리는 손에서는 미미한 떨림이 느껴졌다. 품속에서 뜨거운 호흡이 한차례 토해지고, 가슴 부근에 그의 이마가 닿았다.

이석은 온기가 필요한 짐승처럼 몸을 기대 왔다.

이윽고 그가 입을 열었다.

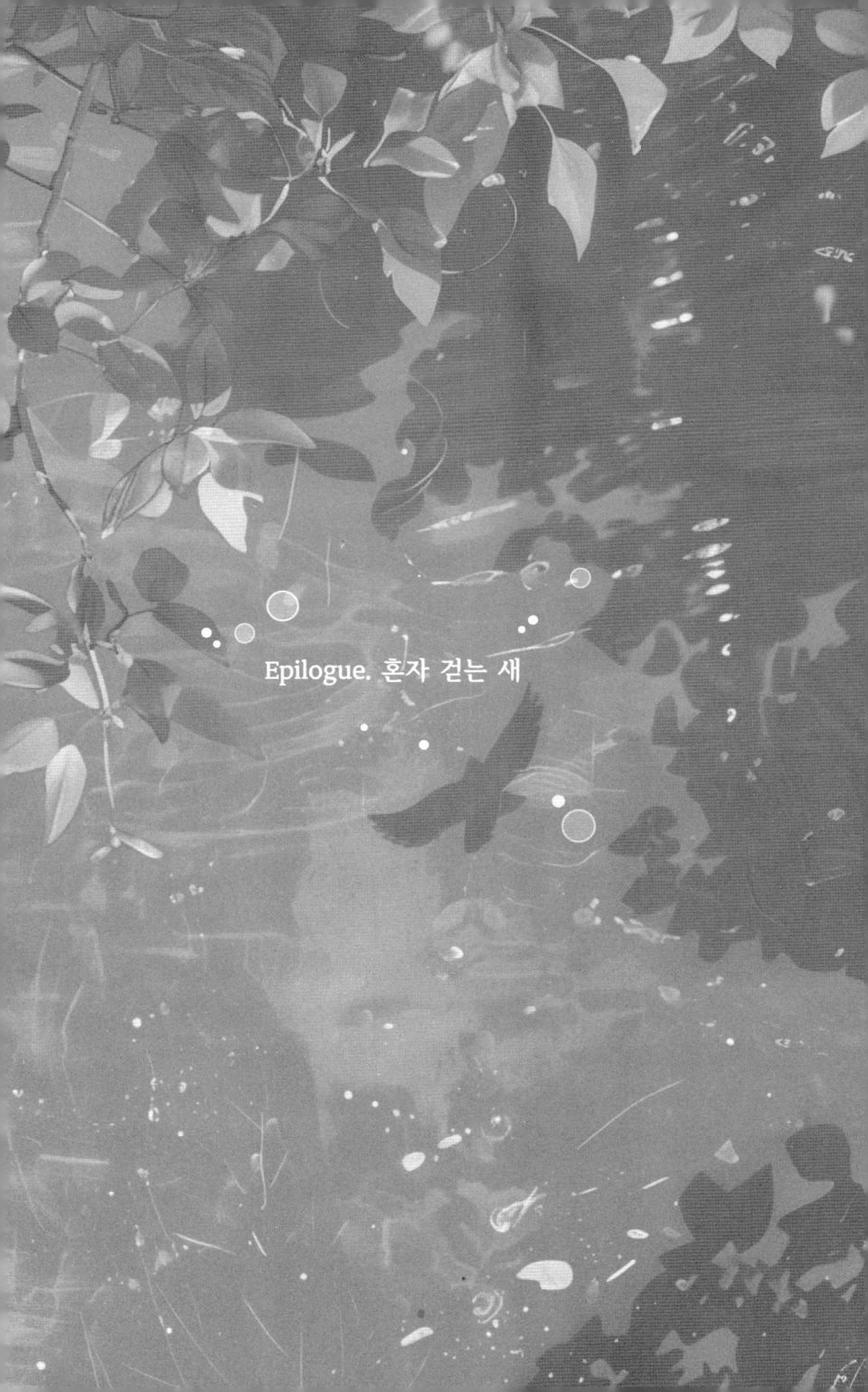
Epilogue. 혼자 걷는 새

Epilogue. 혼자 걷는 새

여원은 납골당 봉안실 안으로 들어섰다. 몇 번 와 보긴 했지만 여전히 익숙하지 않아서 잠깐 헤맸다. 안쪽으로 걸어 들어가자 눈높이 위치에 익숙한 사진이 보였다.

유리 안 사진 앞에는 흰색 조화가 놓여 있었다. 두 달 전 그녀가 두고 간 그대로였다. 그 뒤로는 누구도 방문하지 않은 것일까. 여원은 한참 사진을 바라보다가, 가방 안에서 봉투를 하나 꺼내 유리 위에 붙였다.

"……오랜만이야."

옛날에 여원이 썼던 시 편지를 넣은 봉투였다.

"요즘 바빴어. 취준생이거든. 곧 시험도 하나 있고, 이래저래 신경 쓸 곳도 많아서 통 못 왔네. 그러게 누가 그렇게 가 버리래? 나 빼곤 찾아오지도 않잖아. 좀 더 살면서 친구를 만들었어야지."

여원은 편지 봉투를 손끝으로 지그시 누르며 조용히 말을 이었다.

"이거 기억나? 시 편지. 쓰기 싫은 거 언니가 자꾸 쓰라고 그 래서, 억지로 억지로 썼었는데. 그때 내가 사방에 대충 버려둔 거 언니가 가져갔잖아. 어쩌다 보니 다시 내 손에 들어왔어."

시 편지에 무슨 내용을 썼었는지 도통 기억이 나질 않았더랬다. 다시 받아 본 후에 펼쳐 보고선 아, 이걸 썼었지, 했다.

"나 거기에, 다음 생에 무엇으로 태어나고 싶은지에 대해서 썼더라고."

여원은 다음 생에 엄마의 엄마가 되고 싶다고 썼다. 이번 생엔 괜히 엄마의 딸로 태어나서 고생만 했으니까, 다음 생에는 엄마의 엄마로 태어날 거라고. 그래서 딸의 꿈을 응원하고, 딸과 공기놀이를 하고, 인라인을 타고, 사랑한다는 소리도 많이 해 줄 거라고.

자신은 딸에게 해가 될 짓은 안 할 거라고. 도박도 안 할 거고, 빚도 안 질 거라고. 내 능력이 되는 한 좋은 것만 보여 주고 좋은 것만 들려줄 거라고.

살면서 느낀 건데, 자신은 사랑받기보다는 사랑하는 것에 차라리 어울리는 사람인 것 같다고. 나를 사랑하는 사람은 아무도 없고 내가 사랑했던 기억만 남았다고.

"자세한 내용은 언니가 알아서 읽어 봐. 나 나름 솔직하게 잘 썼어."

그러니 다음 생에선 엄마의 엄마로 태어나 엄마를 죄 없이 사랑할 거라고…….

"언니는, 다음 생에서 무엇으로 태어나고 싶어?"

여원은 속삭여 물었다. 당연히 대답은 돌아오지 않았다. 내뱉고 나니 조금 유치한 질문인가 싶어서 머쓱해졌다. 그녀는 가벼운 숨을 내쉬고선 조그맣게 중얼거렸다.

"……다음 생엔 너무 사랑만 받고 커서, 오만하고 싸가지 없는 부잣집 막내딸로 태어나길 바랄게."

여원은 편지 봉투에서 천천히 손을 뗐다. 잠시 소희의 웃는 얼굴에 물끄러미 시선을 두었다가, 이내 돌아섰다.

사실 소희에게 하지 못한 말이 있었다. 소희라면 왜 이런 걸 자기한테 묻냐고, 네 마음 가는 대로 결정할 일이라고 대답할 것 같아서 묻지 않았다. 이미 여원이 결론 내린 일이기도 했다.

하지만 누군가에게 이 일에 대한 확답을, 또 허락을 받고 싶은 불안한 마음이 자꾸만 생겨났다.

언니라면 사랑이라는 마음을 어디까지 믿어 보겠느냐고. 나는 사랑받기에 어울리지 않는 사람 같은데. 차라리 사랑하는 것에 더 어울리는 사람 같은데. 내가 사랑했던 사람들은 모두 나를 사랑하지 않거나 나를 떠나갔는데.

언니는 그래도, 사랑이라는 마음을 한 번 더 믿어 보겠느냐고.

건물 밖으로 나오자 온건한 봄기운이 살갗을 휘감았다. 그녀는 손으로 햇빛을 가리며 걸음을 옮겼다. 여전히 가슴은 아팠지만, 예전처럼 눈물이 쏟아져 나올 것 같지는 않았다. 애써 표정을 가다듬으며 걸음을 옮겼다.

끝까지 묻지 않을 것이다.

이건 그녀가 결정해야 하는 일이었으니까.

* * *

여원은 카디건을 걸치려다 말고 휴대폰으로 날씨를 확인했다.

7도. 비교적 따뜻한 날씨였다. 그래도 밤에는 추울 수 있으니 개어서 가방에 넣었다.

신분증을 챙겼는지 한 번 더 확인하는 도중, 메신저 알람이 울렸다. 다영이었다.

[다영 : 언니오늘섬팟팅〉0〈////찍은거다맞으세용~~~~]

귀여운 응원이었다. 오픽은 찍는 문제가 아니라 말하기 시험이었지만, 여원은 굳이 정정하지 않고 답신을 보냈다.

[다영이 고마워!! 담에 한번 보자 합격하면 밥 살게^^]

여원은 전송 버튼을 누른 후 가방을 들었다. 나서기 전, 괜히 집 안을 한번 둘러보았다.

좁았지만 웬만한 세간은 다 갖추고 있었다. 티브이부터 싱크대와 화장실까지 모두 공용이 아니라 그녀 홀로 쓸 수 있는 것이었다. 자신의 집. 자신만의 집이었다. 물론 엄밀히 말하면 월세였지만…….

언젠가는 자가를 가질 것이다. ……언젠가는.

여원은 현관으로 나가 신발을 신었다. 거울을 보며 매무새를 대충 가다듬는데, 문에 걸어 놓은 액자가 눈에 들어왔다. 소희의 시를 필사해 둔 것이었다.

『혼자 걷는 새』

여원은 잠시 멈추어 서서 액자 안을 들여다보았다. 이젠 외울 정도로 읽었음에도, 언제나 새삼스러운 기분이었다. 언니가 무슨 마음으로 이것을 썼을지 생각해 보며 읽기에 더욱 그러했다. 아마 액자에 넣지 않았다면 이미 귀퉁이가 닳아빠졌을 것이다.

여원은 이 시를 읽고 나서야 소희의 마음을 어렴풋이 짐작할 수 있었다. 완벽히는 아니더라도, 조금 더 그녀를 알 것 같은 기분이 들었다. 소희는 누구에게도 말하지 않았던 마음을 여기에 담아냈다.

[운동장에서 새 한 마리를 보았다. 날개를 다쳐 벽 밖으로 날아가지 못하는 새였다.]

언젠가 소희에게 교도소 운동장에서 날개를 다친 새를 한 마리 보았다는 말을 들은 적이 있었다. 교도소 안에는 종종 새들이 날아 들어오곤 했다. 새들은 운동장 위를 걸어 다니다가 다시 벽 밖으로 날아갔다.

'날개를 다쳐? 교도관한테 말해. 알아서 치료하든가 내보내든가 하겠지, 뭐.'

'걸어가더라고. 계속.'

'응?'

'걸어서는 여길 못 벗어날 텐데도, 그냥 계속 걷더라고.'

그 새의 존재를 교도관에게 말했는지, 그 새가 무사히 치료받아 벽 밖으로 벗어났는지에 대해서는 전해 듣지 못했다. 당시엔 별로 중요한 이야기가 아니라고 생각했다. 새 따위야 어떻게 되든, 싶었으니까.

[나는 여기에 멈춰 있고, 새는 계속 걷는다. 혼자 걷는다.]

그러나 소희에게는 아니었던 걸까. 그녀는, 가망 없는 걸음을 이어 나가는 새를 보며 무슨 생각을 했던 걸까. 수없이 생각했지만 완벽한 정답에는 도달할 수 없었다. 소희만이 알고 있겠지.

문득 전화벨이 울렸다. 여원은 액자 안에 시선을 고정한 채 조금 건성으로 전화를 받았다.

"여보세요."

—어디야?

"아직 집. 왜요?"

—너희 집 앞이야. 나와.

"응? 지금?"

여원은 놀라며 고개를 들었다. 원래는 오픽 시험이 끝난 후 만나기로 했었다. 지금 만나 봤자 바로 시험을 보러 가야 했다.

—시험장까지 태워 줄게.

"안 그래도 되는데."

—싫어?

"나야 고맙죠. 기다려요. 바로 나갈게요."

여원은 전화를 끊고 서둘러 집을 나섰다. 계단을 내려가는 걸음걸이가 경쾌했다. 두 층을 내려와 도달한 일 층 입구로 따뜻한 봄 내음이 훅 풍겨 들어왔다. 왠지 좋은 예감이 들었다.

집 앞에는 익숙한 검은색 세단이 서 있었다. 여원은 조수석 문을 열고 냉큼 올라탔다. 옆자리엔 그가 한 손을 핸들 위에 올린 채 한 폭의 그림처럼 앉아 있었다.

"회사는요?"

"조퇴."

"조퇴 사유는?"

"운전기사 부업이 있어서."

뻔뻔하기 그지없는 말에 여원이 웃음을 터뜨렸다.

"거기 회사엔 겸업 금지 조항 없어요?"

"일만 다 처리하면 그만이지."

"와……! 이렇게 제멋대로 해도 안 잘려요?"

"누가 날 잘라."

이석이 코웃음을 치며 주차 브레이크를 바꾸었다. 여원은 그 모습에 새삼 놀랐다. 진짜 재수 없다.

"나 시험 칠 동안 어디에 있게요? 1시간도 안 걸릴 텐데."

"근처 카페 가서 업무 보고 있을게. 끝나면 전화해."

"와, 죽어도 회사나 집에서만 일하던 사람이."

"도서관이며 카페며 오만 데서 일하지, 이제. 너 때문에 이렇게 됐어."

"웃긴다. 만날 나 때문이래."

그가 낮게 웃었다. 여원은 창문을 내리고 바깥을 바라보았다. 시원한 바람에 펄럭펄럭 머리카락이 휘날렸다.

"기분 좋아 보이네."

"오늘로 시험 끝이잖아요. 끝나고 뭐 먹어요?"

"우리 집 가자. 저녁 해 줄게."

"우와, 뭐 해 줄 건데요?"

"글쎄, 오므라이스?"

"경양식으로? 그게 제일 좋은데."

"그래. 경양식으로."

"너무 싱겁게 하지 마요. 이석 씨 입맛 거의 애기 이유식이에요."

"간은 네가 봐. 맞출게."

이석이 웃음기 어린 목소리로 대답했다. 여원은 긴장을 풀기 위해 차량 라디오 채널을 틀었다. 막바지였던 사연 청취가 끝나고 DJ가 멘트를 했다.

—1993년에 개봉한 『Groundhog day』라는 영화가 있습니다. 국내 개봉명으로는 『사랑의 블랙홀』이라고 하는데요. 영화의 주인공 필 코너는 매일 같은 날이 반복되는 악몽 속에서 살아가고 있어요. 매일 아침 그는 라디오 DJ의 똑같은 멘트, 똑같은 노랫소리를 듣고 일어납니다. 생각만 해도 지겹고 끔찍하지요. 하지만 주인공은 이 반복되는 일상 속에서도 삶의 의미와 진정한 사랑을 찾아, 연인과 함께 어제와 다른 오늘, 오늘과 다른 내일을 맞이하게 됩니다. 사연자님도 늘 비슷한…….

잔잔하고 여리면서도 분명한 목소리가 듣기 좋았다. 여원은 눈을 감고 편하게 등을 기댔다. 사연자를 위한 격려의 메시지가 이어졌다.

—임주연의 5시로 접어드는 4시. 봄날 오후와 어울리는 노래 한 곡, 들으실까요.

임주연……. 생각할수록 어디서 들은 이름 같은데 기억이 잘 나지 않았다. 뭐, 요즘 한창 인지도 있는 배우니까 언제 한번 들어 봤겠지.

여원은 대수롭잖게 생각하며 스크립트를 꺼내 들었다. 중얼

중얼 외우고 있는데, 묵묵히 운전하고 있던 그가 느닷없이 말했다.

"……다른 거 들으면 안 돼?"

"왜요, 긴장 풀리고 좋은데."

"뉴스 듣자."

웬만해선 여원이 하는 대로 따르던 사람인데, 목소리가 단호하기까지 했다. 그녀는 고개를 갸웃하면서도 채널을 돌려주었다.

뉴스를 들으며 그와 이런저런 잡담을 나누고 스크립트를 외우다 보니, 벌써 시험장에 도착해 있었다. 여원은 안전벨트를 풀었다. 예상보다 훨씬 이르게 도착한 터라 미리 들어가서 공부하고 있을 생각이었다.

"태워 줘서 고마워요. 이따 봐요!"

가방을 챙기고 차 문을 열려는데, 그가 불쑥 팔을 잡아 왔다. 여원이 옆을 돌아보았다.

"왜요?"

"……안아 주고 가."

어리광 같은 말을 하면서도 이석의 표정은 더없이 진지했다. 여원은 조금 당황스럽게 웃다가 순순히 손을 뻗어 안아 주었다. 그가 등 뒤로 팔을 둘러 왔다. 체격 차 때문에 그에게 푹 안긴 꼴이 되었다. 여원이 품 안에서 웅얼웅얼 물었다.

"다섯 살이에요?"

"그런가 봐."

이석은 그녀의 허리를 끌어안은 팔에 약간 힘을 주며 한숨처럼 말했다.

맞붙은 온기는 든든했고, 커다란 품은 견고하게 느껴졌다. 구태여 힘들여 걸어가지 않아도 이 안에서 영영 머물 수 있을 것만 같았다. 그러나 이곳은 그의 자리였다. 그녀는 자신의 자리로 가야 했다.

이내 여원은 팔을 거두어들였다. 이석은 못내 아쉬운 듯 풀어 주며 그녀의 뺨을 툭 건드렸다.

"시험 잘 보고."

"응."

"조금 있다가 봐."

그 목소리는 간절한 바람처럼 들리기도 했고, 다시 만나리란 확신처럼 들리기도 했다. 여원은 손을 흔들어 보이고선 차에서 내렸다. 얼굴 위로 와 닿는 바람이 따뜻하고 부드러웠다. 완연한 봄이었다.

여원은 걷기 시작했다.

병원에서의 그날, 그와 많은 이야기를 나누었다. 마음의 저변까지 드러낸 진심에는 사람의 감정을 건드리는 구석이 있다. 그날의 대화가 바로 그러했다. 어쩌면 그들로서는, 최초로 모든 진심을 내보인 대화였다.

'결코 이전과 같을 수는 없을 거예요.'

대화의 결론은 여러 가지로 날 수 있었다. 아마 그녀가 그와의 완전한 이별을 택했다면, 그는 받아 주었을지도 모른다. 그렇게 믿고 싶었고.

'하지만 당신이 정말 바뀌었고, 또 바뀌고자 한다면, 나는 그런 당신을 알아 가고 싶어요.'

하지만 여원은 그에게 한 번 더 기회를 주는 것을 택했다. 남들을 설득시킬 만한 논리적인 근거나 이유 같은 것은 없었다.

그냥 그렇게 하고 싶었을 뿐이다.

'우리가 과거에 아무 일도 없었던 것처럼, 마냥 새롭게 알아 가고 싶다는 건 아니에요.'

이 선택이 옛날과 같은 마음이 다시 생겼다는 뜻이 될 수는 없었다. 그렇게 되기까지는 아주 오랜 시간이 필요하거나, 어쩌면 평생 불가능할지도 모른다. 마음에 남은 흔적은 구겼다가 편 종이처럼 계속해서 남아 있을 테니까.

하지만 어느 예기치 못한 날에, 희미해져 있는 흔적을 발견할 수도 있을 것이다.

'과거의 우리도 우리니까, 그걸 받아들인 채 또 다른 서로를 알아 가는 거죠. 온전하게.'

그러기 위해 그와는 천천히 알아 가기로 했다. 물론 이전과 같은 방식은 아니었다. 각자의 자리에 머무른 채 서로에게 시간을 조금씩 할애하는 것으로— 오랜 공백을 메워 가고자 했다.

여느 평범한 사람들이 그러하듯이.

'중요한 건 당신의 삶은 당신의 삶이고, 내 삶은 내 삶이라는 점이에요. 우리는 서로가 원한다면 헤어질 수 있고, 또 그러다가도 다시 만날 수 있을 거예요. 서로의 마음이 맞는 한 이어지는 관계. 나는 그걸 원해요.'

그는 이 기나긴 길 위에서 만난 동행인이었다. 길을 걷다 보면 많은 이들을 만나게 된다. 의미 없이 스쳐 지나가는 사람들, 잠시 이야기를 나누는 사람들, 자주 얼굴을 보게 되는 사람들, 그러다 연이 닿아 동행이 이어지는 사람들.

현재 그는 그녀의 곁에 가장 오래, 또 자주 머무르고 있는 동행인이었다.

어쩌다 길이 갈리면 헤어질 수도 있을 것이다. 또다시 만날 수도 있을 것이고. 분명한 사실은 지금으로선 그와 동행하고자 마음먹었기에, 함께 가는 길목에서 서로의 부족한 부분들을 끌어안아야만 한다는 것이었다.

그러나 매 순간 함께할 수는 없었다. 삶의 모든 부분을 그와 동의어로 만들어 버릴 수는 없었다. 결국 이 길은 그녀가 걸어야 하는 길이었으므로.

'여원아, 앞을 봐. 그렇게 땅만 보고 걸으면 네가 어디까지 왔는지 모르잖아.'

여원은 고개를 들었다.

'혼자 가. 지켜보고 있을게.'

그리고 걸었다. 자신의 소중한 사람들이 각자의 길을 무사히 걸어 나가길 바라며.

* * *

"……몰라."

어둑한 병실 안. 그가 힘겹게 대답을 뱉어 냈다.

"모르겠어. 이게…… 사랑하는 거야? 너 때문에 내 모든 게 흔들리는 게, 이게, 사랑이라고? 사랑은 긍정적인 종류의 감정이잖아. 행복하고, 기뻐야 하는 거잖아. 하지만 나는…… 이렇게나, 이렇게……."

처참히 흔들리던 목소리가 차차 어둠 속에 파묻혔다. 마주해 오는 그의 눈빛 안에는 온갖 망가진 것들이 떠돌고 있었다. 아무리 그 조각들을 애써 끌어모아도, 영영 손쓸 수 없을 것만 같았다.

여원은 조용히 물었다.

"내가 어떻게 하길 바라요?"

"……내 생각이 다 무슨 소용이야. 난 너한테 완벽하게 졌는데."

"그냥 물어보는 거예요. 반영은 안 해요."

숨이 얽힌다. 하염없는 눈으로 위를 올려다보던 그가 천천히 그녀의 상체를 끌어안았다. 미미하게 떨리는 손. 품속에 토해지는 뜨거운 호흡. 가슴 부근에 닿는 이마. 온기가 필요한 짐승처럼 기대어지는 몸…….

그의 어깨가 크게 오르락내리락했다. 위태로운 호흡의 끄트머리마다 절박함과 갈급함이 달라붙어 있었다. 그가 온몸으로 누르는 감정들이 그의 발밑으로 새어 나오는 것만 같았다. 짙고, 무겁고, 무력한 마음들.

이윽고 그가 입을 열었다.

"여전히, 여전히 모르겠어. 나는 아무것도…… 하지만 정말 이런 게 사랑이라면."

목멘 소리가 잠시 멈추었다. 간절히 꿇어앉은 그의 무릎은 바닥에 붙박인 듯 미동도 없었다. 다시는 일어나지 못할 것처럼, 다시는 걷지 못할 것처럼.

"……내게 다시 사랑할 기회를 줘."

혼자 걷는 새_ 完

외전 1

거실은 엉망진창이었다. 물건이란 물건은 다 쏟아져 나왔는지 제대로 발 디딜 틈도 없을 정도였다. 손희정은 감정 제어가 안 될 때면 이렇게 온 집 안의 물건을 죄 바닥에 내던지곤 했다.

이런 날이면 이석은, 감정을 제어할 수 없다는 건 참으로 피곤한 일이라는 생각을 했다. 불필요한 감정을 소모하는 데 힘과 시간을 쏟는 것만큼 무익한 짓도 드물었다.

그가 지금껏 보고 들어온 나름대로의 통계에 의하면, 해소되지 않는 감정은 으레 스스로를 갉아 먹곤 했다. 부서지고 깨진 마음의 말로에는 결국 자기 파멸만이 남아 있게 되는 것이다. 그 대표적인 경우가 모친이었다.

부엌 안에서 파출부가 반쯤은 체념한 기색으로, 또 반쯤은 안절부절못하는 기색으로 거실과 이석을 번갈아 보았다. 모친의 기행이 한두 번 있어 온 일은 아니지만, 요즘 유독 더 잦아진 것은 사실이었다.

교복을 입은 이석이 부엌 옆 복도를 가로질러 거실 앞으로 걸어갔다. 이 상황에 대해 별다른 놀람이나 유감은 없었지만, 별개로 집에 돌아왔으니 인사를 해야 했다. 그렇게 교육을 받았으니까.

 폭격 이후의 폐허 같은 거실 한가운데 모친이 지친 듯 앉아 있었다. 완전히 기진맥진한 기색임에도 씩씩거리는 어깨만은 연신 오르락내리락하고 있었다. 커튼처럼 드리운 머리카락 사이로 보이는 눈에는 핏발이 서 있다.

 저러는 이유는 이미 형에게 들어 알고 있었다. 장명섭이 멋대로 손희정의 사람을 데려다가 써먹고 버렸다고 했다. '버렸다'는 뜻은 당연히 죽음이다. 하지만 이석은 모친의 과격한 분노를 이해할 수가 없었다.

 모친과 죽은 이는 그렇게까지 깊은 관계가 아니었다. 말 그대로, 그저 주변 사람— 혹은 아랫사람이었을 뿐이다. 설령 깊은 관계였다 하더라도 손익에 따라 버려야 할 때가 있는 것이 아닌가…….

 기척에 모친이 고개를 든다. 그녀의 동공이 확장된다. 그건 아들을 보는 눈이라기보다, 되레 제 피붙이를 죽인 철천지원수를 보는 눈이었다. 모친의 마른 입술이 서서히 열린다.

 "……당장."

 "……."

 "내…… 내 집에서— 꺼져어억—!"

 발악 같은 비명이 터져 나왔다. 손희정은 주변에 널린 물건을 아무렇게나 이석에게 집어 던졌다. 완전히 제정신이 아닌 사람처럼 보였다. 그리고 실제로 제정신도 아니었다.

 책 모서리가 이석의 가슴팍에 퍽, 맞고 떨어졌다. 이석은 별다른 대응도 대꾸도 하지 않은 채 건조한 눈으로 모친을 내려다보았다. 그에 손희정은 "하!" 하고 거친 비소를 내뱉었다. 하, 하, 하, 새가 부리로 모이를 쪼듯 웃음이 짧게 끊어진다.
"야."
"……."
"너 내가, 한심하니?"
"……."
"내가 한심하니? 내가 한심해? 한심해 죽겠어? 너는 네 엄마가 한심하지? 왜 저 지랄 하나 싶지?"
"……."
"네가 정신병자라서 그래. 여기서 정상인 건 나밖에 없으니까, 어, 그래서 네 눈에는 내가 지랄하는 걸로 보이는 거지. 미친 여자처럼 보이지, 어? 너는 미친 거 같지, 내가?"
날아온 탁상시계가 이석의 허벅지에 맞고 추락했다.
"미친 게 누군데 날 그딴 눈으로 봐! 나를! 나르으을! 미친 새끼! 미친 사이코 새끼!"
제 분에 못 이긴 손희정의 눈자위가 터질 듯 붉어졌다. 기어코 그녀는 눈물을 뚝뚝 떨어뜨리더니, 이내 엎드려 엉엉 울기 시작했다. 이따금 마구 휘젓는 손에 주변의 물건들이 이리저리 밀려났다.
이석은 여전히 미동 없이, 잠시 서서 그 기막힌 광경을 바라보았다. 널따란 집 안에 숨넘어갈 듯한 울음소리가 웅웅 울렸다.
"……다녀왔습니다."
조용히 중얼거린 그가 돌아섰다. 그저 피곤할 뿐이었다.

방으로 돌아온 이석은 책상 위 달력을 넘겼다. 졸업까지는 아직 1년 7개월이 남아 있었다. 고등학교를 졸업하면 해외 대학으로 진학할 예정이었으나, 모친이 그 혼자 해외로 떠나는 것을 순순히 허락할지가 의문이었다.

손희정은 이석을 경멸하고 저주하면서도 놓으려 들지 않았다. 자신에게 남겨진 마지막이라는 생각이었을까. 물론 어차피 모친의 반대는 큰 의미가 없었다. 큰 변동이 없다면 계획은 그가 생각했던 대로 이행될 테니까. 늘 그랬듯이.

'왜' 반드시 일정 궤도 위에서만 살아야 하는지는 별로 중요하지 않았다. 자신은 그저 가장 효율적인 길을 선택할 뿐이었다. 어차피 살아야 한다면, 그렇게 사는 게 좋으니까. 산다는 것에 대해 딱히 별다른 감정이 있는 건 아니었다.

문득 책상 한편에 놓인 약통이 눈에 들어왔다. 괜히 거슬려서 이석은 그것들을 책장 깊은 곳에 옮겨 놓았다. 약을 끊은 지 한참이 되었지만, 완전히 치울 수는 없었다. 언제고 다시 필요할지도 모르니까. 언제고…….

다음 날, 이석은 돌아온 집에서 목맨 모친의 시신을 발견했다. 그 앞에서 무엇을 느껴야 했던 것일까.

* * *

'넌 그 여잘 망가뜨리고 말겠지.'
낄낄거리는 비웃음.
'왜냐하면, 너는, 구제 불능인 정신병자니까.'
목 졸린 조롱.

'너를 이 나락으로 끌어내린 게 그 여자라고? 아니, 그 반대야. 이제 혼자서도 잘 걸어갈 여자의 발목을, 네가 붙들고, 이 빌어먹을, 개 같은 세계로 끌어내리고 있는 거야— 그러니까 너는 기어코—

목을 매단 여자가 바들바들 떨리는 검지로 그를 가리키며 저주를 퍼붓는다. 저 목은 누가 매달았을까. 그녀 자신일까, 혹은 그녀의 남편일까.

이젠 아무래도 좋을 먼 이야기인데, 어째서 나는 또다시 이 앞을 맴돌고 있는 것일까.

'그런 일에 익숙해지는 거, 정상 아니잖아요.'

괘념치도 않았던 말들이 네 앞에서는 모두 낯선 의미와 완연한 색채를 가지고 만다. 세상 모든 이가 날 빌어먹을 인간으로 생각한대도, 너는, 너만큼은…….

'당신은 나쁜 사람이에요.'

네 앞에서만큼은 괜찮은 사람이 되고 싶었어.

나는 정말 모든 것을 망가뜨리고야 마는 인간일까. 내가 정말 너를 망가뜨렸을까. 내가 조금 더 멀쩡했다면 우리는 7년이란 시간을 이토록 아프게 돌아오지 않았을 텐데. 돌이켜 본 시간들은 모두 고통과 회한으로 점철되어 있다.

'나는 아무 후회도 없어요. 그냥…… 죽여도 돼요.'

그럼에도 너는 살아야만 해. 나를 이 깊고 아득한 강물 속으로 끌어 내린 건 너니까, 이곳에서 함께 있어 주어야 하는 이도 너니까, 너는 나를 두고 죽어서는 안 돼.

'빚 갚을 때도, 상환 날짜 다가올 때도, 교도소에서도, 종종 죽고 싶었는데요…….'

나를 두고…… 떠나서는…….

흐릿하게 보이는 그녀의 모습이 금방이라도 깨질 듯 위태하다. 팔을 뻗어 보지만 돌아오는 것은 빈 손아귀. 입을 열어도 목소리가 나오지 않는다. 떨어지는 빗줄기에 온몸을 아프도록 얻어맞는다.

들고 있는 우산을 그녀 쪽으로 한껏 기울인다. 우산 밖으로 노출된 머리와 옷이 고스란히 비를 맞는다. 그러나 그녀는 무심히 우산 밖으로 걸어 나간다. 자신도, 그녀도, 소란한 비에 온통 젖어 들어간다.

우리에게 우산 같은 건 아무런 쓸모가 없다. 그녀에겐 우산을 씌워 줄 사람 같은 것도 필요가 없다.

이대로 걸음을 돌리면 될 일이다. 나를 보지 않는 사람에게 마음을 할애하는 건 불필요한 감정 소모일 뿐이니까. 그러나 이제 그럴 수 없다는 사실을, 지독하게 잘 알고 있다. 나의 시선은 영영 너에게서 떨어지지 않으리라는 사실을.

왜 너일까.

왜 너여야만 할까.

이제 너는 내가 없어도 잘 살아갈 텐데. 계속해서 너 혼자 걸어갈 텐데. 이곳에 나를 남겨 둔 채로…….

나는 이곳에 고인 채 너 없이는 한 발자국도 나아가지 못하겠지. 아마 앞으로도 영원히, 이곳에 머무른 채 네가 돌아오기만을 기다리며 썩어 갈 뿐이겠지.

그러나 아무래도 상관없다.

이젠 아무래도 좋아.

나는 계속해서 이 우산을 네 쪽으로 기울이고 있을 거야. 언제든 네가 이 안으로 다시 들어오기를 바라며. 그도 아니라면 한 번쯤 돌아봐 주기를 바라며.

너는 마음이 약하니까, 비 맞고 선 나를 아주 모른 척하지는 못하겠지. 다시 돌아와 걱정스레 말을 건네 올 것이다.

'……다 젖어요.'

우리가 다시 만났던 그날처럼.

차라리 나의 마음이 영영 눈뜨지 않았다면 좋았을 텐데.

* * *

똑똑-

누군가 문을 두드리는 소리에, 여원은 잠에서 깨어났다. 시야로 어둑한 집 안 풍경이 희끄무레하게 들어왔다. 그녀는 머리맡을 더듬더듬 짚어 휴대폰 화면을 켰다. 환한 빛에 눈이 찡그려졌다.

오전 12시 13분.

너무 피곤해서 초저녁부터 기절하듯 잠들었다가 깼더니 이 시간이었다. 여원은 이불을 걷어 내며 비척비척 상체를 일으켰다.

똑똑.

또다시 들려오는 노크 소리에 잠이 확 달아났다. 이 시간에 찾아올 사람은 없는데, 대체 누구지.

그녀는 숨을 죽인 채 조심스레 현관 쪽으로 다가갔다. 월셋집을 얻어 산 지도 벌써 반년이 넘었지만, 여자 혼자 사는 집이라 걱정이 놓이질 않았다. 예전 김강현의 일이 알게 모르게 트라

우마로 남은 탓도 있었다.
 휴대폰을 확인하자 이석에게서 부재중 전화가 4건 와 있었다. 이 외에도 메시지 몇 개가 와 있었지만 우선 확인을 미루었다. 혹시 모르니 112라도 누르고 있어야 하나 고민하고 있는데, 문밖에서 나직한 목소리가 들려왔다.
 "……여원아."
 익숙한 목소리에 여원은 안도했다. 동시에 몸에서 힘이 쭉 빠져나갔다. 그였다.
 한 박자 늦게 당혹스러움과 의아함이 찾아들었다. 해외 출장에서 돌아오려면 아직 이틀이 남아 있는데, 그가 왜 지금 여기에 있는 거지?
 여원은 무슨 일이 생겼나 싶어 급히 문을 열었다. 바로 앞에 정장 차림의 이석이 우뚝 서 있었다. 조명을 등지고 있어서 얼굴이 잘 보이지 않았다. 그녀는 크게 놀라며 물었다.
 "뭐야, 이석 씨 왜 여기 있어요?"
 말을 내뱉기가 무섭게, 그가 팔을 뻗어 여원을 끌어안았다. 그 특유의 묵직한 향기가 비누 냄새와 섞여 훅 끼쳐 왔다. 그녀는 얼떨결에 안기며 눈을 동그랗게 떴다.
 진짜 무슨 일이 있나 싶었다. 여원은 당황하면서도, 일단 그의 등을 살짝 토닥여 주었다.
 "왜 그래요?"
 "왜 하루 종일 연락이 안 돼."
 "어?"
 순간, 뭔 소린가 싶어서 여원은 저도 모르게 멍청히 되물었다. 그가 한 음 한 음 끊어 내듯 중얼거렸다.

"낮부터 계속 연락이 안 돼서."

"아…… 나 집 오자마자 잠들어서. 무음이라 몰랐어요."

여원은 연락을 자주 확인하지 않는 편이었다. 어차피 연락 올 사람이 거의 없기도 했고, 공부에 방해받지 않기 위해 대부분 무음으로 해 놓았다.

그런데, '계속 연락이 안 돼서'라니?

여원은 긴가민가하다가 설마 하는 심정으로 물었다.

"잠깐만, 설마 그것 때문에 출장 중에 돌아온 거예요? 아니지?"

"맞아."

"미쳤나 봐."

여원이 그를 밀어냈다. 그는 못내 아쉬운 듯하면서도 순순히 밀려났다.

"진짜로요? 일은요?"

"괜찮아."

"괜찮기는 뭐가 괜찮아요. 우리 약속 잊었어요?"

만남을 이어 가되, 각자의 자리에서 서로에게 일부의 시간만을 할애하는 것. 서로에게 부담감을 주지 않는ㅡ 그렇기에 의무도 책임도 없는 관계. 여원이 그와의 연을 끊지 않는 조건으로 제시한 것이었다.

여원은 이석과 당장 연애를 하고 싶은 게 아니었다. 그저 그를 더 알아 가고, 그의 변화에 대해 확신을 가지고 싶은 것뿐이었다. 앞으로의 관계에 대한 결정은 그 이후의 몫이었다.

그런데 이석이 이런 식으로 제 자리를 탈주해서 그녀에게 목이라도 맬 것처럼 굴 때면, 여원은 상당히 곤란하고 부담스러웠다.

"안 잊었어."

"근데 왜 이래요?"

"이렇게 오래 연락이 안 된 적은 없잖아."

"그래도 그렇지, 출장 중에 돌아오면 어떡해요."

"급한 일은 다 처리해서 상관없어."

전혀 믿기지 않았지만, 그가 그렇다는데 더 따져 묻기도 애매했다. 여원은 한숨처럼 말했다.

"아무튼 겨우 반나절 연락 안 됐다고 갑자기 한국 들어온 거 아니에요, 지금."

"겨우라니. 옛날에는 뭐 하는지 하나하나 말해 줬었잖아. 자기 전까지."

여원은 말문이 막혔다. 이석이 말하는 옛날이라면 5년 전을 의미하는 것일 터였다. 그들이 한집에서 살았을 때. 모든 위선과 위태로움을 없는 양 덮어 두고, 그럴싸한 내일이 있을 것처럼 가장하며 지냈을 때.

그는 그 시절을 그리워하는 것일까.

제 마음이 그 시절의 마음과 같기를 바라는 것일까.

하지만 그때는 당신을 열렬히 사랑했고, 지금은 아닌데.

그때와는 감정의 크기가 달랐다. 달라진 마음에서 비롯되는 행동의 차이는 그녀로서도 어쩔 수가 없는 부분이었다. 하지만 그런 말을 대놓고 할 수는 없었기에, 여원은 입술을 몇 번 달싹이다 이내 그만 다물어 버렸다.

이석도 그 침묵의 의미를 알았는지 더 말을 덧붙이지 않았다. 때때로, 과거는 이런 식으로 그들의 발목을 붙들곤 했다.

잠시 침묵하던 그가 항복하듯 입을 열었다.

"······나 피곤해."

주먹 쥔 채 가슴께에 붙이고 있는 그녀의 손을, 이석이 잡아끌어 제 뺨에 가져다 댔다. 반사적으로 손바닥을 조금 폈다. 그는 파고들 듯 그 손에 얼굴을 묻었다. 살갗에 온기가 스민다.

"잠은······ 잤어요? 시차 다르잖아요."

"한숨도 못 잤어."

그가 이렇게 버림받은 짐승처럼 굴 때마다 여원은 번번이 마음이 약해지곤 했다. 절대 안 그럴 것 같은 사람이, 아니 실제로 그러지 않았던 사람이 저러니까 더욱······.

이석은 고개를 한껏 숙여 눈높이를 좁혀 왔다. 가까이서 본 그의 낯은 정말로 피곤해 보였다. 이대로 바로 돌려보내는 것도 미안할 것 같아 여원은 조심스레 제안했다.

"······일단 들어올래요?"

이석이 기다렸다는 듯 현관 안으로 들어오며 물었다.

"자고 가도 돼?"

"그건 안 돼요."

여원은 단칼에 대답했다. 그가 신발을 벗고 안에 들어서자, 좁은 집이 꽉 차는 느낌이 들었다.

"여기 앉아 있어요. 차 한 잔 가져다줄게요."

단출한 집 안에 놓인 가구라곤 싱크대, 세탁기, 냉장고, 매트리스, 그리고 식탁을 겸하는 책상과 두 층짜리 작은 책장 등이 전부였다. 이석은 책상 옆 바닥 매트에 몸을 앉혔다. 그의 시선이 커피포트에 물을 넣는 그녀의 뒷모습으로 향했다.

찬장에서 티백을 꺼내 뜯으며 여원이 물었다.

"그럼 그냥 아예 한국 들어온 거예요?"

"……내일 아침 비행기야."

"아침 비행기?"

찌이익. 헛손질에 티백 종이가 찢겨 나갔다. 여원은 경악한 얼굴로 그를 돌아보았다. 그가 변명하듯 말을 이었다.

"잠깐 시간이 나서 온 거야."

"아깐 또 급한 일은 다 처리해서 상관없다면서요."

"솔직하게 말하면 화낼 거였잖아."

"아니, 내가 무슨 화를 낸다고……. 그럼 지금은 왜 또 솔직하게 말해요?"

"전에 네가 솔직하게 다 말해야 한다며."

이야기가 빙글빙글 돌았다. 솔직하게 말한 걸 잘했다고 해 줘야 할지, 왜 헛짓하냐고 타박을 해야 할지……. 여원은 끓인 물을 컵 안에 쪼르르 따르며 잠시 고민하다, 결국 둘 다를 선택했다.

"좋아요. 솔직하게 말해 준 건 고마워요. 하지만 이게 무슨 돈 낭비, 시간 낭비예요. 앞으론 이러지 마요."

"이게 왜 낭비야."

"낭비죠, 그럼."

"너 봤잖아."

이석은 그녀가 건네는 찻잔을 받아 들며 여상히 덧붙였다.

"그럼 됐지."

여원은 어이가 없어서 말문이 막히는 기분이었다. 도대체가, 재수 없을 만큼 효율을 따지던 예전의 그는 어디로 간 건지.

"……정 걱정되면 다른 사람한테 확인하게 하지."

"절대 안 돼."

이석이 다소 날카롭게 말했다. 그의 옆에 앉은 여원은 어리둥절해져서 그를 바라보았다. 그는 책상에 찻잔을 놓고선, 여원을 제 곁으로 바투 끌어당기며 다짐시키듯 말했다.

"여원아, 만약…… 누가 내가 보내서 찾아왔다고 해도, 절대 문 열어 주면 안 돼. 나 빼고 아무도 믿지 마."

"당신은 왜 빼요?"

"날 왜 안 빼?"

"예외가 있으면 안 되죠."

여원은 어깨를 으쓱이며 장난스럽게 말했다. 그가 미묘한 미소를 지으며 그녀의 머리카락을 만지작거렸다.

"난 예외지."

"이유 백 개 대 봐요."

"백 개는 못 대고……."

가까이 마주 앉은 거리에서 숨결이 느껴졌다.

"너는 내 자신보다도 나에 대해 잘 아는 사람이니까, 너는 나를 믿어야지."

"……그럼 그 반대는요?"

"반대?"

"이석 씬 날 믿을 수 있어요?"

여러 뜻을 내포한 말이었다. 이석은 바로 대답하지 않은 채 그녀를 가만히 응시했다.

그로서는 불안할 수밖에 없을 것이다. 과거 사랑했음에도 불구하고 그를 배신했던 전적이 있고, 심지어 이젠 예전과 같은 마음이 아니니 최소한의 안전장치마저 없어진 셈이니까.

침묵 속에서 시선이 오갔다. 이석의 새까만 눈동자는 그늘 아래 괸 물처럼 적요했지만, 동시에 어딘지 집요한 구석이 있었다. 그가 천천히 입을 뗐다.
"아니."
고저 없는 목소리가 젖은 수건처럼 귀에 휘감겼다.
"내가 너에 대해 잘 안다고 자부할 때면, 번번이 너는 그 예상을 벗어나."
"⋯⋯내가요?"
"그러니까 나는 아마, 평생 너를 믿지 못하겠지."
그 말은 한없이 고독하게 느껴졌다. 여원은 그 시선과, 목소리에 감금된 것처럼 꼼짝없이 이석을 올려다보았다. 그는 어쩐지 맥이 풀린 것처럼 중얼거렸다.
"그런 얼굴 안 해도 돼. 상관없으니까."
"뭐가, 상관없는데요?"
"예전에도 말했잖아, 또다시 날 배신한대도, 상관없다고."
이석의 목소리는 담백했고, 그 어떤 사감도 섞이지 않은 것처럼 들렸다. 여원은 그와 4년 만에 다시 만났던 날을 회상했다. 여름의 초입, 회색빛 거리. 차창 위로 다닥다닥 흐드러지던 빗줄기.
'난 당신에게 미안하지 않아요.'
'⋯⋯.'
'다시 그때로 돌아간대도 같은 선택을 했을 거예요.'
'날⋯⋯ 배신했을 거라고?'
'네. 물론 조금 더 교묘해졌겠죠. 그때의 난 너무 어리고 멍청했으니까.'
그때, 그의 얼굴이 어떠했더라.
'상관없어.'

'네?'

'네가 날 또다시 배신해도, 난 상관없어.'

기억은 유리창에 흐릿하게 얼비친 풍경처럼 떠올랐다가, 이내 아스라이 흩어졌다. 문득 갈증이 일었다. 여원은 그가 책상 위에 올려둔 찻잔을 들어 한 모금 마셨다.

"……나 마시라고 준 거 아니야?"

"목이 타요."

그녀가 성마르게 말하자 이석은 짧은 웃음을 흘렸다. 그는 여원이 내려놓은 찻잔을 다시 들어 올리더니, 보란 듯이 그녀가 입을 댔던 부분으로 차를 마셨다.

"……웃긴다."

"뭐가?"

"만약 내가 진짜로, 또 배신하면 어떻게 할 거예요?"

"어떻게 하긴, 아무것도 못 하겠지."

"정말로?"

"정말로."

여원은 괜히 고개를 숙이고 손끝을 만지작거렸다. 잠시라도 마음을 놓으면 그 말을 무턱대고 믿어 버릴 것만 같았다. 사실 이석은 아무것도 '못'하는 게 아니라, 아무것도 '안' 하는 게 더 맞는 표현일 텐데도.

그녀는 잠시 고민하다 말을 돌렸다.

"얼른…… 마시고 가요. 아침 비행기는 몇 시예요?"

"5시."

"5시이? 그게 무슨 아침이에요?"

5시 비행기를 타려면 적어도 여기서 4시엔 출발해야 했다.

지금 당장 눕는다고 해도 3시간 정도밖에 눈 붙일 시간이 없었다. 근처 호텔에서 하룻밤 묵고 가라고 하려 했더니…….

지금껏 여원은 이렇게 늦은 시간에 그를 집에 들인 적이 없었다. 마찬가지로 늦은 시간엔 그의 집에 가지도 않았다. 그와 최소한으로 지키는 거리였다.

"지금 12시 반인데…… 시간 진짜 애매하네."

"정 불편하면 차에 가서 잘까?"

"……잠깐만 눈 붙였다가 가요."

여원이 마지못해 허락했다. 이석은 특유의 정적인 미소를 지은 채 그녀를 바라보았다. 그러고 보니 그는 정장 차림이었다.

"근데 그러고 자면 안 불편하겠어요? 당신한테 맞을 만한 옷이 없는데……."

"차에 캐리어 있어. 가져올게."

단조롭게 말하며 이석이 자리에서 일어났다. 그녀는 얼떨떨하게 고개를 끄덕였다. 어딘지 휘말린 기분이 들어서 찝찝했다.

* * *

여원은 스탠드 조명을 어둡게 켜 놓고선 책상 앞에 앉았다. 바로 등 뒤 매트리스엔 이석이 누워 있었다. 여원이 노트북을 열어 부팅되기를 기다리는데, 그가 반쯤 가라앉은 목소리로 물어 왔다.

"뭐 해."

"자소서 쓰려구요."

"안 자?"

"아까 초저녁부터 자다가 이제 깬 거라니까요. 편의점 근무 대타까지 뛰었더니 완전 기진맥진이라, 오자마자 기절했어요."

"너, 너무 체력이 약해."

"약한 편은 아닌데……?"

여원은 황당하다는 듯 대꾸했다. 제가 생긴 건 좀 비리비리해도 작업소와 공장 생활만 도합 5년이다. 애초에 무슨 기계처럼 지치지도 않고 생활하는 그가 비정상적인 거였다.

돌연, 이석이 누운 채 한 팔을 뻗어 그녀의 허리를 휘감았다.

여원의 몸이 뒤로 살짝 기우뚱했다. 여원은 제 배에 둘린 두꺼운 팔뚝을 아프지 않게 찰싹 때렸다.

"왜 이래요."

"같이 누워."

"뭘 같이 누워요. 빨리 자요. 한숨도 못 잤다면서."

"나 봐 봐, 여원아."

그가 조르듯 말했다. 여원이 슬쩍 돌아보자, 잠기운이라곤 하나도 없는 또렷한 시선이 맞닿아 왔다. 흠 없이 수려한 얼굴이었다. 수없이 보았는데도 여전히 현실감이 없을 만큼.

"……왜 그래요?"

"잠이 안 오니까 옆에 누워."

"잠이 안 오는 거랑 내가 옆에 눕는 거랑 무슨 상관이에요."

여원은 뾰로통하게 중얼거리며 어서 자라는 듯 그의 두 눈위를 손바닥으로 덮었다. 일순간 그가 조용해졌다. 느린 숨소리와 함께 편안한 침묵이 이어졌다.

그렇게 몇 초쯤 흘렀을까, 이석이 나직한 어조로 말문을 뗐다.

"평생."

"……."
"이대로 있었으면 좋겠어."
"……나 팔 아픈데."
그는 짧게 웃음을 터트리며, 여원을 제 쪽으로 끌어당겨 눕혔다. 여원이 꺅 소리를 내며 그의 위로 엎어졌다.
"넌 분위기 깨는 데 뭐 있어."
"당신이 할 말은 아니거든요?"
이석은 대꾸 없이 그녀를 끌어안았다. 숨이 막히도록. 시야가 온통 그의 품으로 깜깜해지도록. 그의 심장 소리가 귓가를 적셨다. 여원은 이석을 딱히 밀어내지도, 마주 안지도 않은 채 잠자코 있었다.

그는 분리불안증이라도 온 사람처럼 꽤 자주 그녀를 끌어안곤 했지만, 여원은 이 행위에 크게 의미를 두지 않았다. 옛날 일이긴 해도 3년간 함께 살며 나갈 진도는 다 나갔다. 포옹 정도야 아무렇지도 않았다.

물론 포옹 이상의 스킨십은 없었다. 그녀가 거부했기 때문이었다. 그가 가깝게 느껴지지 않아서라기보단, 아직 그 정도의 마음이 없다고 하는 편이 맞을 것이다.
"나랑 운동 다니자."
"……갑자기요?"
"너 체력이 약하니까."
"약한 편 아니래도 그러네."
"같이 하면 좋잖아."
"무슨 운동이요?"
"글쎄, 테니스?"

이석은 매일 새벽마다 테니스를 쳤다. 그의 체력이 강철 같은 이유도 다 꾸준한 운동 때문일까? 건강을 고려하면 사실 영 나쁜 제안은 아니었다.

여원은 곰곰이 생각해 보다가 애매하게 긍정의 대답을 내놓았다.

"뭐…… 건강을 챙겨야 하기는 하니까."

"오래 살아야지, 나랑."

이석이 뒷말에 조금 힘을 주었다. 여원은 몸을 뒤척여 그의 품에서 살짝 벗어난 후 고개를 들었다. 그는 계속 그녀를 내려다보고 있었는지 곧장 눈이 마주쳤다.

"몇 살까지 살고 싶은데요?"

"……너는?"

"음…… 음……. 70살? 80살? 사실 생각 안 해 봤는데. 이석 씬 오래 살고 싶어요?"

"네가 오래 살면."

"그런 게 어디 있어."

"난 너보다 먼저 죽을 거니까."

"왜 나보다 먼저예요?"

"너는 나 없이도 잘 살 거잖아."

이석이 그녀의 뺨 언저리에 손가락을 가져다 댔다. 그러나 만질 듯 말 듯 살갗 위를 머뭇거리다, 언뜻 스치기만 하고선 이내 거두어들였다.

"나는 아니니까, 너보다 먼저 죽어야지."

끌로 깎아 낸 듯한 목소리에 여원은 저도 모르게 숨을 죽였다. 타인에게서 이만한 마음을 받는 것은 처음인지라 낯설고,

어색하고, 미안했다. 동시에 몸 안 어딘가가 들썩거리는 기분도 들었다.

그에 대한 감정과 별개로, 그가 이렇게 굴 때면 가슴이 아프곤 했다. 마음의 크기가 다른 관계는 반드시 한쪽을 상처 입힌다는 것을 잘 알고 있기 때문이었다.

"······그게 마음대로 돼요?"

"내가 계획한 건 다 돼."

단언한 그가 곧장 덧붙였다.

"너 빼고."

"날 왜 빼요?"

"널 왜 안 빼?"

여원이 작게 웃음을 터트렸다. 말꼬리를 물고 늘어지는 대화가 조금은 유치하면서도 편안했다. 이석도 따라 희미하게 미소 짓고선 그녀를 고쳐 안았다. 편안한 적막이 둘 사이로 내려앉았다.

여원은 조용히 눈을 감았다. 아까까지만 해도 말짱한 정신이 었는데, 지금은 금방이라도 잠들 수 있을 것처럼 나른한 기분이 들었다.

고른 숨소리가 뒤섞였다. 고요한 가운데 시계 초침 소리가 울렸다. 여원은 눈을 감은 채 작게 속삭였다.

"······자요?"

"아니."

"배신 안 할게요."

"······."

"그럴 일이 아예 없었으면 좋겠지만, 아무튼······ 약속할게요.

당신을 배신하는 일은 없을 거예요."

"······그럴 거야?"

"그럴 거예요. 그러니까 당신 마음이 편했으면 좋겠어요."

여원이 작지만 분명하게 대꾸했다. 이석은 떨리는 숨을 한 번 뱉고선, 상체를 잔뜩 수그려 그녀의 어깨에 얼굴을 파묻었다. 등 뒤를 감싸는 팔은 절박했고 살갗에 와 닿는 호흡은 불안정했다.

그녀는 그 완전하고도 결함 가득한 품 안에서 다시 눈을 감았다.

* * *

"······그리고······ 당분간 큰 움직임은 없을 것으로 보입니다만, 우선 마킹 붙여 뒀습니다. 북경 안에 들어가서는 따로 조를 나누었습니다."

"계열사 분리와 사명 변경 안건은."

"21일 정기 주주 총회 때 주요 안건으로 추진하기로 결정 났습니다. 말씀하신 대로 법안 시행 전에 선제 조치 취하고 있고요. 다른 주주들도 분사에 찬성하는 분위깁니다."

"지난번 체크해 둔 사명 후보군 상호 가등기 신청해 놔. 이번에 선임되는 사외 이사 마킹하고."

"알겠습니다. 그리고 바로 다음 현장 작업의 25%를······."

돌연 강선영의 말이 끊어졌다. 수행 비서들이 이석의 앞에 나타난 여자 하나를 막아선 탓이었다. 이석은 무미건조한 눈으로 상대를 확인했다.

"……안녕하세요."

임주연이었다.

"오랜만이네요. 한번 만나려고 했는데, 연락도 안 되고 동선도 안 겹쳐서 그냥."

"무슨 볼일입니까?"

이석이 서늘하게 말미를 끊었다. 임주연은 잠시 입을 다물었다가, 짐짓 태연한 미소를 지어 보였다.

"건물 한복판에서 할 얘긴 아닌 거 같은데……."

"여기서 하시죠."

"정말로 여기서 할 얘기는 아니라서 그런데요."

"……."

"어떻게, 담배라도 한 대 피우러 가실래요?"

"……."

이석은 무심한 눈으로 그녀를 대충 훑어보고선, 강선영에게 손짓했다.

"소지품 확인하고 들여보내."

고요한 사무실 안에 가습기 돌아가는 소리만이 울렸다. 임주연은 묵묵한 낯으로 제 앞에 놓인 커피 잔을 가만히 바라보았다. 그러나 언뜻언뜻 드러나는 긴장감까지는 완전히 숨길 수 없었다.

이석은 메일 하나를 보낸 후에야 자리에서 일어나 임주연의 맞은편에 앉았다. 임주연이 제 앞의 남자를 흘끔 바라보았다. 그녀는 커피를 한 모금 넘기고선, 머뭇거리다 입을 열었다.

"……대충 이야기는 들었어요. 다치신 거, 준석 오빠가 사주

한 거라면서요."

"······."

"준석 오빠 마약 사범으로 들어간 이후에도 한바탕 난리 났었어요. 꽤 유명한 인사들도 마약이며 성매매며 뇌물 수수며 이리저리 줄줄이 엮여 있었으니까. 유진 언니도 집유 받고 연예계 뜨고······."

"하고 싶은 말이 뭡니까?"

이석은 성마르게 물었다. 다 아는 이야기로 서두만 질질 끄는 건 딱 질색이었다. 임주연은 시선을 내리깐 채 제 손톱을 만지작거리더니, 이내 결심한 듯 고개를 들었다.

"이사님이 하신 거죠?"

"뭘 말입니까?"

"전부 다요. 사실, 처음엔 긴가민가했어요. 생각보다 온건한 방식이라······. 준석 오빠를 법적으로 처리하는 건 삼진 이미지에 타격이 가는 일이기도 하니까."

맞는 말이었다. 장준석을 비롯해 숙부 아래의 거슬리는 세력들을 치워 버린 것은 마음에 들지만, 삼진의 대외적 이미지나 결과를 고려했을 때 효율적인 방법은 아니었다.

실제로 예전이었다면 이런 방식이 아니라 아예 장준석의 멱을 따 버렸을 것이다. 그러나 그렇게 할 수 없었다. 이유는 당연히 하나였다. 여원이 이 일을 알고 있었으니까.

장준석의 형기가 끝난 후 그에게 사적으로 보복을 한다면 모를까, 지금 당장은 불가능했다. 여원은 바보가 아니었다. 장준석이 실종되었거나 죽었다는 기사라도 뜬다면 곧장 그를 의심할 터였다.

"……그런데요?"

그러나 임주연에게 이러한 이유를 다 설명할 수는 없었고, 설명하고 싶지도 않았다.

"이사님께서 하신 일이니까, 어떻게 조정을 좀 해 볼 수 있지 않을까 해서요. 아무래도 제가 그 사람들이랑 어울렸던 건 사실이니까요. 물론 제가 약을 했다거나 그런 건 아니지만—"

"그러니까 한마디로."

이석이 싸늘한 투로 말을 끊었다.

"지금 논란되는 인간들이랑 엮이지 않도록 해 달라는 뜻이 맞습니까?"

"……구태여 한마디로 정리하자면, 맞아요."

"그걸 왜 저한테 말하는지 모르겠군요."

"전부 이사님께서 하신 일이니까요. 제 부탁도 들어줄 수 있으시겠죠."

"그 이유가, 불충분하다는 겁니다."

임주연이 아랫입술을 당겨 물었다가 놓았다. 잔뜩 힘이 들어간 목 근처에 쇄골이 두드러졌다.

"우리가…… 좋게 끝난 건 아니지만, 나쁘게 끝난 것도 아니지 않나요?"

내내 석고처럼 무미건조하던 이석의 미간에 미세한 실금이 갔다. 내내 거슬리던 것이 수면 위로 올라온 순간이었다.

"시작하자마자 끝나긴 했어도, 잠깐이나마 만났던 사이고."

"시작?"

이석이 우습지도 않다는 듯 반문했다. 이석의 얼굴엔 그녀의 말을 어이없어하는 기색이 완연했다.

"우리가 시작이나 했던가. 그 정도로 많이 만나지는 않은 것 같습니다만."

고작 네 번이었다. 만나서 밥과 술 몇 번 한 게 다이면서, 그럭저럭 깊은 관계였던 양 포장하려는 작태에 이석은 미묘한 짜증이 올라왔다. 그러나 임주연은 굴하지 않고 끈질기게 말했다.

"이번 일이 아니더라도, 전 이사님과 다시 만나고 싶은 의향이 있어요. 장이석 씨만 괜찮다면요."

이석은 일순간 찬물을 맞은 것처럼 속이 싸해졌다. 머릿속에 떠오른 어떤 가정 때문이었다. 만약, 여원이, 자신과 임주연 사이에 있었던 일을 알게 된다면.

끔찍했다. 상상조차 하고 싶지 않았다. 그간 기를 쓰고 쌓아 온 일말의 호감들조차 날아가게 되리라. 사실 자신에 대한 그녀의 평가가 마이너스를 찍을 만한 구석이 있는지조차 의문이었다.

지난번에도 여원과 듣던 라디오에 갑자기 임주연이 나와서 얼마나 식겁했던가. 정작 여원은 별생각 없으리라는 것을 머리로는 알면서도 불안하고 초조해서 견딜 수가 없었다.

물론 정말이지 맹세코, 어떤 감정을 갖고 임주연과 만난 것은 아니었다. 하지만 그딴 건 변명거리도 못 된다는 걸 그 역시 알고 있었다.

"제 어떤 부분이 마음에 안 드셨는지는 모르겠지만, 우리가 만난 시간은 너무 짧기도 했고……."

이석은 원래 임주연에게 별다른 사감이 없었지만, 곧장 평가를 수정했다. 그는 임주연이 싫었다. 아주.

"좋습니다."

"네?"

"장준석과 관련된 모든 일에 임주연 씨가 엮이지 않도록 하겠습니다."

"정말……인가요? 그럼 이제 다시."

"대신."

이석은 더없이 차가운 태도로 임주연의 기대를 끊었다.

"장준석 이외의 일들은 내 관할이 아닙니다. 그리고 임주연 씨가 이곳에서 나가는 순간부터, 우리는 모르는 사이가 될 겁니다."

임주연이 입을 다물었다.

"만난 적도 없었던, 완벽한 타인으로. 그게 내 조건입니다."

* * *

이석은 소파에 깊숙이 몸을 파묻으며 앞머리를 쓸어 올렸다. 드러난 눈빛이 음산했다.

요즘 그나마 괜찮던 컨디션이 바닥을 치는 것 같았다. 그는 신경질적인 눈으로 임주연이 앉았던 맞은편 자리를 노려보았다. 임주연이 마셨던 다 식은 커피 잔이 거슬렸다.

임주연은 그가 내건 조건에 동의하고 돌아갔다. 바보가 아니고서야 동의할 수밖에 없는 일이었다. 반강제로 연예계를 뜨고 사회적으로 매장되고 싶은 게 아니라면.

그러나 언제나 '만약'을 생각하지 않을 수 없었다. 언제 어디서 예기치 못한 방식으로, 그때의 이야기가 여원의 귀에 흘러 들어갈지 몰랐다. 그게 아무리 0에 수렴하는 가능성이라고 해도 마찬가지였다. 자신은 그녀에 한해서는 지나치게 예민해져 버리고 마니까.

제가 과거에 저질렀던 멍청한 짓이라면 셀 수도 없이 많지만, 이렇게 짜증스럽기는 또 오랜만이었다. 정말이지 할 수만 있다면 과거의 자신을 쳐 죽이고 싶었다.

왜 그녀와 관련된 일들은 다 이 모양으로 처리하는 건지 모르겠다. 왜 하필 그녀와 관련된 일들만.

마음이 심란해서, 도저히 일이 손에 잡힐 것 같지가 않았다. 그녀가 자신을 떠나 버릴 것만 같은 불안감은 시시때때로 그를 괴롭혔고, 이렇게 과거의 일이 발목을 붙잡을 때면 그 느낌은 더욱 심해졌다.

이석은 휴대폰을 꺼내 여원에게 메시지를 보냈다.

[바빠?]

답신은 바로 오지 않았다. 이석의 손가락 끝이 차례차례 테이블 위로 맞부딪치며 다르닥다르닥 소리를 냈다. 전화를 할 수도 있겠지만 만약 그녀가 바쁘다면 자신의 연락을 별로 좋아할 것 같지 않았다.

한참 그는 초조한 기색으로 메신저 화면을 바라보다가, 낚아채듯 휴대폰을 들고 사무 책상으로 걸어갔다. 마냥 그녀의 연락만 기다리고 있을 수는 없었다. 여전히 처리할 일이 쌓여 있었다.

이석은 업무 메일에 답장한 후, 파일을 켜고 보고서를 마저 작성하기 시작했다. 고요한 사무실 안에 키보드 타이핑 소리만이 울렸다. 보고서 페이지가 다음 장으로 넘어갔다. 그는 진중한 얼굴로 모니터 화면을 응시했다.

[……통합적 신용 플랫폼을 구축하여 업체 및 인원의 기록 관리 체계를 수립하고 왜답장]

글자 끄트머리에서 커서가 깜빡거렸다. 이석은 거의 무의식적으로 다음 글자를 쳤다.

[이안오지]

쉴 틈 없이 이어지던 키보드 소리가 뚝 멎었다. 책상 위에 놓인 시계 초침만이 규칙적으로 돌아갔다. 그는 한참 만에 정신을 차렸다. 기가 막혔다. 이게 무슨 정신 빠진 짓이지.
이석은 한숨을 내쉬며 백스페이스 키를 눌렀다. 그와 동시에 메신저 알림이 울렸다. 그는 반사적으로 고개를 돌리고 손을 뻗어 휴대폰을 확인했다. 화면에 익숙한 이름이 떠 있었다.

[신여원 : 왜요??]

이석은 빠르게 답신을 넣었다. 그녀가 휴대폰을 잡고 있는 순간을 놓치고 싶지 않았다.

[전화 돼?]
[신여원 : ㄴㄴ이따가]
[시간 나면 전화해]

바쁜 모양이다. 그는 여원과 연락이 오래 두절되기라도 하면, 그녀의 신변에 문제가 생겼다거나, 그녀가 자신에게 완전히 정이 떨어졌다거나, 이별을 생각하고 있다거나 하는 온갖 질 나쁜 상상들이 떠오르곤 했다. 그래도 답신이 와서 다행이었다.

덜컹거리던 마음이 천천히 가라앉았다. 그제야 한결 편해진 이석은 휴대폰을 내려놓고 보고서를 마저 작성하기 시작했다.

* * *

실내 테니스장 안으로 텅, 텅, 하고 공이 튀기는 소리와 타이머 기계음이 울려 퍼졌다. 여원은 어정쩡하게 서서 주위를 두리번거렸다. 다들 실력이 예사롭지 않았다. 이곳에서 초보자는 그녀 하나뿐인 것 같았다.

이석이 함께 운동하자며 계속 조르기에 별생각 없이 알았다고 했는데, 어쩌다 보니 정말 같이하게 됐다. 그래도 나쁠 건 없겠지 싶었다. 그는 워낙에 규칙적인 사람이니, 자신도 덩달아 자극이 될 거고 해이해지지도 않으리라고 여겼다.

하지만 막상 도착하니 후회가 일었다.

그가 다니는 사설 테니스장은 다른 종목의 구기장들도 보유하고 있는 종합 운동 센터 느낌이었다. 건물 입구부터가 남다른 자태여서, 그녀 같은 초보자가 이런 델 들어와도 되는지 의문이 들 정도였다. 한마디로 고급이라는 소리다.

여원은 그냥 헬스장이나 끊을 걸 괜히 따라왔다는 생각이 들었다. 길 잃은 어린아이처럼 망연히 서 있는 그녀를 그가 불렀다.

"이리 와서 앉아 봐."

"왜요?"

여원은 고개를 갸웃거리면서도 순순히 벤치에 앉았다. 그는 그녀의 앞에 한쪽 무릎을 꿇고 앉더니, 로커에서 꺼내 왔던 검은색의 무언가를 펼쳤다.

"이게 뭔데요?"

"무릎 보호대."

"와, 언제 챙겨왔대……. 신경 써 줘서 고마워요."

"테니스는 은근히 부상 입기가 쉬워. 조심해서 해, 무리하지 말고."

"내가 할게요."

여원이 손을 뻗었으나, 그는 팔을 움직여 휙 피하더니 한 손으로 그녀의 종아리를 붙들었다. 커다란 손아귀에 다리가 거의 다 잡혔다. 그의 손은 그녀보다 온도가 조금 더 높았다.

이석은 보호대로 그녀의 무릎과 그 근처를 감싸고선 세 개의 스트랩을 차례로 붙였다. 뼈마디가 굵은 손은 움직일 때마다 핏줄이 불거졌다. 전체적으로 길고 예쁜 손이었지만, 굳은살 때문인지 거칠고 투박한 느낌이었다.

오른쪽 다리를 끝낸 그가 왼쪽 다리로 옮겨 갔다. 느려 터진 움직임이었다.

"……하루가 다 가겠네."

"종일 이러고 있을까?"

"빨리해요."

이석은 여전히 느긋한 손길로 보호대를 펼쳤다. 그녀는 벤치를 붙든 채 제 밑에 앉은 그를 내려다보았다.

늘 반듯하게 올려 넘기던 평소와 달리, 머리카락이 편하게 헤쳐져 이마를 덮고 있었다. 어딘지 소년 같은 모습이었다. 여원은 여기까지 생각해 놓고 스스로 조금 놀랐다. '소년'이라니……. 그에겐 지독하게 어울리지 않는 단어였다.

그는 완연한 어른의 얼굴이었다. 짙은 눈썹 밑으로 내리깐 눈에는 속눈썹이 빼곡하게 들어차 있었고, 그 사이로 우뚝한 콧날과 긴 입매가 섬세하게 자리했다. 날렵하게 떨어지는 턱선은 필요 이상의 여백을 결코 허용하지 않는 것처럼 보였다.

현존하는 온갖 미의 기준을 끌어다가 만든 조각상을 관찰하는 기분이었다. 새삼스럽게 그에게 거리감이 들었다.

이석이 왼쪽 스트랩 세 개를 마저 붙였다. 보호대 사이로 드러난 무릎 살갗에 그의 손길이 스쳤다. 의도적인 움직임이었다. 여원이 눈을 가늘게 뜨고 그를 흘겨보자, 이석은 씩 웃더니 일어났다. 그녀보다 낮던 몸이 훌쩍 커졌다.

"다 한 거예요?"

"손목 보호대도 해야 해."

결국 여원은 답답해 죽을 것 같은 속도로 손목 보호대까지 차고 나서야 그의 손길에서 벗어날 수 있었다.

"자."

이석이 그녀의 손에 라켓을 들려 주었다. 여원은 짤막한 라켓을 잠시 바라보다가 중얼거리듯 말했다.

"……아무래도 못 할 것 같아요."

"왜?"

"너무 어려워 보이는데."

여원은 음울한 눈으로 옆 코트 사람들을 바라보았다. 저렇게 무시무시한 속도의 공을 받아 낼 수 있을 것 같지가 않았다. 자신의 암담한 운동 신경을 생각하면 더욱 그랬다.

나직이 웃은 이석이 그녀를 가볍게 일으켜 세우고선, 그립을 고쳐 주었다.

"별로 안 어려워."

정말이지 하나도 신임이 가지 않는 말이었다. 여원은 영 자신 없는 얼굴로 오토 기계 앞에 가서 섰다. 이석은 라켓을 쥔 그녀의 손을 잡고 직접 움직이며 천천히 설명해 주었다.

"이렇게 쥐고, 이 반대 방향으로 스윙하며 공을 치는 게 포핸드야. 몸의 오른쪽부터 시작해서…… 왼쪽으로 공을 보내는 거지."

여원은 이석이 끌어 주는 대로 대충 손을 휘적거렸다. 무슨 말인지는 알겠는데, 날아오는 공 앞에서 이걸 떠올려 낼 수 있을지 자신이 없었다.

"백핸드는 이것보다 좀 더 어려우니까, 오늘은 포핸드만 해 봐."

"바로 실전 들어가는 거예요? 지금? 나 할 줄 아는 게 아무것도 없는데?"

"하나도 안 어려워."

그녀의 경험에 의하면, 타고난 천재들은 대부분 남을 가르치는 일에는 재주가 없었다. 자신만큼 재능이 없는 이들을 이해하지 못하고 '이게 왜 안 되지?' 하는 식이었다. 그러니까 안 어렵다는 그의 말도 별로 신뢰가 가지 않았다.

"그래도."

"해 봐야 알지."

"공에 맞아서 죽으면 이석 씨 책임이에요."

"너 죽으면 따라 죽을게."

"……."

그런 걸 원한 건 아니었다.

여원은 라켓을 쥔 채 어정쩡하게 몇 번 스윙을 해 보다가, 암담한 기분으로 기계를 응시했다. 진짜 자신 없다.

"그럼 시작한다."

"잠깐! 잠깐, 잠깐."

필사적인 만류에 이석이 그녀를 돌아보았다. 그녀는 간절한 눈으로 물었다.

"진짜 이게 다예요? 뭐 팁 같은 거 없어요?"

그는 잠깐 고민하다가 줄줄 읊어 주었다.

"상체는 세우고, 하체를 이용해서 힘과 높낮이를 조절한다고 생각해. 라켓과 공이 만나는 순간 라켓을 살짝 비스듬히 하고, 샷을 하기 전 잔걸음으로 몸을 푼 후 왼발로 스텝을 밟아서― 라켓 헤드를 앞으로 끌고 나와. 이해했지?"

"……네."

이해 못 했다.

* * *

"……."

"……."

여원은 절망스러운 얼굴로 전광판을 확인했다. 서른 개 중 네 개 성공. 절망스러운 결과였다.

"난 테니스랑은 안 맞나 봐요. 다른 운동을 찾아봐야겠어요."

"무슨 포기가 그렇게 빨라."

"난 어릴 때부터 운동 신경이라곤 젬병이었다구요."

여원의 변명에 이석은 짧게 소리 내어 웃더니, 그녀의 손에서 라켓을 가져갔다.

"미드 플러스 사이즈인데, 오버헤드로 가져와야겠군."

"헤드가 클수록 공을 더 잘 맞힐 수 있나요?"

"그런 편이지."

"그럼 처음부터 그냥 오버헤드로 주지."

"이렇게 못할 줄 몰랐어."

그는 아무렇지도 않은 얼굴로 뼈를 때리고선 코트 밖으로 걸어 나갔다. 여원은 황당한 눈으로 그 뒷모습을 바라보다가 벤치에 걸터앉았다. 뭐 얼마나 열심히 했다고 벌써 힘이 들었다.

생각해 보니, 이석은 자신을 봐주느라 아직 제대로 공을 치지도 못했다. 괜히 따라와서 방해만 하고 있는 거 아닌가 싶었다. 하지만 뭐 자신이 오겠다고 한 것도 아니고, 그가 조른 거니까…….

"저기요."

문득 누군가 저를 부르는 소리에, 여원은 고개를 들었다. 긴 머리를 높게 올려 묶고 헤어밴드를 착용한 여자가 여원을 내려다보고 있었다.

낯선 여자의 등장에 여원은 저도 모르게 살짝 긴장했다. 굉장히 아름다운 사람이었다. 다가온 여자는 조심스러운 태도로 눈치를 보더니, 슬며시 말을 꺼냈다.

"죄송한데, 뭐 하나만 여쭤봐도 될까요?"

"아, 네. 무슨 일로……?"

"혹시…… 저분 애인이신가요?"

"네? 아, 아뇨."

여원은 여자의 의도가 무엇인지 깊이 생각해 볼 새도 없이 불쑥 대답해 버리고 말았다. 그러자 여자는 의구심 반, 안도 반의 얼굴로 다시 물어 왔다.

"그럼 혹시 저분, 애인이 있으신가요?"

여원은 순간 말문이 막혀서 입술만 달싹였다. 있다고 하기엔 거짓말인 데다가, 자신이 여자 친구가 있는 남자와 둘이 테니스장을 온 것으로 보일 터였다.

하지만 그렇다고 없다고 하기엔 여자의 의도가 훤했다. 또 이석의 입장에서는 썩 기분 좋은 일이 아닐 터였다. 여원이 그에게 관심이 있는 여자를 부추긴 것으로도 보일 수 있으니까. 물론 절대 그런 것은 아니지만.

잠시 고민하던 여원은 결국 모호하게 대답을 흐리는 것을 택했다.

"아, 그러니까, 애인이 있는 건 아닌데요……. 제가 저 사람이랑 사귀는 건 아니긴 한데, 그 전의…… 단계라고 해야 하나……?"

여원은 횡설수설했다. 제가 말하면서도 이게 맞는 말인지 틀린 말인지 헷갈렸다.

"아."

여자가 이해했다는 듯 짤막한 소리를 냈다. 여원은 괜히 좀 부끄러워져서 뺨을 긁적였다. 그때 이석이 입구 쪽에서 걸어 들어왔다. 그를 확인한 여자는 머쓱한 얼굴로 고개를 꾸벅 숙였다.

"네네, 알아들었어요. 실례했습니다."

빠르게 말한 여자가 뒤돌아 걸음을 옮겼다. 능숙한 동선을 보아하니 이곳을 자주 이용하는 사람인 것 같았다. 평소 이석에게 관심이 있었던 모양이었다.

문득 기시감이 들었다. 예전에 공장에서 일할 때도 비슷한 일이 있었다. 역시 그에게는 이런 일이 흔하겠지. 웬만한 사람들은 다 그의 얼굴에서 눈을 떼지 못하니까.

그녀가 대수롭잖게 생각하며 고개를 돌리자마자 이석과 눈이 마주쳤다. 그런데 성큼성큼 걸어오는 그는 혼자가 아니었다. 이석의 옆에 있는 남자는 어딘가 익숙한 얼굴이었는데, 누군지 바로 떠오르질 않았다.

그녀에게 다가온 이석이 불쑥 물었다.

"누구야, 아는 사람이야?"

"그럴 리가요. 그런데 옆에는······."

"왜? 너한테 뭐래?"

"그냥 뭐, 당신 애인이냐고 물어보던데요?"

"그래서 뭐라 그랬는데?"

"음······ 아니라고 그랬기는 한데."

"왜 아니야?"

제대로 말을 끝맺을 새도 없이 계속 질문이 들어왔다. 그는 묘하게 심기가 불편한 기색이었다. 여원은 방어적으로 팔짱을 끼고 대꾸했다.

"아니, 사귀는 건 아니잖아요?"

"그럼 뭔데? 저 여자가 너한테 내 번호 달라고 하면 줄 거야?"

"그러니까 말 좀 끝까지 들어 봐요. 사귀는 건 아니지만, 그 전 단계라고 대답했다니까?"

"그 전 단계가 뭔데?"

"······썸?"

"무슨 애들 장난 같은······."

이석은 기가 막힌 얼굴로 중얼거렸다. 제가 생각해도 말하고 보니 조금 유치하기는 했다. 여원은 민망한 상황을 모면하기 위해 대충 아무렇게나 말했다.

"나, 나는 좋은데 왜요. 그, 원래, 그 단계가 제일 설레고 좋은 거라잖아요."

"······그런가?"

이석의 표정이 순식간에 누그러졌다. 이 복잡하고 이상한 관계가 그런 단어로 간단하게 정의되다니, 아무리 봐도 개소린데 그는 납득한 눈치였다. 심지어 썩 마음에 들어 보이기까지 했다.

그래도 어찌저찌 해결됐으니 다행이었다. 여원은 안도하며 팔짱을 풀었다. 문득, 이석의 뒤편에서 뭐 씹은 얼굴로 서 있는 남자가 그제야 시야에 들어왔다. 여원은 놀라 그의 옷자락을 붙들었다.

"왜?"

"아니, 저분······ 누구······?"

이석과 입씨름을 하느라 남자의 존재를 완전히 잊고 있었다. 아까의 그 유치찬란한 대화를 들었다고 생각하니 부끄러워서 죽고 싶었다.

"우리 형. 신경 쓸 거 없어."

"아."

이석의 말을 듣자마자 생각이 났다. 장호석이었다. 저 남자와는 채권 추심 때 한 번, 환급 문제로 한 번, 이렇게 두 번 본

게 다라서 보자마자 바로 떠올려 내지 못했다. 마지막으로 본 지 5년이 흘렀기도 했고.

"신여원 씨, 오랜만이네. 이석이랑 저어기서 우연히 만났어."

"이제 그만 가."

"원래 이 자식이랑 나랑 같이 여기 다녔는데, 요즘 날 버린다 싶더니만…… 신여원 씨랑 다니고 싶어서 그랬나?"

장호석은 사람 좋은 얼굴로 웃으며 악수를 청해 왔다. 그녀가 얼떨결에 맞잡으려는 순간, 이석이 장호석의 손을 쳐 냈다.

"가라고 했지."

"가기는 어딜 가, 인사도 나누고 간만에 회포도 풀고 그래야지."

"빨리 꺼져."

"새끼가, 형님 대우 할 줄을 모르고."

다소 과격한 대화에 당황한 여원이 어색하게 웃으며 끼어들었다.

"아, 안녕하세요. 오랜만이네요."

"라켓 바꿔 왔어."

그러나 또다시 이석이 둘 사이를 가로막았다. 그는 그녀의 손에 오버헤드 라켓을 쥐여 주더니, 어깨를 붙잡고 코트 안으로 이끌었다.

"왜, 왜요."

"한 타임 더 뛰어 봐."

"아니, 나 이제 테니스 안 해. 난 종목 바꿀 거야."

"감이 잡힐 거야."

"쉬운 운동 할 거라구요."

여원의 반항에도 아랑곳하지 않고, 이석은 그녀를 코트 안으로 밀어 넣은 후 오토를 작동시켰다.

"지랄 염병을 한다."
돌아오는 이석에게, 장호석이 신랄한 말을 던졌다. 이석은 싸늘한 눈으로 장호석을 바라보며 경고하듯 말했다.
"여원이 앞에서 쓸데없는 소리 하지 마."
"너 때문에 인사도 못 했어, 미친놈아."
"인사도 하지 마. 여원이한테 형이 좋은 기억으로 남았을 리가 없잖아."
장호석은 코웃음을 쳤다. 제 동생이 이렇게 얼빠진 녀석이었다니, 도저히 믿을 수 없었다. 처음 난데없이 신여원을 데리고 가겠다고 했을 때부터, 이상한 낌새를 알아차렸어야 했는데.
"너는 좋은 기억으로 남았고?"
"그걸 무마하려고 이러고 있는 거 아니야, 지금."
"……언제까지 그러고 살 건데?"
"평생."
"그런 관계가, 언제까지 지속될 수 있을 거라고 생각해?"
이석은 대답하지 않았다. 그저 한층 가라앉은 시선으로 코트 안에 갇힌 여원을 응시할 뿐이었다.
"신여원 씬 너한테 큰 감정 없어."
"아니까 닥쳐."
"저 여잔 옛날이나 지금이나, 딱 봐도 마음 약한 인간 상이구만. 네가 매달려서 이어 나가는 관계인 게 눈에 훤하다. 그게 버림받지 않으려고 기를 쓰는 개새끼랑 다를 게 뭐야?"

"……."

"걱정해서 하는 말이야, 새꺄."

"버림받지 않으면 그만이지."

"뭐?"

"버림받지 않으면 그만이라고. 맞아, 여원인 마음이 약하지. 하지만 그래서 날 버리지 않는다면 그걸로 된 일이야. 그러니까…… 상관없어."

 이석의 목소리는 냉정했지만 기묘한 오기가 배어 있었다. 장호석은 기가 찬다는 듯 헛웃음을 지었다.

"그따위 마인드로 무슨 정상적인 관계를 맺겠단 거야?"

"여원인 내가 이 모양인 거 다 알아. 다 알고서 받아 준 거니까 형은 신경 꺼."

"속 편한 소리 하고 자빠졌네. 저 여잔 일반인이야. 우리 같은 인간들이랑은 사고방식 자체부터가 다르다고."

"그래도 날 받아 줬어. 내 사고방식도, 바꿔 가기로 했고."

"한마디로 너의 있는 그대로를 받아 주진 않았다는 거네. 쟤가 원하는 모습에 너를 맞춰야 하는 거지. 그리고 네가 정말 그렇게 될 수 있을 거라고 생각해? 저 여자가 원하는 인간으로?"

 잠시 둘 사이로 침묵이 흘렀다. 이석의 얼굴은 겉으로 보기에 별다른 요동이 없었지만, 얕게 언 호수와 같은 위태로움이 잔존하고 있었다. 한참 만에 그가 입을 열었다.

"불가능하겠지."

 이석은 여전히 그녀에게 시선을 고정한 채 느릿느릿 말을 이었다.

"하지만 그 여자가 원한다면 난 평생 연기하며 살아갈 거야.

정상적인 인간이 된 것처럼."

그의 목소리는 새로운 의지를 다지는 것처럼 들리기도 했고, 반대로 모든 것을 놓아 버린 것처럼 들리기도 했다. 장호석은 묘한 표정으로 제 동생을 바라보았다.

"야, 너만 상처받을 길을 왜 자처해서 걸어가?"

"……."

"씨발, 내가 너한테 이딴 말을 하게 될 줄은 몰랐네."

"이까짓 게 왜 힘들어."

이석은 쓰게 웃으며 대꾸했다. 그녀가 없던 시간에 비하면 이까짓 건 정말 아무것도 아니었다. 앞으로 영영 그녀를 보지 못하고, 마음 한 자락 얻지 못할 수도 있는 상황에 비한다면 더욱 아무것도 아니었고.

"……에휴, 모르겠다. 또라이 새끼."

장호석은 한 손을 절레절레 흔들어 보이며 입구 쪽으로 걸음을 옮겼다. 한마디 덧붙이는 것도 잊지 않았다.

"넌 예전의 모습을 어느 정도 되찾을 필요가 있어."

예전의 모습……. 이석은 그 말이 참 무의미하다고 생각했다. 지금에 와서는 아무것도 돌이킬 수가 없으니까. 더 이상 이건 그의 의지로 할 수 있는 일이 아니었다.

이석도 머리로는 알고 있었다. 장호석의 말에 크게 틀린 부분이 없다는 것을. 이 관계에 대해 그와 그녀가 두는 무게는 서로 지나치게 다르다는 것을. 상처받는 건 오로지 자신의 몫이라는 사실을.

하지만 이에 대한 고민은 이미 오래전에 끝냈다. 이석은 그녀를 그 누구보다 가까이에 두기를, 간절하게, 또 절망적으로 원했다.

'당신을 배신하는 일은 없을 거예요.'

설령 온통 아픔뿐이라도, 죄 상처뿐이라도…….

'그러니까 당신 마음이 편했으면 좋겠어요.'

여원은 이제 그를 배신하지 않겠다고 말했다. 그러나 이석은 그 말을 믿지 않았다. 그녀는 언제나 자기 삶에 열심인 여자였으니까, 그를 저버려야 하는 상황이 온다면 얼마든 저버릴 수 있을 것이다.

그와 달리, 여원에게 그들의 관계는 쓸려 내려가는 유사流砂에 불과할 테니까.

이석은 진심으로 그녀가 자신을 또다시 배신한대도 상관없다고 생각했다. 되레 그걸 빌미로 잡는다면, 마음이 약한 그녀는 그를 영영 버리지 못할지도 모르니까. 그럴 수만 있다면 얼마든 배신당해도 좋았다.

그녀가 제게서 완전히 돌아서는 것 이상으로, 자신을 망가뜨릴 수 있는 것은 이 세상에 없었다.

삑, 하는 소리와 함께 기계가 작동을 멈추었다. 여원은 잔뜩 지친 얼굴로 코트를 나오며 그를 노려보았다.

"……이렇게 몰아넣어 버리는 게 어딨어요?"

"서른 개 중 열한 개."

"나 되게 잘하네."

뿌듯함이 한껏 담긴 목소리였다. 그의 기준에선 전혀 잘하는 게 아니었지만, 아무래도 상관없었다. 그녀라면 아무래도 좋았다. 이석은 낮게 웃으며, 큰 보폭으로 그녀를 향해 걸어갔다.

여원에게 가까워질수록 온갖 불안과 상처로 점철된 가슴 안이 기묘하게 벅차오르는 듯했다. 그것은 기쁨과 고통을 동반하는 감각이었다.

제 마음의 깊숙한 곳을 잘라 그 단면을 들여다보면, 분명 깨진 유리 조각들이 자리 잡은 채 덜걱거리고 있겠지. 결코 빼낼 수 없는 조각들이.

"……그래. 잘하네."

이 여자 없이도 세상이 계속될 거라고 믿던 때가 있었는데.

* * *

"여원 씨, 안 가?"

"아, 대리님! 저 늦참이요. 저쪽에서 답이 늦게 오는 바람에 아직 컨펌이 안 끝나서……."

"알았어— 얼른 끝내고 와. 요 밑에 해물집, 알지?"

"네엡. 금방 가겠습니다."

여원은 자리에서 일어나 고개를 숙여 보이기까지 하며 상사를 배웅했다. 사람들이 우르르 나가자마자 털썩 자리에 앉은 그녀는 뒤로 주르륵 밀려난 의자를 모니터 앞으로 끌고선 다시 마우스를 잡았다.

한숨이 저절로 새어 나왔다. 일이 아직 남은 것도 남은 거지만, 회식 자리 자체가 별로 달갑지 않았다. 시끌시끌한 자리와 술을 별로 좋아하지 않는 그녀로서는 고역스러운 시간이었다.

말로는 술 강요가 없다고 하나, 입을 대지 않으면 분위기를 깬다고 은근한 눈치를 받았다. 여원은 늘 다 마시는 척하며 잔 밑에 술을 조금씩 남겨 두곤 했다. 크게 유의미한 양은 아니었지만, 뭐랄까, 심리적인 위안이 됐다.

 그리 규모가 크지 않은 식품 물류 회사에 입사한 지도 벌써 반년이 넘었다. 옛날에 다니던 회사보다 상하 관계가 훨씬 뻣뻣한 편이라 적응이 힘들었다. 물론 수감 생활에 비할 바는 아니었으므로, 그럭저럭 견딜 만하기는 했다.

 여원은 문득 실소를 흘렸다. 출소한 지 1년 반이 되어 가는데도, 그때의 기억은 좀처럼 그녀를 놓아주지 않았다. 고쳤다고 생각했던 수감자 시절의 습관이 종종 튀어나올 때도 있었다. 아마 더 많은 시간이 필요한 거겠지.

 발주 파일을 검토한 여원이 최종 확인 메일을 작성했다. 메일 끝자락에는 다른 거래처에서도 이미 많이 주고받았던 연말 인사를 그대로 써넣었다. 회식에 조금이라도 늦게 가고 싶은 마음에, 키보드 자판을 한 자 한 자 꾹꾹 눌러 내용을 적어 나갔다.

 [……어느덧 바쁘게 지내 온 한 해도 저물어 가고 있는데요, 올해 귀사의 지속적인 협업에 감사의 말씀을 드리고 싶습니다. 남은 연말도 건강하고 행복하게 마무리하시길 바라며, 내년에도 잘 부탁드립니다.]

 여원은 메일 내용을 다시 한번 점검한 후 발송 버튼을 눌렀다. 시간을 확인하니 15분 정도가 지나 있었다. 고작 15분이었다. 최소 30분은 늦게 가고 싶었는데.

 하지만 사원 직함을 달고서 회식 자리에 너무 늦는 것도 눈총을 받을 터였다. 여원은 컴퓨터를 끄고 느릿느릿 자리에서 일어나 외투를 챙겼다. 사무실을 나서는 걸음이 천근만근이었다.

거리로 나서자 소란한 분위기가 고스란히 느껴졌다. 금요일이라고 다들 연말 회식을 하는 모양이었다. 저 중 자신처럼 그런 자리에 고역을 느끼는 사람들도 있으려니 싶었다.

문득 다른 직장인들도 다 이렇게 사는 거겠지, 하는 생각이 들었다. 다 이러고 사는 거겠지. 딱히 거창한 목표 같은 것 없이도, 그냥 하루하루를 견딘다는 느낌으로 살아가는 거겠지.

여원은 겨울 밤하늘을 올려다보았다. 갖가지 조명으로 환한 거리와 달리 하늘은 썩은 고목처럼 컴컴했다. 눈을 길게 감았다 뜨는 찰나, 과거의 편린들이 주마등처럼 머릿속을 스쳐 갔다.

이십 대 초반, 그녀의 목표는 엄마에게서 완전히 독립하는 것이었다. 이십 대 중반에는 빚을 갚는 게 목표였고, 후반에는 죽음이 목표였다. 결국 죽지 못하고 살아난 뒤, 서른에 들어설 즈음에는 출소하는 게 목표였으며 반년 전까지는 재취직을 하는 게 목표였다.

그리고 이제는…… 잘 모르겠다.

지금껏 자신의 인생에는 늘 거대한 목표가 있었다. 그걸 이루기 위해 계속해서 걸어왔다. 그런데 막상 이렇게 직장을 얻고 나니 텅 빈 것처럼 허무한 느낌이 들었다. 돌연히 갈피를 잃어버린 기분이었다.

이게 내 삶의 최대인 걸까. 더 나아갈 곳 없이 여기에서 맴돌게 되는 걸까. 늘 엇비슷한 하루를 반복하다가, 하나둘 나이를 먹어 가게 되는 것일까.

깊이 생각해 보았자 딱히 나오는 답은 없었다. 이건 이미 꽤 오래된 고민이기도 했다. 여원은 코트를 여미며 식당 안으로 들어섰다. 구석 쪽의 왁자지껄한 테이블이 보이자마자 그녀는 예의 밝은 미소를 얼굴에 걸쳤다.
"안녕하세요, 늦었죠."
"어, 여원 씨, 이제 와?"
"어서 와요."
"일은 다 마무리했어?"
아까 여원이 늦은 참여 의사를 전했던 한 대리가 물어 왔다. 그녀는 고개를 끄덕이며 대답했다.
"네네. 최종 컨펌까지 끝냈어요. 늦어서 죄송해요."
"어어, 됐어. 앉아."
벌써 술을 몇 잔씩 걸친 사람들이 그녀의 자리를 마련해 주었다. 여원이 채 외투를 벗기도 전, 자연스럽게 술잔이 앞에 놓였다. 옆자리의 최 주임이 소주를 흔들며 물었다.
"여원 씨는 소맥이었나? 아님 그냥 소주만?"
"저는 그냥…… 소주요."
여원은 머뭇거리다가 대답했다. 섞어 먹는 것보다 그냥 소주만 먹는 게 빨리 취하지도 않고 숙취가 덜한 편이었다. 하지만 간만의 술인 데다가 현재 조금 피곤한 상태라, 얼마나 마실 수 있을지 주량을 확신할 수가 없었다.
"오케이. 자, 잔 받아."
"아, 제가 먼저……."
"됐어, 됐어. 나 이미 잔 찼어."
여원은 곤혹스러운 미소로, 제 잔에 꼴꼴 술이 따라지는 것을 바라보았다. 이윽고 부장이 중간으로 잔을 모았다. 그녀는 거기에 슬쩍 함께 잔을 부딪치고선 반만 꺾어 마셨다.
입 안에 알코올의 씁쓰레한 맛이 퍼졌다. 여원은 곧장 물로 입 안을 헹구었다. 누가 어른이 되면 술맛을 안다고 한 걸까. 그녀에게 술은 여전히 맛이 없었다.

시끌시끌한 대화들이 오갔다. 업무 이야기, 자식들 이야기, 정치 이야기, 거래처에서 만난 또라이 이야기……. 여원은 그 틈바구니에서 가만히 웃는 낯으로 고개를 끄덕거렸다. 한참을 그러고 있자 얼굴에 균열이 일어날 것만 같았다.

"여원 씨는 크리스마스에 뭐 해?"

"네?"

갑자기 부장이 여원에게 질문을 던졌다. 제게로 돌려진 화제에 당황한 그녀가 눈을 깜박거렸다.

"연말에 혼자 보내나 해서. 아니, 내가 아는 사람 중에 괜찮은 사람이 있어서 여원 씨 소개라도 시켜 줄까 싶었지. 둘이 나이대가 비슷하거든."

"어머, 누구예요? 몇 살인데요?"

한 대리가 끼어들며 물었다. 몇몇은 흥미로운 표정이었고, 몇몇은 상사의 주선을 제안받게 된 여원이 안타깝다는 표정이었다.

"저기 크게 자영업 하는 청년인데 참 괜찮아. 건실하고. 나이가 아마 서른다섯인가……."

"아, 아뇨!"

여원은 급히 손사래를 치며 한껏 송구한 얼굴을 했다. 경험에 따르면 이런 이야기는 최대한 빨리 끊는 게 나았다.

"진짜 감사한데, 제가 만나는…… 사람이 있어 가지구요."

"그래? 만나는 사람이 있어?"

"여원 씨 애인 있었어?"

여기저기서 호기심 어린 물음들이 던져졌다. 부장은 장난스레 껄껄 웃으며 덧붙였다.

"일부러 소개받기 싫어서 거짓말하는 거 아니지?"

"그, 그럴 리가요! 애인은 아닌데, 그냥 좋은 감정 가지고…… 만나고 있어요."

여원은 상투적인 말로 무마하며, 괜한 신상 조사가 이어지지 않기를 간절히 바랐다. 어디서 어떻게 만났는지 묻기라도 하면 또 이야기를 급조해야 했다.

"곧 청첩장 받아 보는 거야?"

"여원 씨 결혼한다고 막, 회사 그만두고 그럼 안 된다?"

짓궂은 농담이 이어졌다. 여원은 곤란한 듯 웃기만 했다. 그동안 회사에는 그의 존재를 필사적으로 숨겨 왔었는데, 상사가 원수였다.

* * *

"아…… 집 가고 싶어."

여원은 중얼거리며 식당을 나와 건물 옆 골목으로 들어갔다. 그렇게 많이 마신 것도 아닌데 벌써 어지러웠다. 아무래도 피곤해서 그런 모양이었다.

그녀는 건물 외벽을 등받이 삼아 쭈그려 앉았다. 고개를 쳐들고 한숨을 뱉자 희뿌연 입김이 흘러나왔다.

"와― 춥다. 추운데 술은 왜 안 깨지."

매서운 추위에 가만히 있어도 몸이 부르르 떨렸다. 그녀에겐 취기가 오르면 혼잣말을 자꾸 중얼거리는 습관이 있었다. 찬

바람이 여원의 뺨을 쓸고 지나갔다. 잠시 졸린 눈을 껌벅이던 그녀가 외투를 뒤적거려 휴대폰을 꺼냈다.
 여원은 어릿어릿한 시선으로 잠금을 해지하고 키패드를 눌렀다. 어느덧 만성처럼 익숙해진 번호를 몇 자리 누르자 그의 이름이 떴다. 떠오른 글자를 가만히 바라보던 그녀가 이내 통화를 연결했다. 늘 그렇듯, 신호음이 세 번 울리기도 전에 그가 전화를 받았다.
 "나 데리러 와요."
 여원은 다짜고짜 말했다. 통화 너머에서 잠시 침묵이 건너왔다.
 ─……취했어?
 "조금?"
 ─평소엔 절대 오지 말라더니.
 맞다. 원래 여원은 그를 절대 회사 근처로 오지 못하게 했었다. 괜히 말이 도는 것이 싫어서였다. 그는 어디에서든지 사람의 이목을 끄는 사람이었으니까.
 "하지만."
 ─하지만?
 "나 피곤하고 졸리고……."
 ─응.
 "부장님이 나한테 괜찮은 남자 소개해 주겠다고 해서."
 ─뭐? 누구를?
 여원은 하품을 하느라 대답하지 못했다. 그가 조금 거칠어진 어조로 재촉하듯 말했다.
 ─너한테 남자를 왜 소개해 줘?

"여원 씨 연말 혼자 보낼까 봐, 라는데요."

―닥치라고 해.

"상사인데."

―거절했지? 싫다고 했지? 너는 나랑 연말 보낼 거잖아.

그는 혹시라도 여원이 압박에 못 이겨 받아들였을까 봐 전전긍긍했다. 여원은 소리 내어 웃었다. 그와 있으면 자신이 온갖 남자들의 구애를 받는 대단한 미녀라도 된 듯한 기분이었다. 사실 전혀 그렇지 않은데도.

"아, 당연히 거절했죠. 만나는 사람 있다고 했어요. 근데 막, 괜히 소개받기 싫어서 거짓말하는 거 아니냐는 거야. 진짠데."

―그러니까 그런 건 미리 말을 해 놔. 여기저기서 자꾸 너한테 이상한 놈들을 갖다 붙이려 들어.

"알았어요."

여원은 선선히 대답했다. 잠시간 서로 말이 없었다. 그는 얼마간의 침묵 끝에 가라앉은 목소리로 물었다.

―……그래서 데리러 오라고 한 거야? 데리러 갈까?

그녀는 곰곰이 생각해 보다가 역시 안 되겠다는 결론을 내렸다. 그와 관련하여 사내에서 돌 만한 말들을 떠올려 보자 벌써 머리가 아팠다. 만에 하나 회사 사람들이 그를 알아볼 가능성도 배제할 수 없었고.

"아냐, 아니다. 오지 마요."

―그럼 몰래 데리러 갈게.

"음…… 하지만."

유혹적인 제안이었다. 이 상태로 버스나 지하철을 타고 갈 기력은 없었고, 택시를 타자니 택시비가 아까웠다. 고민하는 여원에게 그가 또다시 은근하게 말을 붙여 왔다.
―우리 집으로 가자. 너 숙취 있잖아. 내일 주말이니까, 아침 식사랑 다 해 줄게. 저녁은 나가서 먹고.
"……."
―가는 길에 아이스크림도 사 가자.
"상큼한 맛으로."
―그래, 그걸로 사 가자.
여원은 눈을 감고 그의 음조를 음미하듯 헤아려 보았다. 낮고 다감한 그의 목소리는 언제나 듣기 좋았다. 골목 바깥 거리의 소음도 지금만큼은 모두 귓가에서 멀어진 듯한 기분이 들었다.
"바로 올 거예요?"
―바로 갈까?
"곧 1차 파할 거 같긴 한데."
―바로 갈게.
깔끔하게 떨어지는 말에는 한 치의 망설임도 없었다. 여원은 웃으며 고개를 끄덕였다. 통화상으로는 전해질 수 없는 대답이었지만, 그러면 어쩐지 다 알아들었을 것 같았다.

* * *

식당 건물 뒤편에 선팅된 검은 세단 한 대가 정차해 있었다. 여원은 주변을 슬쩍 둘러보고선 재빨리 조수석에 올라탔다. 익숙한 향기가 그녀를 감싸 왔다.
창문 밖을 재차 확인한 여원이 등받이에 늘어지듯 몸을 기댔다. 절로 앓는 신음이 새어 나왔다.

"으아, 1차만 하고 빠져나오느라 죽는 줄 알았네."
"술은 좀 깼어?"
"아직 어질어질해요……."
 차체가 부드럽게 도로를 나아갔다. 이석은 핸들을 돌리며, 눈 감은 그녀를 흘끔 바라보았다. 창밖 그림자가 그녀의 얼굴을 얼룩덜룩 물들였다. 한참 고른 숨을 뱉던 여원이 조용히 물었다.
"……지금 몇 시죠?"
"10시 12분. 아직 아이스크림 가게 문 안 닫았어."
"그거 물어보려고 했던 거 어떻게 알았지."
 여원은 미소를 머금은 채 중얼거리듯 말했다. 취기 때문인지 평소보다 기분이 좋았다.
"데리러 와 줘서 고마워요."
"그 상사는, 네가 만나는 사람 있다니까 알았다고 해?"
"네. 뭐. 작정하고 소개해 주려던 것도 아니었어요. 그냥 지나가듯 물어본 느낌? 나이대가 비슷하다고."
"몇 살인데."
"어…… 서른다섯이랬나."
"남자 새끼가 그 나이에도 결혼 못 한 건 어디 하자가 있는 거 아니야?"
 그가 험악하게 말했다. 여원은 감았던 눈을 뜨고선 황당한 기색으로 그를 올려다보았다. 거의 동족 혐오 수준이었다.
"당신도 못 했으면서."
"난 너 때문이잖아."
"죄다 나 때문이래."
"내 인생은 너 때문이 아닌 게 없어."

이석이 불퉁하게 대꾸했다. 여원은 재미있다는 듯 웃음을 흘렸다. 예전이었다면 저런 말이 마냥 부담스럽거나 진실인지 거짓인지 긴가민가했을 텐데, 이젠 익숙해진 탓인지 취기 때문인지 마냥 싫은 기분은 아니었다.

여원은 다시 눈을 감고 고개를 젖혔다. 노곤한 졸음이 몰려왔다.

"……집 가서 아이스크림 먹고 싶은데, 졸려서 그냥 자 버리면 어쩌지."

"내일 먹으면 되지."

"영화 틀어 놓고 먹어요, 우리."

"그래, 틀어 놓고 먹자."

어쩐지 그 말은 무언가에 매몰된 것처럼 들렸다. 그가 지금 무슨 생각을 하는지 조금 더 고민해 보고 싶었지만, 그의 온순한 목소리가 자장가처럼 귀에 감겨드는 탓에 노곤함이 몰려왔다.

여원의 고개가 자꾸 옆쪽으로 기우뚱했다. 그녀는 의식과 수마 사이에서 허우적거리다가 깜빡 잠이 들었다.

* * *

하얀 주차선 안에 매끄럽게 바퀴를 넣은 이석이 기어를 옮겼다. 그는 이 순간을 꽤나 좋아하는 편이었다. 반듯하게 그어진 일정 공간 안에 무언가를 완벽하게 위치시킨다는 것. 이러한 질서 있는 행위는 그에게 미묘한 만족감과 안정감을 안겨 주곤 했다.

이석은 시동을 끄고 조수석 쪽으로 고개를 돌렸다. 여원은 창가 쪽으로 고개를 꺾은 채 새근새근 잠들어 있었다. 그는 상체를 기울여 그녀의 안전벨트를 풀어 주고 물러나려다, 지척에서 느껴지는 숨결에 잠시 멈칫했다.

한 손으로 틀어쥐면 금방이라도 멎을 것처럼 가느다란 숨이었다. 그것에 도리어 불안감이 일었다.

이석은 손을 뻗어 그녀의 얼굴에 쏟아진 머리카락을 귀 뒤로 넘겨 주었다. 고요히 잠든 얼굴에는 어떤 근심도 없었다. 턱선을 타고 길게 드러난 목덜미 위로 푸릇한 핏줄이 보였다. 이석은 몸을 그녀 쪽으로 기울인 채 한참이고 그 모습을 바라보았다.

똑바른 차선처럼 일정하던 마음이 한순간 크게 울렁거렸다. 그녀를 보면 언제나 패배한 기분이 든다. 일정히 세워 둔 모든 것들이 무너지고, 발밑으로 낭떠러지가 펼쳐진 듯한 감각. 자신을 이렇게 만드는 여자라고 보기엔 한없이 여리고 약한 얼굴일 뿐인데도…….

호흡을 고른 그가 간신히 상체를 세웠다. 이석은 뒷자리에 놓아둔 아이스크림을 챙긴 후, 조용한 목소리로 그녀를 불렀다.

"여원아."

"……."

그녀의 눈꺼풀엔 미동도 없었다. 이석은 두 번 더 부르지 않았다. 차에서 내린 그는 앞쪽으로 둘러 걸어가 조수석 문을 열었다. 아이스크림 봉지를 손목에 걸친 후, 그녀의 목 뒤와 허벅지 아래에 손을 넣고 훌쩍 들어 안았다.

가는 몸이 안정감 있게 품속에 들어왔다. 그는 팔꿈치로 차문을 닫고 걸음을 옮겼다. 고요한 가운데 뚜벅뚜벅 발걸음 소리가 울렸다.

이석은 걸어가는 내내 강박적이다 싶을 만큼 그녀의 얼굴을 확인했다. 이미 제 품에 내맡겨진 몸을, 그는 조금 더 바짝 당겨 안았다. 하지만 여전히 그것만으로는 부족했다. 이 순간 세상 누구보다 가까이 있었음에도 그녀는 언제나 멀었다.

여원을 볼 때면, 그의 마음은 숨이 막힐 만큼 빠듯하게 차오르곤 했다. 그러나 동시에 늘 지독하게 허전했다. 마음 어딘가에 구멍이 난 것 같았다. 그래서 차오른 만큼 그 구멍으로 흘러나가 버리는 것이 틀림없었다.

한때 이석은 의문했다. 사랑이 이런 것일 리 없다고. 이렇게 아프고, 고독하고, 공허한 것일 리가 없다고. 날 이토록 아프게 할퀴는 감정이 사랑일 리가 없다고.

그러나 이제는 인정했다. 인정할 수밖에 없었다. 그녀가 제게 묻던 순간부터, 인정하지 않을 수가 없었다.

'날…… 사랑해요?'

그래.

그러니까 사랑은 이런 게 맞는 거겠지.

채울 수 없는 마음을 끌어안고 살아야 하는 거겠지.

이석은 천천히 눈을 감았다가 떴다. 이 메워지지 않는 불안감의 정체가 도대체 무엇인지, 무엇으로 메울 수 있는 것인지, 그는 잘 알지 못했다. 이젠 지독하리만치 익숙해진 위태로움이었다.

다만 이따금 짧게나마 해소될 때가 있었다. 이를테면 아까와 같이— 그녀와 어떤 미래의 일을 약속할 때.

내일 함께 영화를 틀어 놓고 아이스크림을 먹자는, 별것 아닌 계획들이어도 좋았다. 고작 눈만 뜨고 일어나면 마주할 내일이라도 좋았다. 그 대단치도 않은 말들이 그에게 어떤 안도감과 감격을 선사하는지 그녀는 결코 알지 못하리라.

내일도, 그녀는, 자신의 곁에 있을 것이다.

기도하듯 되뇐 이석은 잠든 그녀의 이마에 조심스레 입을 맞추었다.

* * *

현관 비밀번호를 누르는 소리에 여원은 얼핏 잠에서 깨어났다. 노곤하게 늘어진 제 몸을 단단한 팔이 안정감 있게 받치고 있었다. 그녀는 풀린 눈으로 멍하니 두리번거리다가, 고개를 들었다. 날카로운 콧대와 턱선이 시야에 들어왔다.

"⋯⋯집?"

"깼어?"

이석은 아이 다루듯 한 손으로 그녀의 몸을 고쳐 안더니, 다른 한 손으로는 신발을 벗겨 주었다. 여원은 그의 가슴팍에 이마를 기댄 채 천천히 정신을 차렸다.

방 안으로 성큼성큼 걸어 들어간 이석이 그녀를 침대 위에 조심스레 내려놓았다. 여원은 아직 잠기운이 가시지 않은 얼굴로 부스스 일어나 앉았다.

"나⋯⋯ 얼마나 잤어요?"

"30분 정도. 씻을 거지?"

"아, 네. 도착했으면 깨우지⋯⋯. 무거웠겠다."

그는 대충 코웃음을 치더니 그녀의 코트를 벗겨 주었다. 여원은 하품을 한 번 하고선 비척비척 욕실로 걸어갔다.

그녀는 씻는 내내 병든 닭처럼 졸았다. 샤워를 마칠 즈음에는 완전히 비몽사몽한 상태였다. 욕실에서 나온 여원은 수건을 목에 걸친 채 그대로 침대에 쓰러졌다. 방 한구석에 켜진 은은한 스탠드 조명이 나른함을 부추겼다.

어느새 2층에 있는 욕실에서 씻고 나온 이석이 그녀의 옆에 앉았다. 모로 누운 몸 위로 거대한 그림자가 졌다. 그에게서 그녀와 같은 향의 바디 워시 냄새가 훅 풍겨 왔다. 이석은 엄지로 보송한 뺨을 쓸며 속삭이듯 물었다.

"머리 안 말리고 자?"

"졸려……."

이석은 한숨처럼 웃더니, 수건으로 그녀의 젖은 머리카락을 꾹꾹 눌러 물기를 제거해 주었다. 기분 좋게 그 손길을 즐기던 여원이 불쑥 입을 열었다.

"근데요."

"응."

"연말 나랑 보내려구요?"

"그럼 누구랑 보내?"

"나 이브엔 다영이랑 약속 있는데……."

"그럼 난 혼자 쓸쓸하게 일해야겠다."

"나 말고는 친구도 없어요?"

여원이 쿡쿡거리며 웃었다. 그는 불만스러운 어조로 대꾸했다.

"네가 왜 내 친구야."

"그러면, 있잖아요."

"……왜."

"크리스마스엔 사람이 많을 테니까, 그 후에 여행이나 가는 건 어때요?"

"……."

"우리 한 번도 어디 멀리 나간 적 없으니까."

여원은 가벼운 어투로 제안했다. 큰 의미를 두고 묻는 것은 아니었다. 그저 혼자 가기엔 외로울 것 같았고, 다영은 이미 연말에 동기들과 약속이 잡혀 있다고 했고, 그 외엔 딱히 함께 갈 만한 사람이 없었다.

또한 적어도 현재로선, 이석이 그녀에게 가장 가까운 사람이었다.

그러나 이석은 대답이 없었다. 머리카락을 수건으로 눌러 주던 손길도 뚝 멎은 채였다. 의아해진 여원이 한쪽 눈을 뜨고 그를 올려다보았다. 그는 어딘지 딱딱하게 굳은 얼굴이었다.

"왜요? 별로예요?"

얼마간의 간격 끝에, 이석이 천천히 고개를 저었다.

"……좋아."

"좋은 거 맞아요?"

"이번 연말에도 가고…… 50년 후에도 가자."

"갑자기 웬 50년 후예요."

"그때도 네가 내 곁에 있다는 뜻이니까."

"……."

"갈 거지? 나랑 약속해."

살짝 떨리는 목소리에서 그가 가진 불안이 엿보였다. 그의 표정은 파도를 만난 아이처럼 흔들리고 있었다. 여원은 몹시 새삼스러운 기분이 되었다.

이렇게나 커다랗고 강한 사람이 자신의 거절을 두려워하고 있다. 불가능이라곤 없을 것처럼, 모든 것을 계획 아래 놓아두고 관철하던 사람이.

잠이 확 달아나는 것 같았다. 여원은 잠시 숨을 멈추고 가까이에서 그와 시선을 마주했다. 그의 눈에 짐작하기 힘든 감정이 일렁거리고 있었다. 툭, 건드리면 그대로 왈칵 흘러나올 것처럼 역동적인 무언가가.

그녀는 그 눈에 홀린 것처럼 대답했다.

"……그럴까요?"

나직한 말에 이석이 짧게 숨을 들이켰다.

깊은 생각을 하고 내놓은 대답은 아니었다. 도래하지 않은 언젠가의 순간은 아득했고, 그처럼 먼 미래의 일을 약속하는 것은 눈을 깜빡이는 일만큼이나 쉬웠다. 또 어쩌면 무가치했다.

그러나 여원은 그의 얼굴이 한 꺼풀 무너지는 것을 목도했다. 그 쉽고 무가치한 약속이 대단한 맹세라도 되는 것처럼. 영원한 희망이라도 되는 것처럼…….

이석은 무언가를 말할 듯 입을 열었다가, 다시 다물어 버렸다. 그녀의 뺨을 만지작거리는 손이 희미하게 떨리고 있었다.

그는 몇 번이고 말을 꺼내려 했지만 잘 안 되는지 입술을 달싹이기만 했다. 마치 말하는 법을 잊어버린 사람 같았다. 불현듯, 여원은 깨달았다.

아.

이 사람, 정말 나를 사랑하는구나.

'정말로' 나를 사랑해.

그건 단순히 머리로 인지하는 것이 아니라, 마음으로 느껴지는 종류의 깨달음이었다. 수없이 재단하고 의심하던 과거의 파편들조차 무색해지는— 아주 찰나의 깨달음.

가슴이 아팠다. 왜 아픈지는 잘 몰랐다. 다만 분명한 것은, 이 아픔의 원인이 그라는 것이었다. 자그마한 불꽃이 심장 끄트머리를 타닥타닥 좀먹어 가는 것처럼 뜨겁고 아릿한 통증이었다.

그녀는 제 뺨 위를 맴도는 그의 손등 위에 제 손을 얹었다. 그 행위로 이 통증을 표현할 수 있기라도 한 것처럼. 혹은 해결할 수 있기라도 한 것처럼.

이석은 그녀에게서 한 줌의 시선도 떼지 않았다. 검고 아름다운 눈동자 안에 그녀의 모습이 온전히 담겨 있었다. 그 눈은 금방이라도 그녀를 집어삼킬 듯 강렬하기도 했고, 반대로 모든 것을 내어놓을 듯 무력하기도 했다.

어쩐지 목이 메어 왔다.

이석은 격정 어린 얼굴로 여원을 내려다보다가, 도저히 견딜 수 없다는 듯 상체를 숙였다. 홧홧할 정도로 뜨거운 숨이 가까워졌다. 그 열기가 낯 위를 적시는 것만 같았다. 그녀는 허락하듯 눈을 감았다.

젖은 종이가 달라붙듯 입술이 겹쳐졌다. 잠깐 떨어졌다가 다시 맞붙는 짧은 입맞춤이 몇 번 반복되었다. 그의 숨결이 한층 거칠어진 다음 순간, 그가 고개를 기울이며 틈새를 깊이 파고들었다. 말캉한 살점이 부드럽게 휘감겼다.

모로 누워 있던 여원의 몸이 점차 천장을 향해 틀어졌다. 그는 아예 그녀의 위에 자리를 잡고 찍어누르듯 키스해 왔다. 여원은 조금 떨리는 손으로 단단한 어깨를 붙들었다.

이 선택이 가슴의 통증 때문인지, 찰나의 욕정 때문인지, 아니면 이미 다 날아가고 없는 취기 때문인지는 그녀도 알지 못

했다. 올해 내내 지지부진하게 끌어온 관계를 이렇게 충동적으로 비틀어 버려도 되는 건가 싶기도 했다.

하지만 아무래도 괜찮을 것 같았다.

이 순간, 그냥 그러고 싶었다.

다디단 사탕을 핥듯, 그의 혀가 그녀의 입 안을 훑어 내렸다. 한순간 머릿속이 비워질 만큼 아찔한 감각이었다. 여원의 눈꺼풀이 파르르 진동했다.

이석은 두 팔 안에 그녀를 가둔 채 쉴 틈 없이 키스해 왔다. 혀가 끈적하게 달라붙고 뒤엉켰다. 바닷물이 쓸려 나간 진흙을 밟는 것처럼 축축한 소리가 이어졌다.

가만히 그를 받아 내는 것만으로도 벅찰 만큼 격렬한 입맞춤이었다. 여원은 제대로 호흡을 조절할 틈을 찾지 못하고 정신없이 그에게 휩쓸렸다. 희미하게 흘러나오는 신음은 그의 입 안으로 모조리 삼켜졌다.

그녀 위를 올라탄 몸은 위압감이 들 정도로 거대했다. 겹쳐진 그의 입술과 뺨을 쥔 손도, 그대로 그녀를 짓눌러 버릴 듯 단단했다. 이석은 인내심이라곤 조금도 없는 사람처럼 거칠고 조급하게 혀를 섞어 왔다. 영혼까지 그에게 빨려지는 느낌이었다.

그녀의 숨이 심하게 가빠지자, 그제야 이석은 입술을 뗐다. 입 안을 가득 채웠던 것이 빠져나가자 텅 빈 느낌마저 들었다. 여원은 눈조차 제대로 뜨지 못하고 호흡을 가다듬었다.

격렬하게 섞이는 숨결 사이로, 그가 울 것처럼 중얼거렸다.

"……그래."

"……."

"그러자."

"……."

"이번 연말에도, 내년에도, 50년 후에도, 계속……."

먹먹한 목소리가 서서히 잦아들었다. 정신이 혼미한 탓에 무엇을 그러자는 것인지 여원은 제대로 인지하지도 못했다. 그저 아득할 뿐이었다. 정신을 차릴 틈도 없이, 그의 입술이 그녀의 살갗을 타고 천천히 내려갔다.

입술, 뺨, 턱, 목덜미, 쇄골……. 점을 찍듯 가볍게 내려앉는 입맞춤이 이어졌다. 아까의 강렬한 키스와 달리 한없이 조심스럽고 부드러운 움직임이었다. 그 행위는 마치 눈물 젖은 고해의 모습 같기도 했다.

그의 입술이 지나간 자리마다 사위다 만 불티 같은 것이 남았다. 그 불티는 그저 피부 위에만 머무르는 것이 아니라 혈관 안까지 깊숙하게 파고드는 듯한 감각을 주었다. 여원은 기묘한 뜨거움에 몸을 얕게 움찔거렸다.

점점 내려가던 입술이 옷자락에 막혀 멈추었다. 그녀의 뺨을 쥐고 있던 손이 미끄러지듯 떨어져 나갔다. 이석은 형편없이 흔들리는 손길로 그녀의 셔츠를 천천히 밀어 올렸다. 그녀는 창피함과 긴장감에 눈을 질끈 감았다.

5년 반 만의 관계였다.

그만큼의 시간이 있었다.

한때 그들은 누구보다 서로에게 익숙했다. 그러나 길고 지난한 시간 동안, 그들은 익숙했던 만큼 서로에게 낯설어졌다. 으레 시간은 일정 부분을 지워냄으로써 지나간 것들을 한없이 서툴게 만들곤 했다.

여원은 수치심에 어쩔 줄을 몰랐다. 먼 과거의 기억이 드문드문 떠올라 버리는 탓에, 차라리 아예 처음 보는 사람과 하는 게 덜 낯설겠다 싶을 정도였다. 이석이 알았다면 기함했을 생각이었다.

결국 그녀는 달아오른 얼굴을 두 손으로 가려 버렸다. 그가 하는 행위들을 볼 자신이 없었다. 한껏 달아올라 붉어졌을 게 분명한 제 낯도 보여 주고 싶지 않았다.

하지만 이건 비단 그녀의 문제만이 아니었다. 이 터질 듯한 긴장감의 이유에는 이석의 태도도 한몫했다. 그는 마치 그녀의 몸을 처음 보는 사람처럼 행동하고 있었다.

아니, 처음 볼 때도 이러지는 않았다.

그때 이석은 언뜻 주체 되지 않는 얼굴을 하고 있으면서도, 행동만큼은 시종일관 여유로웠다. 잔뜩 얼어붙어 뻣뻣하게 구는 건 그녀뿐인 것 같았다. 실제로 그랬을 거고.

하지만 지금은 둘 다 마찬가지였다. 오히려 이석 쪽이 더 긴장한 것처럼 보이기도 했다. 적어도 여원은 저렇게 얼음물이라도 맞은 양 덜덜 떨고 있지는 않았다.

그러나 종전의 생각이 무색하게도, 그녀는 제 가슴 위에 그의 입술이 내려앉자마자 파드득 몸을 떨고 말았다. 이석은 한 손으로 가슴을 부드럽게 쥐며 천천히 상체를 일으켰다.

"여원아."

"……."

"여원아."

"……왜요."

"얼굴 보여 줘."

여원은 여전히 두 손으로 얼굴을 가린 채, 고개를 도리도리

저었다. 그는 드러난 그녀의 이마와 뺨, 귓가에 키스를 퍼부었다. 얼굴을 감싼 손을 입술로 슬쩍슬쩍 밀어내기도 했다. 마치 안달하는 듯한 몸짓이었다.

"응? 나 좀 봐, 여원아······."

그 집요함과 끈질김에 못 이긴 여원이 결국 슬그머니 손을 내렸다. 손가락 사이로 그와 눈이 마주쳤다. 타는 듯한 시선에 공연히 숨고 싶은 기분이 들었다.

그 기분을 알아채기라도 한 것처럼, 곧장 이석은 고개를 숙여 그녀의 두 손 사이로 파고들었다. 아까의 키스로 젖어 있던 입술이 또다시 맞물렸다.

뜨거운 손길은 그녀의 가슴을 부드럽게 어루만지다가, 천천히 밑으로 내려가기 시작했다. 갈비뼈와 아랫배를 스쳐 지나가는 감각에 여원은 작은 새처럼 떨었다. 목과 팔다리에 바짝 힘이 들어갔다.

이윽고 커다란 손이 아래를 덮어 왔다. 그녀는 작게 흐느끼는 소리를 냈다. 옷자락 스치는 소리와 질척한 소리 사이로, 불안정한 호흡이 섞여 들었다.

여원은 그의 맨가슴에 손을 댄 채 힘겹게 신음을 삼켰다. 처음의 미칠 듯한 부끄러움은 쾌감이 천천히 동반되며 점차 가라앉았다. 따뜻한 물 속을 부유하는 기분이었다. 그는 아래를 헤집는 손길을 멈추지 않으며 계속해서 이곳저곳에 입을 맞추어 댔다.

그들을 둘러싼 공기가 점점 눅눅해졌다. 여원은 바로 눈앞에 있는 그를 몽롱한 눈으로 응시했다. 그도 반쯤 제정신이 아닌 것 같았다. 처음 보는 눈빛이 몹시 낯설었다. 곧 단단한 손이

가는 허벅지를 붙들었다.

물 흐르듯 그녀의 사이에 자리 잡은 이석이 천천히 제 몸을 밀어 넣었다. 목 끝까지 차오르는 압박감에, 여원은 끊어질 듯 가느다랗게 헐떡거렸다. 그에게서 끓는 듯한 신음이 흘러나왔다.

이석은 그녀와 이마를 맞댄 채, 완전히 흐트러진 얼굴로 중얼거렸다.

"가슴이 터질 것 같아……."

그는 아주 오래 참아 온 숨을 토해 내듯 말했다. 조금의 수식도 윤색도 없는, 날것 그대로의 말이었다. 여원은 무엇에라도 매달리기 위해 덜덜 떨리는 손으로 그를 끌어안았다.

딱 맞아떨어지는 퍼즐 조각처럼 그와 빈틈없이 맞물려 있는 느낌이었다. 더운 숨이 얼굴 위로 쏟아졌다. 버겁게 밀려드는 그를 간신히 받아 내면서도, 여원은 고개를 돌리거나 눈을 감지 않았다.

눈앞이 흐릿했다가 또렷해지기를 반복했다. 그 사이사이로 그의 얼굴이 확연하게 보였다. 온전히 자신에게만 몰두한 눈동자는 기묘한 충족감을 안겨다 주었다.

어쩌면 자신은 아주 오래도록 이런 눈을 갈망해 왔다는 생각이 들었다. 한때 저를 사랑했던 사람들은 모두 눈을 돌리고 떠나 버렸으니까. 이제 더는 떠나지 않을 눈을, 거두어지지 않을 눈을 갈망해 왔던 것이라고.

이 순간, 세상에 오로지 둘만이 존재하고 있는 것 같았다.

그리고 세상이 조금씩 부서져 내렸다.

* * *

어렴풋한 빛이 깜빡거렸다. 그 빛은 점차 광도를 잃고 크기를 조금씩 넓혀 나가더니, 이윽고 눈앞을 메웠다. 어물거리던 시야가 점차 반듯하게 잡혔다.

여원은 눈을 길게 감았다가 다시 떴다. 침대 밖으로 뻗은 제 손이 보였다. 손끝을 한 번 까닥거린 후 좀 더 근거리로 눈을 돌렸다. 흰 침대 시트의 표면 위로, 작고 반짝거리는 듯한 먼지가 공기 중을 고요히 떠돌아다니고 있었다.

그것을 가만히 관찰하고 있자니 천천히 정신이 돌아왔다. 여원은 고개를 들어 이 먼지를 반짝거리게 하는 원인이 무엇인지 확인했다. 침대 위 창가, 다 닫히지 않은 커튼 사이로 희끄무레한 빛이 새어 들고 있었다.

다시 고개를 내리려던 그녀는 목과 어깨에 뻐근한 통증을 느꼈다. 어제 잔뜩 힘을 주고 있었던 탓이었다. 돌무덤에 매몰된 것처럼 온몸이 묵직했다. 절로 끙, 하는 신음이 흘러나왔다.

그게 신호라도 된 양, 뒤에서 뻗어 나온 팔이 단숨에 그녀의 허리를 감싸 안았다. 헐벗은 몸이 바짝 밀착되었다. 방금 일어났다기에는 지나치게 멀쩡한 목소리가 귓가를 간질였다.

"잘 잤어?"

"잤는데…… 잔 거 같지가 않아요."

이석은 나직이 웃더니 그녀의 목덜미와 어깨에 쪽, 쪽, 소리를 내며 연신 입을 맞추었다. 여원은 간지럽다는 듯 몸을 살짝 움츠렸다. 고개를 돌려 그를 돌아보자 곧장 입술이 와 닿았다. 허리를 안고 있던 손이 올라와 가슴을 움켜쥐었다.

여원은 저도 모르게 깜짝 놀라 그에게로 몸을 틀었다. 바로 위에 이석의 얼굴이 있었다. 그는 웃는 눈매로 그녀를 내려다보더니, 기다렸다는 듯 입술을 깊이 포개어 왔다. 이러다간 하루 만에 입술이 닳아 버릴 기세였다.

잠시 떨어져 나갔던 그의 손이 다시 그녀의 살갗 위를 쓰다듬기 시작했다. 단단한 손바닥은 아랫배에서 골반을 지나 허벅지를 더듬어 내려갔다. 아직 침대 위에 간밤의 열기가 식지 않은 것 같은데도, 그의 키스와 손길에서는 조급함이 묻어났다.

분위기가 채 무르익기도 전, 여원은 입술을 떼며 볼멘소리로 말했다.

"나 배고픈데."

"……넌 그런 말이 나와?"

"하지만……. 오늘 아침 식사랑 아이스크림에 넘어가서 온 거란 말이에요."

"너 집에 데려오려면 요리 수업이라도 받아야겠네."

이석이 탄식처럼 말했다. 그는 못내 아쉬운 듯 그녀의 등을 느릿하게 쓸어내린 후에야 놓아주었다. 소리 내어 웃던 그녀가 생각났다는 듯 말했다.

"아, 근데 아이스크림은요?"

"사 뒀어."

"와아, 이따 영화 틀어 놓고 보면서 먹어요."

그 말에 이석의 눈동자가 한순간 일렁거렸다. 그는 다시 팔을 뻗어 그녀를 꽉 끌어안았다. 여원은 얼떨결에 품에 안긴 채 어리둥절하게 그를 올려다보았다. 머리 위에서 그가 잠긴 목소리로 말했다.

"……씻고 나와. 아침 해 놓을게."

* * *

여원은 수건으로 몸의 물기를 닦아 냈다. 어젯밤 샤워를 했었지만, 간밤의 일로 몸이 찝찝해서 다시 씻어야 했다. 제 자취방과 달리, 이곳은 욕실이 깔끔하고 넓어서 씻기가 좋았다. 욕조도 있었고.

보송해진 몸으로 옷을 갈아입으려던 차에, 여원은 문득 새 옷을 가져오지 않았다는 사실을 깨달았다. 그녀는 맨몸에 가운만 걸치고 욕실에서 나와 옆방으로 들어갔다.

익숙한 방 안의 색감과 구조가 눈에 들어왔다. 그녀가 여기서 살 적에 머물던 방이었다.

여원은 자연스럽게 옷장을 열어 속옷을 꺼냈다. 아니나 다를까, 종류별로 모두 구비되어 있었다. 속옷뿐 아니라 다른 것들도 모두 마찬가지였다. 티셔츠, 바지, 머리 끈, 책, 그리고 그녀가 예전에 즐겨 쓰던 스킨과 로션까지…….

그와 다시 만난 후 처음 이 방에 왔을 때 여원은 상당히 놀랐었다. 그녀의 가구며 물건이며 모두 고스란히 제자리에 놓여 있었기 때문이었다. 베개와 침대 커버까지 모두 그대로였다.

하지만 딱히 자세히 뒤져 보거나 물건을 도로 가져갈 생각은 하지 않았다. 이곳은 더 이상 그녀의 방이 아니었으니까. 하루 정도 머무를 때 옷만 잠깐 빌려 입을 뿐이었다.

"음……."

그러나 오늘은 어쩐지, 방을 살펴보고 싶다는 충동이 들었다.

몸을 일으킨 여원은 옷을 잠시 침대에 놓아두고 천천히 걸음을 옮겼다. 베이지 그레이 실크 벽지와 녹색 이불이 깔린 침대를 둘러보고 있자니 과거로 돌아간 듯한 기분이 들었다.

여원은 가장 먼저 화장대 위를 확인했다. 반듯하게 줄지어 놓인 화장품 위에는 먼지 하나 쌓여 있지 않았다. 쿠션과 아이브로펜슬, 립 제품까지 모두 5년 전 자신이 사용하던 메이커였다. 자신이 사용하던…….

불현듯 어떤 사실을 깨달은 여원이 쿠션 하나를 집어 들었다. 조심스러운 손길로 뚜껑을 열어 보니 미개봉 상품이었다. 다른 화장품들도 마찬가지였다. 지나치듯 보았을 때는 그냥 그대로 둔 것이겠거니 하고 대수롭잖게 넘겼었는데, 메이커만 같을 뿐 전부 새것으로 바뀌어 있었다.

여원은 조금 멍해진 얼굴로 화장품을 내려놓았다. 그리고 곧장 책상 쪽으로 걸어갔다. 조금 전까지만 해도 그냥 가볍게 살펴보자는 생각이었는데, 지금은 샅샅이 확인하고 싶었다.

책장에 꽂힌 책이나 책상 위 물건들의 배치도 한 점 달라진 것이 없었다. 여전히 이 방은 과거의 한때에 머물러 있는데, 그녀만이 나이를 먹어 버린 것 같았다.

여원은 책상 서랍을 하나하나 열어 보았다.

첫 번째 서랍에는 잡동사니들이 들어 있었고, 두 번째 서랍에는 노트와 빨간색 다이어리 등이 들어 있었다. 그녀가 채무를 기록해 놓았던 다이어리였다.

다이어리를 열어 보자 빼곡한 기록이 나타났다. '211,400,000'으로 시작한 숫자는 페이지를 넘길수록 조금씩 줄어 갔다. 그 활자뿐인 기록을 보고 있으려니 미친 듯이 아등바등했던 기억들이 되살아났다. 지옥 같았지. 그녀는 중얼거리며 다이어리를 닫았다.

마지막으로 세 번째 서랍을 열어 보았다. 안에는 필름 카메라와 L자 파일 등이 들어 있었다. 열어 본 파일 사이에는 사진과 코팅된 종이가 한 장씩 끼워진 채였다.

코팅된 종이는 그녀가 이석의 사진을 보고 그렸던 스케치였다. 여원은 내가 이걸 코팅했었던가, 하고 고개를 갸웃거렸다. 5년 전 일이라 기억이 나지 않았지만, 아무리 봐도 대충 낙서 삼아 그린 그림인데 코팅까지 한 건 이상했다.

여원은 더 깊게 생각하지 않고 파일을 안에 다시 놓아둔 후 서랍을 닫았다. 다음 순간, 그녀의 손이 문득 멎었다. 반쯤 닫힌 틈 사이로 다홍색의 무언가를 발견한 까닭이었다. 어딘지 익숙한 것이었다.

여원은 다시 서랍을 열었다. 얕게 떨리는 손으로 필름 카메라를 살짝 옆으로 치우자, 뜯지 않은 상태의 다홍색 캔디가 드러났다. 그녀는 천천히 그것을 집어 들었다.

'소화제랑 네가 말한 거.'

'고마워요.'

'이게 뭔데 사 달래.'

'이거 약국에서만 팔잖아요. 안 먹어 봤어요? 진짜 맛있는데, 이거.'

언젠가 그와 함께 먹었던 캔디였다. 그때 이후 여원은 이 캔디를 구매한 적이 없었다. 그러니 누가 사다 놓은 것인지는 명확했다.

작은 침음이 새어 나왔다.

캔디를 쥔 손에 힘이 조금 들어갔다. 가슴이 울렁거렸다. 여원은 목 아래에서 무언가가 산란히 일어나는 것을 느끼며, 새삼스러운 눈으로 방 안을 둘러보았다. 정말이지 바뀐 것이 없는데, 정말 아무것도 바뀐 게…….

그는 이 텅 빈 방 안에서 자신을 기다렸던 것일까. 영영 떠나 버린 사람이 아니라— 그저 잠시 먼 곳을 들렀다가 오는 사람을 기다리기라도 하는 것처럼. 그렇게 자신을 기다렸던 것일까.

마치 자신이 잠시 여행이라도 다녀온 게 아닐까, 싶을 정도였다. 물론 아직 한 번도 가 본 적은 없었지만.

"여행……."

여원은 꿈꾸듯 눈을 감았다. 아, 그래. 자신은 그와 여행을 갈 것이다.

국내의 한적한 곳에서 며칠을 지루하게 헤아려 보고 싶었다. 내년에 기회가 된다면 해외에 가 보는 것도 좋겠지. 한 번도 나가 본 적 없으니까. 50년 후는, 뭐, 그때까지 그와 연이 닿는다면 정말 가 볼 수도 있을 테다.

당장 오늘은 그가 차려 준 아침을 먹을 계획이었다. 그리고 그와 영화를 틀어 놓은 채 아이스크림을 먹을 거고, 저녁에는 외식을 하러 나갈 것이다.

곧 다가오는 크리스마스이브에는 다영이를 만나서 근황을 전해 들을 수 있겠지. 케이크는 미리 예약해 놓아야겠다. 그리고 그전까진 그와 연말에 어디로 가서 무엇을 할지 하나하나 정해 보고 싶었…….

여기까지 생각한 여원은 불현듯 무언가를 깨달았다.

나, 목표가 많구나.

하고 싶은 것들이 많구나.

재취직 이후, 줄곧 그녀는 자신의 인생에 목표가 없어졌다고 생각했었다. 모든 고난과 역경들을 이겨 내고 나면 무언가 새로운 삶이 펼쳐질 줄 알았는데, 아니었다. 이게 고작이었다. 이게 내 삶의 최대인 것 같았고 더 나아갈 곳 없이 맴돌게만 될 것 같았다.

하지만 어쩐지, 꼭 목표가 먼 미래의 거대한 것에만 있지는 않다는 생각이 들었다.

나는 이미 아주 많은 삶의 의미를 가지고 있는 것이 아닐까. 이런 크고 작은 목표들을 하나하나 쌓아 나가다 보면 눈 깜짝할 새 생의 끝자락에 도달해 있지 않을까. 운이 좋다면 어떤 강렬한 열망을 만나게 될지도 모르고—

문득, 부엌에서 그녀를 부르는 목소리가 들려왔다. 시간을 너무 지체한 모양이었다. 여원은 서둘러 옷을 입고 방을 나섰다. 집 안에 도는 훈기에 괜히 마음이 들떴다. 그에게 가서, 언제 이 캔디를 사 놓은 것인지 물어볼 생각이었다.

그녀는 걸음을 조금 더 빨리했다.

어쨌거나 그때까지는 계속 삶을 걸어가야 했다. 수많은 목표와 의미를 찾아 나가며.

그리고 아마 당분간은, 이 목표들의 많은 부분에 그가 있을 것이다. 어쩌면 조금 더 긴 시간 동안.

어쩌면 오래도록.

또 어쩌면, 아주 오래도록.

아주, 아주, 오래도록.

외전 2

'누가, 널, 계획에 끼워 넣었다는 거야.'
너는 왜 항상 내 뜻대로 되지 않는 걸까. 너에 관한 문제에서 만큼은, 무엇 하나 내 마음대로 굴러가지 않아.
'이게 다 내 계획이라고? 네가 내 계획에 휩쓸렸다고? 내가 이따위 멍청한 짓으로 이루어진 계획을 짤 것 같아? 정말 이게 다 내 의도라면 이런 상황에까지 오지도 않았어! 너는! 너는 단 한 번도!'
휩쓸리듯 무작정 너를 사들이고. 방치하자고 생각했던 것이 무색하게 수많은 밤을 함께 보내고. 치워 버리겠다고 결심했던 것조차 어그러졌지.
'내 계획 속에, 있었던 적이 없는데…….'
그러니까 그 모든 건 결코 내 계획이 아니었는데. 너는 나를 실패하게 만들고, 내 모든 것을 배반하게 만든다.
하지만 이제는 그것조차 괜찮아. 내 모든 생을 부정하더라도 그게 너라면 괜찮다. 너를 내 삶에 들일 수 있다면, 나는 깊고 검은 물속에 기꺼이 나를 내던질 거야.

'나는 결국 당신에게 하나도 존중받지 못하는 거야.'

그런데 왜.

'내가 당신을 받아들이지 못하는 가장 큰 이유는…… 결국 그거예요.'

왜 너는 그런 말을 해.

내가 너를 존중한다면, 너는 네 뜻대로 나를 떠날 거잖아. 뒤돌아보지 않고 네 길을 걸어갈 거잖아. 그렇게 나는 홀로 남겨지겠지. 또다시 고독해지겠지.

그럼에도 불구하고 너를 존중해야 하는 걸까. 머리는 그럴 필요 따위 없다고 외치는데, 어째서 나는 네가 상처받는 모습을 보고 싶지 않은 걸까.

나는 어째서…….

'이런 상태인 채 억지로 가까워져 봤자, 평생 당신은 내게 가까운 타인으로 존재할 뿐이겠지.'

여원아.

나를 원망해도 좋아. 내게 소리를 지르고 욕을 해도 좋아. 악을 쓰고 뺨을 때리고 하다못해 내 목에 칼을 꽂아도 좋아.

'늘 지나가는 거리에 있는 건물이나, 전봇대나, 담벼락과 같은 익숙함으로…….'

다만 내게서 등 돌리지 않으면 안 될까.

'그걸 원해요?'

그러면 안 될까.

* * *

적요하던 집 안에 도어 벨이 울렸다. 소파에 드러누운 이석은 팔로 눈을 가린 채 꿈쩍도 하지 않았다. 한참 이어지던 소리가 이윽고 멎었다. 다시 적막이 내려앉았다.

쾅쾅!

누군가 문을 거칠게 두드렸다. 이석은 깊은 잠에 빠진 사람처럼 여전히 눈을 감고 있었다. 미동조차 없었다.

쾅쾅쾅!

쾅쾅쾅쾅쾅쾅쾅!

바깥에서 문을 부술 기세로 두드려 댔다. 이석은 신경질적으로 얼굴을 쓸어내리며 나직한 신음을 흘렸다. 속이 메스꺼웠.

방문자는 이내 문을 두드리는 것을 포기하고 디지털 키의 비밀번호를 누르기 시작했다. 띠띠띠, 차가운 기계음이 울렸다.

긴장해야 하는 상황이었다. 어떻게 이 집의 비밀번호를 아는 건지는 몰라도, 만약 저자가 이석과 적대 관계라면 정말 목숨이 위험할 수도 있었다. 그러잖아도 최근 비서며 경호며 죄다 물려 놓은 상태였다.

하지만 이석은 인상을 찡그린 채 가만히 누워 있기만 했다. 긴장하거나 대응할 의욕도 나지 않았다. 이 미칠 듯한 어지러움이 가라앉기만을 바랄 뿐이었다.

곧 도어 록이 풀렸다. 현관문이 열리며 발소리가 났다. 거침없이 걸음을 옮긴 침입자는 이석이 누워 있는 거실로 들어와 불을 켰다.

순식간에 시야가 환해졌다. 이석은 눈살을 찌푸리며 웅크리듯 고개를 돌렸다. 갑작스러운 빛에 수마와 술기운이 조금 달아나는 듯했다.

어느 정도 정신이 돌아오자, 그제야 이 집의 비밀번호를 알 만한 사람이 기억났다.

'아, 맞다. 어제 네 집 잘 빌렸다. 근데 그렇게 현관 비밀번호 막 알려 줘도 돼? 물론 난 믿을 만한 인간이지만.'

떠올려 내기 무섭게 걸걸한 목소리가 들려왔다.

"이러고 있을 줄 알았다, 이 븅신 새끼."

장호석은 혀를 차며 거실을 둘러보았다. 널찍한 테이블 위로 바닥난 위스키 병이 하나 굴러다녔고, 전면의 벽 앞에는 유리 조각들이 아무렇게나 흩어진 채였다. 아무래도 벽에 맞고 떨어진 유리컵의 잔해인 듯했다.

장호석이 황당하다는 듯 허, 숨을 뱉으며 이석을 돌아보았다.

"유리컵 던지기라도 했냐? 너 인마, 무슨 분노조절장애야?"

"……나가."

"나가긴 뭘 나가. 강 팀장, 거기서 뭘 그리 쭈뼛대고 있어. 빨랑 들어와."

장호석의 손짓에, 현관 근처에서 서성대던 강선영이 조심스레 들어왔다. 엄하기 그지없는 상사에게 불호령이라도 들을까 전전긍긍하는 눈치였다.

이석은 여전히 두 눈 위에 팔을 얹고 있었다. 장호석이 그 앞에 팔짱을 끼고 섰다.

"야."

"……."

"벌써 이 주째야. 천하의 장이석이 여자 하나 때문에 이 꼴인

게 말이 되냐? 정신 차려."

"……."

"아예 헤어지자고 한 것도 아니고, 그냥 시간을 좀 갖자고 했다며."

시간을 좀 갖자고……. 가물가물한 와중에도 이석은 조소를 내뱉을 뻔했다. 그래. 분명 그녀는 그렇게 말하기는 했었다. 그는 통화 너머로 잔잔히 전해져 오던 그녀의 목소리를 떠올렸다.

'내일, 오지 않았으면 좋겠어요.'

'내일모레도 오지 않았으면 좋겠어요.'

그 온건하고도 잔혹한 목소리…….

'우리에겐 시간이 필요해요. 4년의 공백 동안 비틀려 있던 감정들을, 제자리로 돌려놓을 시간이요.'

이석은 얼굴 위에 올려져 있던 팔을 내리며 가늘게 눈을 떴다. 시야로 조명 빛이 환하게 쏟아졌다. 눈부심 때문일까. 눈물이 날 것처럼 시큰거리는 감각이 눈가를 물들였다.

여원은 '겨울이 끝날 때까지'라고 말했다. 그러나 이석은 그녀가 정해 둔 기한이 실상 무의미하다는 것을 알았다. 이제 와선 다 의미 없는 일이었다.

"저어…… 이사님."

가까이 다가온 강선영이 머뭇머뭇 입을 열었다.

"갑작스레 찾아와서 정말 죄송합니다. 연락을 받질 않으셔서……. 다름 아니라 TF 진행 때문에 이사님의 승인이 필요한 건이 있습니다."

"휴가 냈잖아."

다 갈라진 목소리가 까칠한 입술 사이로 흘러나왔다. 강선영에겐 눈길도 주지 않은 채였다. 강선영은 가방에서 주섬주섬 태블릿을 꺼내며 최대한 공손하게 말했다.
"예. 그래도 꼭 확인해 주셔야 하는 일이라 잠깐만……."
"TF 김건욱 상무한테 넘길 거야."
"예?"
"미친놈아?"
강선영과 장호석이 동시에 되물어 왔다. 둘은 약속이라도 한 듯 서로 눈을 마주치더니, 다시 이석을 바라보았다. 장호석은 당혹스럽다는 듯 입가를 매만졌다.
"야, 너 진짜 왜 그래? 그 정도야?"
"이사님, 이런 말씀 드리기 외람되지만, 제가 신여원 씨를 한번 찾아뵙고 대화를 나누는 건 어떨지……."
"아, 어어. 그래그래, 강 팀장이 같은 여자니까 좀…… 그 마음을 잘 헤아려서……."
장호석은 스스로 말하면서도 확신이 없는지 말끝을 흐렸다. 그에 이석이 날카롭게 대꾸했다.
"하지 마."
"제가 여원 씨께 잘 말씀을 드려 보겠습니다."
"하지, 말라고."
이석은 씹어뱉듯 말했다. 두 번 말하게 하는 행태에 짜증이 올라왔다. 그녀와 자신의 일에 타인이 관여하는 꼴은 보고 싶지 않았다. 그리고 여원이 그런 걸 좋아할 리도 없었다.
그러자 장호석이 한심하다는 표정으로 입을 열었다.
"이것도 싫다, 저것도 싫다. 답지 않게 왜 이리 어렵게 사냐? 쉽게 쉽게 가, 좀. 대충 끌고 와서 약이라도 먹이면 지도 뭐 어쩌겠……."

 말이 채 끝나기도 전, 소파에서 벌떡 일어난 이석이 장호석의 멱살을 잡아 올렸다. 방금까지 죽은 듯 누워 있던 사람의 움직임이라고는 믿을 수 없을 정도로 기민했다.
 "윽!"
 "이, 이사님!"
 강선영이 놀라며 이석의 팔을 붙들었다. 순간 이석은 진심으로 눈앞의 이들에게 살인 충동을 느꼈다. 상대가 친형과 신임 있는 부하 직원이라는 사실은 별반 중요하지도 않았다.
 "야 이 새꺄, 미쳤어?"
 장호석이 헛웃음을 쳤다. 이석은 그에게 얼굴을 바짝 가까이 댄 채 으르렁거렸다.
 "여원이에 대해 그딴 식으로……."
 '네 빚은 네 빚이지, 여원아.'
 "여원이는."
 '오늘따라 왜 이렇게.'
 "그 여잔."
 '말이 많아……. 성가시잖아.'
 머릿속이 우그러졌다. 고통스러운 감각이었다. 핏줄이 돋아날 정도로 멱살을 꽉 쥐고 있던 손에서 스르륵 힘이 풀렸다.
 "그 여자한테…… 그래선 안 돼."
 이석이 멍하니 중얼거렸다. 목소리가 희미하게 떨리고 있었다. 그는 초점이 사라진 눈으로 한 걸음 물러나더니, 쓰러지듯 털썩 소파에 앉았다. 무거운 침묵이 흘렀다.
 장호석은 구겨진 옷을 탁탁 털고선 묘한 얼굴로 그를 내려다보았다. 이석은 한 손으로 얼굴을 감싸며 고개를 돌렸다.
"……제발, 여기서 나가……."

* * *

"결국 이건 보여 주지도 못했군요."
강선영은 맥 빠진 얼굴로 태블릿을 가방에 넣었다. 어쩐지 뒤에 '누구 때문에 쫓겨나는 바람에'라는 말이 빠진 듯했다. 담배 연기를 길게 내뱉은 장호석이 부루퉁하게 말했다.
"그래서 내 탓이라고?"
"그런 말은 안 했습니다."
"어쩔 거야, 강 팀장? 진짜 TF 김건욱이한테 넘길 거야? 아, 저 새끼 저러면 안 되는데. 비빌 언덕이었다고."
"제 의사가 반영되는 일은 아닌 것 같습니다. 제가 뭐 힘이 있겠냐마는 최대한 노력은 해 봐야죠."
장호석은 대충 고개를 끄덕였다. 담배를 아무리 빨아도 머릿속이 어수선했다. 그놈이 그런 말에 예민하게 굴 인성은 아닌데, 대체 얼마나 돌아 버린 건지. 정말 일반인 행세라도 하고 싶은 건가.
어릴 때부터 봐 온 놈이지만 이젠 도무지 종잡을 수가 없었다. 이럴 때면, 차라리 처음부터 이석이 그 여자를 만나지 말았어야 했다는 생각도 들었다.
"저, 그런데요."
잠시 머뭇거리던 강선영이 말문을 뗐다.
"괜찮으십니까?"

"뭐가?"

 "멱살 잡히신 거…….”

 "멱살? 어어, 괜찮아. 이리저리 많이 잡혀 봤어. 거의 뭐 공용이야."

 강선영은 이상한 눈으로 그를 바라보며 작게 말했다.

 "……말씀이 심하긴 하셨습니다."

 "이 바닥에서 무슨 그런 걸 따져? 에이, 쌍. 동생이란 새끼는 여자 때문에 형 멱살이나 잡고 말이야."

 "두 분은 참 안 어울리는데, 이상하게 사이가 좋아 보이십니다."

 "이게 좋아 보이냐? 나 여기, 셔츠 구겨진 거 안 보여?"

 장호석이 황당하다는 듯 제 셔츠를 집어 팔락거려 보였다. 강선영은 거기엔 눈길도 주지 않고 대꾸했다.

 "서로 끌어내리려 해를 가하지는 않으니까요."

 "그러면 사이가 좋은 거라니, 이 집안도 참 어떻게 되어 먹은 건지."

 장호석은 헛웃음을 내뱉으며 담배를 물었다. 잠시 침묵이 흘렀다. 차고 건조한 겨울바람에 담배 연기가 쓸려 나갔다. 바람결을 따라 얼어붙은 잿빛 풀이 바스락거리는 소리를 냈다.

 "어릴 때 말이야."

 허공 어디쯤을 응시하던 장호석이 문득 입을 열었다.

 "그 애한테 부탁을 하나 받은 적이 있었어."

 장호석의 목소리는 답지 않게 가라앉아 있었다. 강선영은 조금 숨을 죽인 채 이어질 말을 기다렸다. '그 애'가 누굴 말하는 것인지는 어렵지 않게 알 수 있었다.

"손희정이 막내아들 데리고 유명한 정신과 의사들을 찾아다 닌다는 건, 뭐 모르는 사람이 없었지. 그래서 나는 걔가 진짜 또라이 새낀 줄 알고 만나는 게 좀 무서웠어. 막 사이코패스 이런 건 줄 알고. 그때는 뭐 나도 열다섯인가, 여섯인가 그랬으니까."
 "······."
 "그리고 어디 모임에서였나, 처음으로 걜 만났거든? 별다른 거 없더라고. 진짜 그냥, 별다른 거 없었어. 그때도 영 싸가지가 없고 애닮지 않긴 했는데…… 그래 봤자 초등학생이었지."
 강선영은 초등학생 시절의 이석을 떠올려 보았다. ······도무지 잘 그려지지 않았다.
 "근데 그날, 어쩌다 우연히 손희정이 걔 어깨를 붙잡고 막 뭐라고 하는 걸 보게 됐어. 그놈이 무슨 말실수를 했나 봐. 20년도 더 된 일이라 무슨 말을 했는지는 잘 기억이 안 나는데, 내가 보기엔 진짜 별것도 아니었거든. 애잖아. 뇌 안 거치고 말 좀 튀어나올 수도 있지."
 "사모님이 크게 혼내셨습니까?"
 "정확히 말하면 혼냈다기보다는…… 상태에 차도가 없다고, 병원을 옮겨야겠다는 식으로 말했던가. 완전히 이상한 놈 취급을 하더라고. 진짜 별말도 아니었던 거 같은데. 나까지 정신이 이상해지는 기분이더라. 그래서······."
 장호석은 스읍, 하고 연기를 들이켜며 잠시 뜸을 들였다.
 "······그래서 슬쩍 껴서 걔 편을 좀 들어 줬거든? 애가 좀 그럴 수도 있지, 왜 그렇게 말을 하시냐고. 애들은 원래 다 그런 거 아니냐고. 뭐, 손희정 씨한텐 껴들지 말고 가라고 혼이나 났지만."
 "그때나 지금이나 오지랖이 심하셨군요."
 "그런 편이지. 근데 모임 거의 끝날 때쯤에, 걔가 몰래 화장실로 날 따라왔더라고. 그러고선 하는 말이 뭔 줄 아냐?"
 조용히 말할 때마다 입 안에서 회색 연기가 조금씩 흘러나와 흩어졌다.
 "형, 나를 데려가 줄 수 있어?"
 "……."
 "그러더라고, 걔가."
 "어디……로요?"
 "글쎄. 우리 집이었겠지. 자기 집이 아닌 곳은 다 괜찮았을지도 모르고."
 강선영이 눈을 조금 크게 떴다. 죽기 전에는 미쳐서 그랬다지만, 원래 손희정은 막내아들을 상당히 아꼈다고 들었다. 그녀에게 유일하게 온전히 주어진 자식이 장이석이었으니까.
 손희정이 아들의 치료에 백방으로 노력을 기울인 것도 애정이 있기 때문이라고 생각했었다. 그런데 되레 그게 독이었던 걸까. '온전히 주어진'이라는 전제부터가 독이었던 걸까.
 애정을 쏟을 곳이 단 하나뿐이라는 건 증오를 쏟을 곳도 단 하나뿐이라는 것과 같다. 그리고 그런 종류의 애정이나 사랑은 꽤 자주, 그리고 극단적으로 얼굴을 바꾼다.
 "그 전까지 걔랑 나랑 대화도 해 본 적 없었어. 이런 집안에서 배다른 형제는, 뭐 남보다 못한 사이잖아? 믿었다가는 제대로 뒤통수 맞는다고. 암만 어렸다지만 걔도 분명 그 사실을 알았을 거야. 근데 그거를 나한테 말했다는 거는."

말이 끊어졌다. 짧은 침묵의 간격에는 여러 복잡한 감정들이 녹아나 있었다. 타들어 가는 담배 끝을 잠시 바라보던 장호석은 이내 말을 돌렸다.

"……뭐, 아무튼. 내가 뭘 할 수 있겠냐? 그땐 나도 열다섯인가 여섯인가 그랬는데. 그냥 괜히 마음에 걸려서 종종 안부나 묻고 좀 챙겨 주는 게 다였지. 그때부터 그냥저냥 나름 잘 지냈어. 야망도 별 능력도 없는 내가 이 자리를 얻을 수 있었던 건 어떻게 보면 그놈 덕분이고."

별안간 듣게 된 상사의 과거사에 강선영은 복잡한 기분이 되었다. 이석을 동정하는 건 결코 아니었다. 동정할 만한 인간도 못 됐고, 자신이 감히 동정할 만한 위치도 아니었다.

이 바닥엔 그것보다 더 비참하고 불우한 상황에 놓였던 인간들이 차고 넘쳤다. 권력 다툼 끝에 조용히 제거당한 이들도 많았고. 과거야 어찌 됐든 회장의 신임을 얻어 승승장구한 장이석은 그들에 비해 아주 양호하고 성공적인 케이스였다.

다만…… 조금 어울리지 않을 뿐이었다. 얼마든 자신을 죽일 가능성이 있는 형에게, 나를 데려가 줄 수 있느냐고 묻는 그의 모습이.

"원래도 애답진 않았다만, 커 가면서 영 얼음장 같은 놈이 됐다니까. 쟤가 덩치만 컸지, 정신머리는 존나 애야, 애. 지 마음이나 감정에 드럽게 무디거든. 그러니까 강 팀장, 마음 상해 말고……. 저 새끼한테 오춘기가 왔다고 생각하고 좀 기다려 줘."

"사춘기의 사는 숫자가 아니라 생각을 뜻하는 한자어인데요."

"……아, 근데 강 팀장이 그 여자 만나서 얘기해 보겠다는 건 진심이었나? 난 진심이었는데."

"저도 진심이었습니다."

장호석은 떨어뜨린 담배를 발로 비벼 끄며 짧게 혀를 찼다.

"일단 지금은 가만히 있고, 적당히 눈치 보다가 나중에 상황 봐서 찾아가 봐. 그 여자 착해 빠져 보이니까 적당히 구슬리면 넘어올 거야."

"알겠습니다. 어차피 이러나저러나 모가진데, 상황이 나아지지 않으면 찾아가 보는 게 나을 것 같습니다."

"근데 강 팀장도 상사 닮아서 좀, 융통성 없고 딱딱하잖아. 괜히 잘못 말해서 그 여자한테 미움이나 사는 거 아니야? 미리 대본이라도 써 가."

"……충고 감사합니다."

장호석이 피식 웃으며 손을 내저어 보였다. 강선영은 막막하다는 듯 짧게 한숨을 내쉬었다. 문득 고시원 앞에서 스치듯 보았던 신여원의 얼굴이 떠올랐다. 유약하고 선한 인상이었던 걸로 기억했다.

상사가 저렇게 된 것이 그 여자의 잘못은 아니지만, 어쨌든 모두 그 여자 때문이었다. 그녀를 만난다면 어디서부터 어떻게 말을 해야 할지 감이 잘 잡히지 않았다.

'정말 대본이라도 써 가야 하나.'

생각을 거듭할수록 한숨이 깊어졌다.

* * *

장호석과 강선영이 나간 후로도 한참, 이석은 한 손에 얼굴을 묻은 채 앉아 있었다. 이젠 진저리 나게 익숙해진 아픔이 가슴을 메웠다. 고독은 그림자의 그림자, 또 그 그림자의 그림자가 되어 그의 발밑을 계속해서 맴돌았다.
 그래선 안 됐는데.
 그래서는 안 됐는데.
 그 여자한테, 그래서는 안 됐는데.
 장호석에게 했던 말은 실상 그 자신을 향한 것에 가까웠다. 왜 그랬을까, 하는 미련한 물음조차 나오지 않았다. 그저 그래서는 안 됐다는 중얼거림만이 잔설처럼 남아 있을 뿐이었다.
 끝나지 않는 길을 걷고 있다.
 그녀를 상처 입혔던 과거들이, 길의 모퉁이마다 앙상한 나무처럼 서 있었다.
 어쩌면 이렇게 멍청한 새끼가 다 있을까. 스스로의 어리석음에 웃음이 나올 지경이었다. 이석은 손바닥으로 뺨과 입가를 거칠게 문질렀다.
 그녀가 보고 싶었다. 그녀를 찾아가 얼굴을 마주하고 어떻게든 다시 매달려 보고 싶었다. 한 번만 뒤돌아 달라고. 한 번만 나를 봐 달라고. 냉랭해도 좋고 원망에 찬 목소리라도 좋으니 내 이름을 불러 달라고.
 하지만 그럴 수 없었다. 도저히, 그럴 수가…….
 '나는 결국 당신에게 하나도 존중받지 못하는 거야.'
 여원의 상처 입은 얼굴이 망막에 찍힌 듯 선명했다. 늘 그런 식이었다. 자신은 어떻게서든 그녀에게 상처를 주고 말았다. 원인은 자명했다. 제 존재 자체가 문제였다.
 한때는, 그녀의 아픔 따위 상관없다고 생각했었다. 자꾸만 거기에 휘둘리려는 자신이 싫어 되레 더욱 스스로를 얽매고 조였다. 그러나 이제는 아니었다. 사실 그때도 아니었다. 언제나, 아니었다.
 이석은 처참한 심정으로 뇌까렸다.
 나는 네가 상처받는 것을 보고 싶지 않아.
 네가 우는 것도 보고 싶지 않아.
 그런 너를 볼 때마다 마음이 힘들었던 이유는, 내가 함께 아팠기 때문이야. 너로 인해 힘든 내가 싫었다. 너로 인해 아픈 내가 싫었다.
 왜일까.
 이 마음이 뭘까.

* * *

 이른 저녁부터 겨울비가 내렸다.
 이석은 시동이 꺼진 차 안에 앉아, 앞 유리 너머로 침침한 거리를 바라보았다.
 차가운 비안개가 헐벗은 나무 꼭대기들을 감싸고 있었다. 도롯가를 따라 이어진 가로등 불빛은 비에 흐려져 부옇게 보였다. 차창 유리를 질금질금 기어 내려가던 물방울이 다른 물방울과 합쳐져 툭 미끄러졌다.
 좁은 거리는 인적이 드물었다. 불규칙하게 깔린 보도블록을 한참 응시하던 그는 옆 차창으로 시선을 돌렸다. 작은 아파트 단지 안이 보였다.
 그녀가 새로 이사 간 아파트는 낡고 허름했다. 벽면은 칠이 벗겨져 있었고, 놀이터는 타이어와 철봉만 듬성듬성 놓인 빈터에 가까웠으며, 단지 내 조경도 미감이라곤 없었다.

겉으로만 보기에도 이런데, 안은 보지 않아도 뻔했다. 고시원보다는 훨씬 낫다지만 그가 보기엔 여전히 쓰레기 같은 건물이었다. 그럼에도 그녀는 자신의 곁에 있는 것보다, 이런 곳에서 사는 게 낫다고 생각하는 거겠지.

문득 자괴감이 밀려와 이석은 주먹을 꽉 쥐었다가 펴기를 반복했다.

이래서는 안 된다는 것을 알면서도— 정말 마지막이라는 생각으로 무작정 차를 몰았다. 잘 지내는지, 괜찮은지만 확인하고 싶었다. 감히 알은체를 하거나 말을 걸 생각은 없었다.

여원은 자신을 찾아오지 말라고 했으나, 그녀의 눈앞에만 나타나지 않으면 괜찮지 않을까 싶어서…….

"……젠장."

이석은 주먹 쥔 손으로 핸들을 내리쳤다. 다 이기적인 변명이라는 걸 알았다. 하지만 정말 죽을 것 같았다. 그녀가 자신을 떠났다는 사실, 그리고 제가 그녀를 떠나야만 한다는 사실을 받아들이는 게 죽을 것처럼 괴로웠다.

그는 고개를 숙여 주먹 위에 이마를 기댔다. 불안정한 호흡이 얼굴 아래로 번져 나갔다.

빗줄기는 점점 굵어졌다. 시간이 흐르고 어둠이 내려앉을수록 인적도 점점 드물어졌다. 해골 같은 달빛이 얼어붙은 거리를 스산하게 비추었다.

이석은 지나가는 사람 하나하나를 눈여겨보았으나 번번이 허탕이었다. 어쩌면 그녀는 오늘 종일 집에만 있을지도 몰랐다. 비가 오고, 시간이 늦었으니까.

그러나 이석은 기다릴 작정이었다. 밤을 지새워야 한대도 상관없었다. 정말 잠깐이라도 좋으니까, 스쳐 지나가는 얼굴 한 자락이라도 좋으니까…….

문득, 그의 시선이 뚝 멎었다. 저 너머를 응시하던 동공이 희미하게 흔들렸다.

어둑한 사위, 길 끄트머리에서 빨간색 우산을 쓴 여자가 걸어오고 있었다. 이석은 곧장 그 우산을 알아차렸다. 이전 몇 개월 동안 비가 오는 날마다 익숙하게 보아 온 우산이었다.

그녀였다.

이석은 숨 쉬는 법조차 잊은 사람처럼 굳은 채 앞을 바라보았다. 얼굴은 우산에 반쯤 가려져 잘 보이지 않았지만, 전체적인 실루엣만으로도 그녀임을 확신할 수 있었다.

불안인지 긴장인지 감격인지 모를 감정으로 가슴이 세차게 뛰었다. 그녀는 점점 이쪽으로 다가왔다. 차창에 선팅이 되어 있는 데다, 시야가 우산에 가려져 그를 인지하지 못하는 듯했다.

여원은 핸드폰을 귀에 가져다 댄 채 누군가와 통화를 하고 있었다. 한 걸음, 두 걸음, 계속해서 가까워지며 점차 얼굴이 드러났다. 차 옆에 거의 다가와서야 이석은 그녀의 얼굴을 제대로 볼 수 있었다.

어깨선에 닿는 머리카락. 희고 갸름한 얼굴. 색이 조금 옅은 머리카락과 작은 코. 휘어진 눈매. 무어라 말하며 움직이는 입술……. 빗소리와 함께 맑은 웃음소리가 한 겹 유리되어 전해졌다.

그녀는 웃고 있었다.

일순간, 세상이 멈춘 듯도 했다.

창 하나를 두고 여원은 그를 스쳐 지나갔다. 이석은 멍해진 얼굴로 상체를 틀어, 멀어지는 그녀의 뒷모습을 한참 좇았다. 그러나 어느새 조금 거세진 빗줄기가 차창을 흐려서 제대로 보이지 않았다. 빨간 우산의 색감만이 어릿어릿했다.

시간이 느리게 흘러갔다. 차체를 두드리는 묵직한 빗소리에 감금된 것 같았다.

이석은 반쯤 넋을 놓은 채, 저도 모르게 차 문을 열어젖혔다. 머리 위로 빗줄기가 쏟아졌다.

그는 문을 다시 닫을 생각조차 하지 못하고 걷기 시작했다. 걸음은 빨라졌다가, 느려졌다가, 다시 조금 빨라졌다. 옷이 축축하게 젖어 들어갔다.

그는 대중없이 비칠비칠 걸었다. 내내 어둠 속에 갇혀 있다가 눈 부신 태양을 마주한 사람처럼 정신을 차릴 수가 없었다. 그 감각은 환희보다는 괴로움과 닮아 있었다.

여원아.

여원아.

여원아.

나 한 번만 봐 주면 안 될까.

내게서 등 돌리지 않으면 안 될까.

네 입에서 나오는 무슨 말이라도 달게 들을 수 있으니까, 제발, 신여원…….

차마 내뱉지 못하는 말들이 목 안에서 덩어리처럼 뭉쳐졌다. 답답한 감각에 숨조차 쉬기가 힘들었다. 그는 가슴을 쥐어뜯어 버리고 싶은 충동을 느꼈다.

여원의 뒷모습이 점점 더 멀어졌다. 이석은 그녀를 따라잡아 돌려세운 후, 가까이서 눈을 마주치고 싶었다. 사실 얼마든지 그럴 수 있었다. 그러나 그는 무의식중에 자꾸만 멈추어 서기를 반복했다. 머리로는 그녀 앞에 나타나선 안 된다는 것을 알았기 때문이었다.

그러니까, 머리로는 아는데.

젖은 옷감 아래로 차가운 한기가 고스란히 스며들었다. 희끄무레한 시야는 초점이 제대로 잡히지 않았다.

이윽고 여원은 아파트 동 입구에 도착해 짧은 계단을 올랐다. 문 앞에서 빨간 우산이 접히고, 그녀의 모습은 건물 안으로 사라졌다. 창백한 정경만이 유령처럼 남았다.

길 한가운데서 이석은 완전히 멈추어 섰다.

차가운 빗방울이 이마로, 눈가로, 뺨으로 흘러내렸다. 온몸이 희미하게 떨려 왔지만, 추위 때문인지 다른 무엇 때문인지는 알 수 없었다. 그의 입이 무어라 말할 듯 천천히 벌어졌다가 다시 다물렸다.

이석은 그 입구를 하염없이 바라보았다. 찰나 스쳐 지나간 그녀의 웃는 얼굴이 계속해서 눈앞에 어른거렸다. 그는 눈을 감았다. 빗방울이 속눈썹을 타고 뺨 위로 주륵 흘러내렸다. 허탈한 웃음이 나왔다.

너는 내가 없어도 잘 살고 있구나. 내가 없어도 괜찮구나. 웃을 수 있구나. 홀로 걸어갈 수 있구나. 아니, 오히려 내가 없어서…….

그녀는 행복해 보였다.

명료한 결론이었다.

어쩌면, 그거면 된 것일지도 몰랐다. 파리하게 질린 입술이 움찔거렸다. 이석은 세뇌하듯 또다시 생각했다.
그거면 된 것일지도 몰랐다.

* * *

이석은 서재 안으로 들어섰다. 한동안 걸음 하지 않았던 터라 내부 공기는 싸늘했지만, 되레 그 찬 기운이 달가웠다.
겨울비를 맞은 이후 그는 며칠을 꼬박 앓았다. 약도 먹지 않고 스스로를 방치해 둔 탓에, 여전히 온몸이 뜨거웠다. 지금도 완전하게 제정신은 아니었다.
앓는 내내 온종일 그녀의 이름을 불렀던 것도 같다.
돌아선 등 뒤에서, 닿지 않는 손을 뻗는 꿈을 꾸었던 것도 같다.
자신은 하염없이 그 뒷모습을 따라갔던 것도 같다.
그러나 눈을 뜨고 본 천장은 홀로 남은 현실이었다.
이석은 종이를 한 장 꺼내 들고 비틀비틀 책상 의자에 앉았다. 백지 위로 펜촉이 망설임 없이 닿았다. 그는 유산에 관한 유언장을 작성하기 시작했다.
사업체를 제외한 합법적인 재산을 모두 그녀에게 넘긴다는 내용이었다. 거침없이 전문을 적어 내려간 그는 아래쪽에 날짜와 주소, 성명을 자서하고 사인까지 마쳤다.
여원이 없던 지난 4년을 버틸 수 있었던 이유는 끝이 보였기 때문이었다. 언젠가 이 기나긴 시간이 끝나면, 다시 그녀를 찾아가 만나리라는 기대가 있었기 때문에.

하지만 결국은 그조차 무의미해졌다.

지난 며칠, 열감으로 가물가물한 와중에도 여원의 웃는 얼굴은 끊임없이 떠올라 그를 괴롭혔다. 눈을 감아도 수마에 빠져도 마찬가지였다. 마치 눈꺼풀 안에 박제되기라도 한 것 같았다.

다시 만난 이후, 그녀가 자신 앞에서 그렇게 티 없이 웃은 적이 있었던가. 대부분이 아프고 상처 입은 모습들이었다. 그나마 볼 수 있던 것은 찰나의 짧은 미소뿐.

그의 옆에서는 결코 행복해질 수 없다는 사실을 직시하라는 듯이…….

자신의 존재 자체가 여원에겐 상처였다. 정말 그녀를 존중하고, 그녀의 행복을 바란다면 이만 놓아주는 것이 맞았다. 하지만 이석은 여원 없이 살아갈 삶이 도무지 그려지지 않았다. 살아갈 일말의 자신조차 없었다.

이석은 펜을 쥔 손에 힘을 준 채 한참 숨을 몰아쉬었다. 폐가 짓눌린 것처럼 아팠다.

'*겨울이 끝나고 봄이 오면, 아무것도 아니었다고 느끼게 될 거예요.*'

아니야.

아무것도 아닐 수가 없어.

끝나지 않는 길 위의 계절은 끝나지 않는 겨울이었다. 영원히, 이렇게 살아야 할 것이다. 지독한 절망과 고독에 휩싸여 생을 자책하며 살아갈 것이다. 이러한 삶이 정말로 죽음보다 나은가.

'*당장 오늘이 힘들어서 죽고 싶은 게 아니에요. 내일보다, 그*

리고 그다음 날보다— 차라리 오늘이 낫다고 생각하기 때문이죠.'

교도소 안에서 죽음을 생각했을 때, 너도 이런 기분이었을까. 이런 끔찍한 마음이었을까.

무의식적으로 여원의 말을 떠올리던 이석은, 문득 이 말이 어디에서 나왔는지 생각했다. 그녀가 왜 이 말을 했더라. 어디에서, 무슨 이유로 그렇게 말했더라.

'하지만 지금은요……, 그때 죽지 않길 다행이라고 생각해요.'
'언니한테도 이 말을 해 주고 싶은데…….'
'그런데 이젠 말해 줄 수가 없어서…….'
아.

입술이 벌어졌다. 거의 놓고 있던 정신이 조금이나마 돌아왔다. 흐릿한 시선으로 제가 쓴 유언장을 내려다보던 이석은 이내 자조했다. 힘없는 웃음소리가 새어 나왔다.

그래. 김소희의 장례식이었다. 그때 여원은 그 여자의 죽음에 큰 상처를 입었다.

어쩌면 그녀는 그의 죽음에 대해 자책할지도 몰랐다. 선량한 여자니까. 자신이 이별을 고했기 때문에 죽음을 택했다고 생각할 수도 있다.

그렇다면 이 또한 그녀에게 상처가 될 테지. 자신의 죽음은 그녀에게 가해가 될 것이다. 언제나 그러했듯이. 언제나, 자신이 그녀를 아프게 했듯이. 이석은 그런 상황을 원하지 않았다.

유언장이 손아귀 안에서 처참히 구겨졌다. 진공 포장 된 비닐 안에 꼼짝없이 갇힌 기분이었다. 살지도 죽지도 못하다니, 이 얼마나 빌어먹을 생인지.

이석은 눈을 감고 긴 숨을 뱉었다. 그리고 머릿속으로 그녀의 얼굴을 상세히 그려 보았다. 미소 짓는 얼굴을. 행복한 얼굴을. 그의 앞에서 상처투성이가 된 모습이 아니라…….

네가 웃는 모습이 보고 싶다.

사실 언제나 그랬던 거야.

그럴 수만 있다면, 이런 가시투성이 삶이라도 나는 껴안을 수 있어.

이 마음이 뭘까.

나는 망가져 버린 것 같아.

* * *

"무슨 생각 해요? 영화 재미없어요?"

조곤조곤한 목소리에 상념이 깨졌다. 노트북 화면 어디쯤에 시선을 두고 있던 이석은 정신을 차리고 고개를 돌렸다. 여원이 동그랗게 눈을 뜬 채 그를 올려다보고 있었다. 맞닿는 고동색 눈이 순했다.

몇 초간 잠자코 있던 그가 입을 열었다.

"네가…… 나 찾아오기 전이랑, 찾아왔을 때 생각."

"찾아왔을 때? 언제?"

영화에서 총성이 두 번 울렸다. 이석은 그녀의 머리카락을 귀 뒤로 넘겨 주며 대답했다.

"왜, 병원으로 찾아왔을 때 있잖아."

"아아."

기억났다는 듯 고개를 끄덕이던 여원이 갑자기 웃음을 터트렸다.

"내가 당신 버렸다고 울었을 때."

"……꼭 그렇게 기억을 해야 해?"

"솔직히 말해 봐요. 강선영 씨한테 나 찾아가서 꼬셔 보라고 시켰죠?"

"아니야."

"진짜로?"

"찾아가서 말해 보겠다는 거, 나는 하지 말라고 했어."

진실을 가늠하듯 여원이 눈을 가늘게 떴다. 그 표정이 괜히 사랑스러워서 이석은 그녀의 눈가에 입을 맞추었다. 여원은 한쪽 눈을 감고 어깨를 움츠리며 물었다.

"당신은 왜 하지 말라고 했어요?"

"네가 싫어할 것 같아서."

"맞아요. 싫었어, 사실."

"싫은데도 날 찾아와 줘서 고마워."

이석이 그녀의 살갗 위에서 중얼거렸다.

"나 다시 받아 준 것도 고맙고."

눈가 주변을 스치는 입술 사이로 조용한 목소리가 흘러나왔다.

"이렇게 계속 내 옆에 있어 줘서……."

조금 목멘 소리였다. 과거 생각을 했더니, 괜히 또다시 속이 울렁거리며 불안해진 탓이었다. 이석은 그 불안감을 떨쳐 버리기 위해 그녀의 어깨를 슬며시 감싸 안았다.

가녀린 어깨가 그의 커다란 손에 넉넉히 잡혔다. 조금 서늘한 체온인 저와 달리 품 안에 들어온 그녀는 따끈하고 말랑했다. 그래도 한번 진정을 잃은 가슴은 여전히 술렁거렸다.

이석의 불안을 아는지 모르는지, 여원이 가벼운 투로 말했다.

"고마우면 잘해요, 나한테."

"어떻게 더 잘할까, 나."

그의 말에 여원이 웃으며 고개를 저었다.

"그냥 한 소리예요."

"네 이상형이…… 되려고 노력했었는데, 그건 도저히 못 하겠더라고. 미안."

"응?"

뜬금없는 소리에 그녀가 눈을 깜빡거렸다. 이석은 무표정한 얼굴로 설명했다.

"예전에 네가 그랬잖아. 풋풋하고 귀엽고 상큼한 사람이 이상형이라며."

"……내가?"

여원은 스페이스 바를 눌러 영화를 잠시 멈추어 놓고선, 기억해 내려는 듯 눈알을 이리저리 굴렸다. 도무지 기억이 나지 않는다는 얼굴이었다.

자신은 지금껏 계속 그 말을 신경 쓰고 있었는데, 정작 본인은 기억도 하지 못하고 있었다니. 이석은 조금 불만스러운 목소리로 말했다.

"네가 이다영이 그래서 좋다면서, 그게 네 이상형이라고 했었어."

"어…… 그랬던 것 같기도……. 아니, 그걸 또 왜 기억하고 있어요."

"네 말인데 왜 기억을 못 해. 거기에 맞추려고 나는, 내 나름대로 노력했는데, 물론 잘되진 않았지만, 그런데 너는 기억조차…….."

"미, 미안. 그건 그냥 한 소리였죠. 그렇게 진지하게 받아들일 줄 몰랐지."

"말로만 미안해?"

별것 아닌 일인데 당황하는 게 귀여워서 이석은 괜히 툴툴거렸다. 사실 여원이 뭐 그런 쓸데없는 걸 신경 쓰고 있냐며 되레 그를 핀잔준대도, 이석은 아무 말도 못 할 터였다. 네 말이 다 옳고 내가 잘못됐다고 수긍이나 하겠지.

그런데 그녀가 미안한 기색을 보이니 놀려 주고 싶은 못된 마음이 들면서도, 한편으론 마음이 간질거렸다.

"말로만 안 하면 뭘 해요?"

"뭘 해 줄래?"

그가 일부러 그런다는 사실을 알아차린 여원이 그의 팔뚝을 아프지 않게 때렸다. 애써 퉁명스러움을 가장해도 눈가에 그득한 웃음기를 숨길 수 없는 모양이었다.

"뭐라도 해, 빨리."

"뭘 하래 자꾸."

잠깐 고민하던 여원이 상체를 약간 일으켰다. 엎드린 채 반쯤 누워 그녀를 껴안고 있던 이석은 얼떨결에 팔을 풀어 주었다. 위로 올라와 그와 눈높이를 맞춘 여원이, 그의 뺨에 짧게 입을 맞추었다.

"이거면 됐어요?"

약간 쑥스러운 듯 미소 짓는 얼굴이 시야에 들어찼다. 이석은 잠시 굳은 채 그녀를 응시하다가, 이내 한숨처럼 웃으며 다시 꽉 끌어안았다.

"……충분해."

어떻게 이렇게 착하고 귀여운 여자가 다 있지. 나 같은 새끼가 이런 사람이랑 이러고 있어도 되는 건가.

입가가 자꾸만 풀어지고 맞닿은 가슴은 요동을 쳤다. 그녀를 안은 손이 덜덜 떨려 올 지경이었다. 좋아 죽는다는 게 무엇인지 이 순간 그는 완벽하게 이해할 수 있었다.

이석은 애써 목소리와 표정을 가다듬으며 툭 내뱉었다.

"그런데 왜 소리가 안 나?"

"소리?"

여원이 어이없다는 듯 한참 웃더니 다시 뺨에 입술을 가져다 댔다. 쪽, 하는 소리와 함께 입술이 닿았다가 떨어졌다.

"됐어요, 이제?"

"너무 짧잖아."

그가 또 툴툴댔다. 여원은 잠시 그를 노려보고선, 다시 뺨에 길게 입술을 눌렀다가 떼어 냈다.

"됐지?"

"왜 입술이 아니고 볼이야."

"아까는 충분하다면서, 요구 사항이 왜 자꾸 많아져?"

"생각이 바뀌었어."

중얼거린 이석이 곧장 그녀의 입술을 삼켰다. 여원은 흡, 하고 숨을 들이키며 반사적으로 고개를 살짝 뺐다. 그러자 그가 그녀의 뒤통수를 한 손으로 받친 채 깊숙이 키스해 왔다.

압박감에 여원의 입술이 벌어졌다. 이석은 고개를 모로 기울여 그 사이로 파고들었다. 그녀는 쓰러지지 않기 위해 그의 팔을 붙들었다.

입맞춤은 순식간에 농밀해졌다. 젖은 살점이 뒤엉키고 빨리며 춥춥거리는 소리가 났다. 여원은 입 안이 통째로 그에게 잡아먹히는 기분을 느꼈다. 정말 말 그대로, 잡아먹을 듯한 키스였다. 순식간에 정신이 몽롱해졌다.

호흡이 점점 버거워졌다. 여원은 숨을 헐떡이며 그를 살짝 밀어냈다.

잠깐 입술이 떨어졌다. 하아, 하고 내뱉는 숨이 뜨겁게 섞였다. 그 온도에 얼굴이 녹아내릴 것만 같았다. 여원은 파르르 떨리는 눈꺼풀을 들어 올렸다.

지척에서 시선이 그물처럼 얽혔다. 그의 눈에서 만지면 델 듯 열렬한 욕정이 고스란히 전해졌다. 평소 금욕적이던 얼굴은 완전히 흐트러진 채였다. 여원은 낯을 조금 붉히며 눈을 피했다.

재회 후 처음 몸을 섞은 이래로 벌써 반년이 지났다. 그런데도 그와의 섹스는 좀체 익숙해지지 않았다. 그는 너무 거대했고 언제나 버거웠다. 하지만 이 낯섦이 비단 육체적인 문제만은 아니었다.

관계 때마다 여원은 조심스러웠고, 이석은 불안해하고 또 갈급해했다. 그 불안을 채우기 위해 이따금 거칠어질 때도 있었다. 원래도 그는 관계에서 온화한 편이 아니었지만…….

옛날에도, 지금도, 마음을 온전히 열지 못한 상태에서 하는 섹스엔 기묘한 삐걱거림이 있었다.

물론 관계의 쾌감 자체는 더할 나위 없이 좋았다. 그녀로서는 따라갈 수가 없어 허덕거릴 정도였다. 그러니까 이건 정확히 잡아챌 수 없는 위화감이었다. 구태여 찾으려 들지 않는다면 문제 될 것 없이 지나갈 수도 있는— 그러한 종류였다.

여원은 숨을 몰아쉬며 그의 팔을 붙들고 있던 손을 슬며시 떼어 냈다. 이석이 부드럽게 그녀의 턱을 잡아 올렸다. 또다시 눈이 마주쳤다. 그의 검은 눈동자 안에서 무어라 형용할 수 없는 감정이 일렁거렸다.

각도가 어긋나 끝이 우그러진 모서리…….

간신히 호흡을 진정시키기가 무섭게, 이석은 그녀의 턱을 잡은 채 다시 입 맞춰 왔다. 몰아붙이듯 키스가 한 차례 이어졌다. 그는 젖은 입술을 약하게 빨아 당기고선 아래로 고개를 내렸다.

"흑."

밑에서부터 밀어 올리듯 가슴을 쥐어 오는 손길에, 여원은 얕게 신음을 흘렸다. 그는 그녀의 목덜미를 잘근잘근 깨물다 고개를 들었다. 그리고 약간 떨리는 손으로 티셔츠를 들추었다.

옷감 밑으로 하얀 맨살이 드러났다. 둥그렇게 살진 가슴을 홀린 듯 내려다보며, 이석은 그녀의 허벅지를 붙잡아 벌렸다. 격렬한 키스로 힘이 풀린 다리는 쉽게 벌어졌다. 그는 속옷 안으로 손을 밀어 넣어 감쌌다.

"따뜻해……."

이석은 떨리는 숨을 내쉬었다. 전해져 오는 습한 기운에, 그의 하체가 아플 정도로 빳빳해졌다. 손가락을 움직이자 그녀에게서 흐느끼는 신음이 흘러나왔다.

그는 침을 삼켰다. 당장에라도 제 몸을 밀어 넣고 싶은 마음이 굴뚝같았지만, 아직 여원은 충분히 준비가 되지 않은 상태였다. 그녀는 매번 그를 받아 내기 힘들어했고, 제대로 풀어 주지 않으면 아파할 때가 많았다.

이석은 부드럽게 그녀를 자극하기 시작했다. 서로 다른 체온이 마찰을 일으켰다. 여원이 헉, 하고 숨을 들이켜며 그의 팔뚝을 붙잡았다.

"잠, 잠깐만……."

그러나 이석은 멈추지 않았다. 그녀의 입이 벌어지며 다리가 파르르 떨렸다.

"흑, 너무, 아……!"

"너무, 뭐?"

이석은 쉰 목소리로 속삭이듯 물었다. 자극은 점점 거세어졌다. 그는 그녀의 가슴에 키스한 후 조금 더 힘을 주었다. 단단하고 굵다란 팔뚝에 힘줄이 올라왔다.

둔탁한 무게가 가해지자 쾌감이 훅 솟았다. 오래 가지 못해 여원은 가벼운 절정에 올랐다. 손끝 발끝을 부들부들 떨던 그녀가 이윽고 축 늘어졌다.

이석은 발개진 얼굴로 헐떡거리는 얼굴을 집요하게 응시했다. 떨리는 눈꺼풀, 풀린 동공, 달아오른 뺨, 하얀 치아 사이로 보이는 혀, 가쁘게 새어 나오는 숨소리…… 그 모든 것이 더없이 야릇했다.

시간이 조금 지난 후에야 여원은 약간이나마 정신을 차릴 수 있었다. 숨을 몰아쉬던 그녀의 흐릿한 시야에, 문득 쓸쓸하게 남겨진 노트북 화면이 들어왔다. 그녀는 반쯤 넋을 놓은 채 무의식적으로 중얼거렸다.

"영화…… 다 못 봤는데."

"······지금 영화 생각이 나?"

바로 다음 순간, 아래에 머물러 있던 손가락이 다시금 쑥 움직였다. 빠듯하게 느껴지는 압박감에 여원이 짧은 비명을 내지르며 허리를 들썩였다. 이어 그녀가 웅얼웅얼 변명처럼 말했다.

"아니, 그냥 보이기에······ 응!"

이석은 그녀 쪽으로 낮게 기울이고 있던 상체를 바로 세웠다. 손의 움직임이 빨라질수록, 벌어진 무릎의 각도도 점점 느슨해졌다. 그의 목울대가 위아래로 크게 울렁였다.

"아······ 웃, 이, 이석, 흑······."

가느다란 신음이 그렇게 예쁠 수가 없었다. 견디기 힘들 때면 절박한 듯 그의 이름을 부르는 것도 만족스러웠다.

여원이 정신을 못 차리는 사이에 이석은 그녀의 옷과 속옷을 벗기고 자신도 티셔츠를 벗어 던졌다. 근육으로 빈틈없이 짜인 상체가 드러났다.

그는 바지를 벗을 여유조차 없이 지퍼만 내려 제 것을 꺼냈다. 여원은 흐릿한 눈으로 그를 내려다보았다. 그녀는 긴장한 채 숨을 몰아쉬며 말했다.

"코, 콘돔······."

순간 이석이 희미하게 미간을 좁혔다. 그는 이내 표정을 지워 내고 빠르게 콘돔을 낀 후 그녀의 다리 사이에 자리를 잡았다. 콘돔은 당연히 낄 생각이었지만, 그녀가 아직 그걸 챙길 정신이 있다는 게 마음에 들지 않았다.

그는 여원이 다른 생각은 하지 못하게 만들고 싶었다. 오직 그에게만, 현재의 쾌락에만 집중하도록 만들고 싶었다. 혹여라도 자신을 버릴 생각 따위는 하지도 못하게.

상시의 일상에서는 그게 불가능했다. 여원에게는 그녀의 삶이 있었고, 그 모든 부분에 그가 포함될 수는 없었다. 이석은 자신이 부재하는 삶의 부분에서 그녀가 다른 마음을 품을까 봐 늘 두려웠다.

이를테면 다른 새끼와 눈이 맞는다든가, 음지의 일을 했던 남자와는 함께하고 싶지 않다는 생각을 새삼 했다든가…….

"아!"

하체가 거칠게 맞부딪쳤다. 짤막한 비명을 내지르며 고개를 젖힌 여원이 바들바들 떨었다. 몸이 반으로 쪼개진 것만 같았다.

이석은 천천히 허리를 물리며 엄지로 그녀의 뺨을 쓸었다. 미안하다는 얼굴이었다. 방금 건 정말로 백 프로 의도한 게 아니었다.

"괜찮아?"

"괜찮……겠냐고."

여원이 흐느끼듯 중얼거렸다. 그는 낮게 웃고선 다시 천천히 자신을 밀어 넣었다.

"미안해. 조절을, 하, 제대로 못 했어."

변명하는 목소리와 표정이 짐짓 다정하면서도, 움직임에는 자비가 없었다. 애초에 조절할 생각조차 없는 듯했다. 여원은 할딱거리며 끊어지는 목소리로 말했다.

"아, 조, 조금만, 아! 천천히……!"

이석은 웃는 얼굴로 그녀의 뺨에 달라붙은 머리카락들을 치워 주었다. 조르는 듯한 목소리가 사랑스러웠다.

그는 허리를 움직이며 그녀의 왼손을 맞잡아 깍지를 꼈다. 그리고 약지에 끼워진 반지에 입을 맞추었다. 작년 생일에 그가 선물했던 것이었다. 손가락 사이사이로 숨결이 스며들었다.

도저히 견디기 힘든 자극에, 여원은 눈을 질끈 감은 채 시트를 쥐었다. 그가 밀려올 때마다 몸 전체가 두 갈래로 열리는 기분이었다. 참아 보려고 해도 자꾸만 교성이 터져 나왔다.

"여원아, 나 봐야지……."

감은 눈 위에서 이석이 신음하듯 말했다. 그는 그녀의 턱을 잡아 고개를 다시 정면으로 돌리게 했다. 여원이 살짝 눈을 떴다. 떨리는 시선으로 그를 올려다보자 그가 이마에 입을 맞추었다.

이석은 그녀가 제게서 시선을 피하는 걸 싫어했다. 부끄럽거나 힘에 겨워 눈을 돌릴라치면 자신을 볼 것을 요구하곤 했다. 그는 상당히 집요한 구석이 있었다.

다른 자세로 할 때도 마찬가지였다. 이석은 고집스럽게 그녀의 고개를 제게로 돌리게 했고, 그녀가 고개를 가누지 못할 정도로 힘들어하면 몸을 홱 뒤집어 버렸다. 마치 여원이 가벼운 솜인형이라도 되는 것처럼.

그렇게 가까이서 그와 눈을 마주하고 있노라면, 여원은 제 속의 깊은 곳까지 꿰뚫리는 듯한 기분이 들었다.

이석이 거칠게 움직였다. 여원은 침대와 거대한 몸 사이에 꼼짝없이 갇혀 그를 받아 냈다. 시야가 위아래로 흔들리는 중에, 그의 검은 눈동자만이 망막에 찍힌 것처럼 선명했다.

"여원아."

이마, 눈가, 콧잔등, 뺨에 키스가 소나기처럼 퍼부어졌다. 자잘한 입맞춤 사이사이로 그는 계속해서 그녀의 이름을 불렀다.

"윽, 여원아……."

이석의 목소리는 잔뜩 갈라져 나왔고 또 간절하게 들렸다. 너무도 간절하게 들려서, 그가 마치 무릎을 꿇은 채 떨어지는 이슬을 기다리는 목마른 사람처럼 보였다.
"사랑해…… 응? 신여원……."
여원은 제 이름이 아주 고귀한 무엇이라도 되는 듯한 착각이 들었다. 쾌감이 지나쳐 머리가 어질어질했다. 입 밖으로 뱉어지는 신음이 제 것 같지 않았다.
언젠가부터 그는 사랑한다는 말을 했다. 잠자리에서뿐 아니라 일상생활에서도 자주 그 말을 했다. 그럴 때마다 그녀는 기분이 몹시 이상해졌다. 사랑이 무엇인가 하는 의문도 들었다.
여원은 정신을 붙잡으려고 애쓰며 그를 바라보았다. 무어라 설명할 수 없이 짙고, 깊고, 격렬한 눈동자가 그녀를 오롯이 담고 있었다.
가슴이 쿵쿵 소리를 내며 떨렸다. 이 떨림이 육체의 쾌락 때문인 건지 다른 무엇 때문인 건지 헷갈렸다.
그는 파도처럼 계속해서 몰아쳤다. 숨이 턱 막힐 정도의 질량감에 여원은 다시 초점을 놓쳤다. 눈앞이 희게 점멸했다가 선명해지기를 수없이 반복했다.
긴 밤이었다.

* * *

이석이 한 번에 몸을 밀어 올렸다. 여원은 완전히 힘이 빠진 몸을 바르작댔다. 그는 그녀의 귓가에 입술을 붙인 채 쉰 목소리로 속삭였다.

"하, 여원아…… 힘 좀 풀어."

힘이란 힘은 그가 모조리 다 빼놓고선, 기가 막힌 소리였다. 여원은 두 손으로 그를 밀어내려 했지만 단단한 몸은 꿈쩍도 하지 않았다. 오히려 이석은 그 가소로운 반항이 귀엽다는 듯 낮은 웃음을 흘릴 뿐이었다.

그는 침대 밖에서는 다 져 주면서, 잠자리에서만큼은 져 줄 듯 결코 져 주지 않았다. 여원은 이걸 좋아해야 할지 싫어해야 할지 알 수가 없었다.

긴 숨을 내뱉은 이석이 다시 그녀를 몰아붙이기 시작했다. 여원의 부은 입술 사이에서 흡사 우는 소리가 흘러나왔다.

그는 계속해서 허리를 움직이며 고개를 들었다. 제 아래에서 달아오른 얼굴을 뜯어보듯 응시했다. 흐물흐물 풀어진 채 뺨을 붉힌 낯이 미친 듯이 예뻤고, 내뱉는 더운 숨은 손에 잡힐 듯 선명했다. 혼자 욕구를 풀 때도 그는 늘 이 얼굴과 호흡의 열기를 상상하며 했다.

여원은 제대로 눈조차 뜨지 못하고 정신없이 신음했다. 그가 거침없이 몸을 밀어넣을 때마다 목구멍까지 턱턱 틀어막히는 느낌이었다. 정신이 천천히 마비되어 갔다. 이석의 숨도 점점 거칠어졌다.

이윽고 여원은 고개를 뒤틀다가 경련하듯 몸을 떨었다. 하체부터 아랫배를 타고 뇌간까지 짜릿함이 치솟았다. 피가 밑으로 쓸려 내려갔다가 다시 올라오는 듯한 감각이었다.

제대로 인지할 새도 없이 눈꼬리에 눈물이 맺히더니, 관자놀이를 타고 주룩 흘러내렸다. 미칠 듯한 감각에 여원은 소리 내어 흐느꼈다. 아랫배에 바짝 힘이 들어가고 턱이 덜덜 떨렸다.

"후……. 윽."

이석은 힘겨운 신음을 토해 냈다. 한계를 넘은 자극에 등줄기가 오싹했다. 그가 더욱 속력을 높이자 견디지 못한 여원이 몸을 뒤틀었다. 지나친 쾌락은 고통과 닮아 있었다.

그칠 듯하던 눈물이 또다시 쏟아져 나왔다. 이석은 발간 눈시울에 연거푸 입을 맞추며, 그녀의 양 허벅지를 단단히 붙들고 움직였다. 그는 여원이 우는 것보다 웃는 게 좋았지만— 이럴 때는 예외였다.

지금 너는 무슨 생각을 해.

내 생각만 하면 안 될까.

그게 안 된다면, 그냥 네가 아무 생각도 하지 않았으면 좋겠어. 쾌락과 정염에 휩쓸려 아무 생각도 하지 않았으면…….

그래서 섹스가 좋다. 적어도 이때만큼은 네게 나밖에 없는 것 같아서. 사실 네 삶 전체가 그랬으면 좋겠는데, 그건 안 되니까. 나와 달리 네겐 나보다 중요한 것들이 얼마든지 있으니까.

그러니 마음 같아서는 영원히 이 순간에 갇혀 있고 싶다.

세상에 둘만 남은 것처럼.

내게 너 하나뿐이고 네게 나 하나뿐인 것처럼.

이석은 자꾸만 솟아오르는 가학적인 생각들을 애써 갈무리했다. 감추고 연기하며 살려고 해도 쓰레기 같은 본성은 완전히 숨길 수가 없었다. 그는 꾹 내리누른 본심을 몸으로 표출하는 것으로 대신했다.

제발, 제발, 여원이 흐느끼듯 말했다. 무엇을 애원하는 것인지 그녀 자신조차 알지 못했다. 힘 빠진 몸을 몰아붙이던 이석이 목 안쪽에서 끓어오르듯 신음했다. 흥분감이 등줄기를 내달렸다.

　죽는다면 이 순간이 좋을 것 같았다.

　홀로 죽는 것보다는, 그녀와 온전히 한 몸이 되어 흔들리다 죽어 버린다면 좋을 텐데.

　마지막으로 거세게 치받은 이석의 움직임이 뚝 멈추었다. 반죽처럼 부풀어 오르는 듯한 쾌감에 목울대가 떨렸다. 그 순간에도 그는 그녀의 얼굴에서 시선을 떼지 않았다.

　여원은 눈을 내리깐 채 발개진 얼굴로 혁혁대고 있었다. 풀린 눈은 그를 보고 있지 않았다. 그 아스라한 모습은 언제든 먼 곳으로 떠날 사람처럼 보이기도 했다. 제 바로 아래에 있고, 이렇게 결합 되어 있는데도 그랬다.

　이석은 느릿하게 허리를 물리는 것과 동시에 그녀를 꽉 껴안은 채 키스했다. 할딱거리는 소리가 입 안으로 삼켜 들어갔다. 여원은 숨이 모자란지 그의 어깨를 두드렸지만, 그가 비키지 않자 이내 포기하고 받아들였다.

　부드러운 살이 손아귀 아래에서 뭉개졌다. 이석은 그녀의 혀를 얽고 빨아 당겼다. 열기로 한껏 달아오른 숨이 뒤섞였다. 야릇한 감각에 중심부가 또다시 뻐근해져 왔다.

　다시 손을 아래로 내리자, 그녀가 날카로운 숨을 들이켰다. 이석은 뒤로 젖혀져 팽팽해진 목에 입을 맞추었다. 흰 목에 돋은 푸릇한 핏줄마저도 야하게 느껴졌다.

　여원은 그의 양 볼을 잡고 밀어냈다. 아직 눈물이 마르지 않아 젖어 있는 눈이 그를 바라보았다.

　"당신, 웃, 아침에 약……속 있잖아."

　"여원아, 너 너무 예뻐."

"아니 내일⋯⋯!"

그녀가 흐느끼듯 긴 신음을 냈다. 이석은 언제 정사를 끝냈었냐는 듯 다시 그녀를 자극하며, 젖은 콘돔을 벗겨 내고 새것을 가져왔다.

여원은 꼼짝도 하지 못하고 숨만 몰아쉬었다. 반쯤 가물가물한 중에, 책장 위에 올려 둔 유리병이 문득 눈에 들어왔다. 그와 바닷가에 갔을 때 주운 조개들을 담은 병이었다. 귓가에 파도 소리가 들리는 듯한 착각이 일었다.

그리고 또다시 파도가 밀려왔다.

* * *

오전 5시 50분. 옆에서 잠든 여원을 고려해 평소보다 현저히 작은 알람 소리였지만, 언제나처럼 이석은 칼 같은 시간에 눈을 떴다. 그는 곧장 알람을 끄고 조용히 몸을 일으켰다.

토요일이었지만 오전부터 일이 있었다. 그녀는 주말마다 느지막이 일어나는 편이었다. 보통 그들은 평일엔 각자 집에서, 금요일이나 주말에는 서로의 집에서 함께 시간을 보내곤 했다.

이석은 옛날처럼 아예 한집에서 살고 싶었지만 그녀가 거절했다. 일정 이상을 허용하지 않는 최소한의 선이었다. 그는 그것이 못내 마음에 들지 않았으나 그녀의 뜻에 반할 수는 없었다.

바닥에 다 쓴 콘돔이 몇 개 굴러다녔다. 이석은 그것들을 주워 쓰레기통에 버린 후, 여전히 수마에 빠져 있는 여원을 바라보았다. 그녀는 피임에 굉장히 민감했다.

이석도 여원이 원하지 않는다면 아이를 가질 마음은 없었다. 물론 처음에는 혹 아이를 가진다면 어쩔 수 없이 그와 평생 살게 되지 않을까, 하는 생각을 하기도 했었다.

그는 여원이 자신을 받아 준 이유에 외로움이 있다는 걸 알았다. 만일 임신한다면 그녀는 결코 그 아이를 외면하지 못할 것이다. 다만 네 가지 문제가 있었다. 무려 네 가지나.

첫 번째는 우선 그녀가 원하지 않는다는 것.

두 번째는 아이라는 '진짜' 혈육이 생긴 여원이 그를 떠날 수도 있다는 것…… 물론 어디까지나 조금 극단적인 가정이었지만, 가능성이 없지는 않았다.

이석은 빈말로라도 훌륭하고 존경할 만한 아버지 감이 아니었다. 아이에게 좋지 않은 영향을 끼칠 거라며, 아이만 데리고 훌쩍 떠나 버릴지도 몰랐다. 그녀는 얼마든 혼자서도 씩씩하게 아이를 잘 키워 낼 여자였다.

세 번째는 혹시 모를 위험성이었다. 아무리 의료 기술이 발달했대도 출산 중 사망하는 여성은 있었다. 또 임신 및 출산 시 여러 질환을 얻게 되고, 그게 평생 가는 경우도 부지기수였다. 이석은 그녀의 몸이 상하는 것을 원하지 않았다.

'……이런 생각 하는 거 알면 싫어하려나.'

이석은 괜히 잠든 여원의 눈치를 보았다. 아이를 아이 자체로 생각하지 않고, 제 옆에 묶어 둘 도구 혹은 방해물로 여기며 그 가능성이나 재는 게 비정상이라는 사실은 그도 알았다.

하지만 모든 경우의 수를 생각하지 않을 수가 없었다. 조금이라도 흐트러지면 이 관계도 끝이 나리라. 모든 가능성을 열어 두어야 했다. 그리하여 계속해서 그녀가 그의 곁에 머물도록,

계속해서 그녀의 가장 가까운 사람이 그가 되도록…….
 이석은 침대 끄트머리에 걸터앉아, 그녀의 벗은 어깨에 조심스레 입을 맞추며 네 번째 이유를 생각했다.
 네 번째. 그는 정석적인 루트를 상당히 중요시했다. 그러니까 그의 정론에 따르면 임신은 결혼 이후에 이루어져야 하는 일이었다. 하지만 그들은 아직 결혼하지 않았다.
 실제로 이석은 그녀와 법적 관계로 묶일 필요성이 크다고 판단했고, 얼마 전에 꽤 거창하게 청혼했었다.
 그리고 차였다.

* * *

 그러니까 솔직히 말하자면, 이석은 내심 승낙을 기대했었다. 그 나름대로의 관찰과 추측에 의하면 그녀는 가족을 만들고 싶어 했다. 그리고 현재로서 그녀의 가족이 될 만한 이는, 아이를 낳지 않는 한 그뿐이었다.
 물론 여원은 그를 사랑하지 않았다. 또 반드시 그와 일생을 함께하고 싶어 하는 것도 아니었다. 이석도 그것을 알았다.
 다만 그는 결혼이 꼭 사랑으로 묶여야만 하는 건 아니라고 생각했다. 자신의 부모가 그러했고, 주변의 수많은 부부가 그러하듯이. 애정과 기본적인 의무 정도만 있으면 결혼 생활은 얼마든 유지될 수 있었다. 그리고 이석은 적어도 그녀가, 제게 그 정도의 애정은 있으리라고 여겼다.
 결혼을 하나 하지 않으나 여원의 삶은 이전과 크게 달라질 바가 없을 터였다. 단지 그들이 한집에서 매일 함께하고, 법적으로 묶이며, 사망 시 유산의 1순위 상속자가 된다는 것 정도였다.

이석은 그녀가 구태여 청혼을 거절할 이유가 없다고 확신했다. 그는 몇천만 원을 호가하는 반지를 샀고, 제 소유의 호텔 스카이라운지를 통째로 비웠다. 그리고 그곳에서 청혼했다.

'여원아, 나랑…… 결혼해 줘.'

정석대로라면 한쪽 무릎만 꿇어야 했지만, 그는 평생 그녀에게 죄인이었으므로 그냥 양 무릎을 다 꿇었다. 이렇게 하면 좀 더 처량해 보여서라도 받아 주지 않을까 하는 그 나름대로의 생각이었다. 그리고 의자에 앉아 있는 여원의 앞에서 반지 케이스를 열어 보였다.

이석은 그녀를 설득하기 위해, 위에서 언급했던 것들을 그 자리에서도 줄줄 읊었다.

'우리는 지금처럼 지내면 되는 거야. 다만 매일 한집에서 함께할 뿐이지. 지금 같은 관계로는 내가 내일 갑자기 죽는대도 너는 재산을 제대로 상속받지 못할 위험성이 커. 유언장의 진위 여부가 확인되지 못할 수도 있고, 공동 상속인들 간에 상속 분쟁이 일어날 수도 있고……. 하지만 배우자는 1순위 상속 대상이니까 유류분 청구 소송이 들어와도 더 안전하겠지.'

여원의 표정이 조금 이상했지만, 이석은 그녀가 놀랐기 때문이라고 여겼다.

'너 하고 싶은 거 다 하면서 살아도 돼. 일하고 싶으면 일하고, 집에 있고 싶으면 있고, 뭐 배우고 싶은 거 있으면 다 배우고, 여행 가고 싶으면…… 대신 너무 긴 여행은 안 돼. 그리고 나랑 같이 가. 너는 부부로서의 기본적인 의무만 해 주면 돼.'

부부로서의 의무란 간통을 저지르지 않는 것을 뜻했지만, 이석은 프러포즈에서 거기까지 말하지 않을 정도의 정신머리는 있었다.

'네게 아주 유리한 제안일 거야.'

그 멘트를 끝으로 기나긴 침묵이 있었다. 조용히 무언가를 생각하던 여원이 그에게 물었다.

'그럼 나에게 유리한 이 제안……에서, 당신이 얻는 건 뭔데요?'

그녀가 이런 걸 물을 줄은 몰랐기에, 이석은 잠시 대답을 지체했다. 보통 이런 제안에서 상대가 얻을 것을 챙기던가?

생각해 보면 그 자신도 그러고 있었지만, 뭐, 이건 어디까지나 사랑이라는 감정이 있기에 가능한 것이었다. 하지만 여원이 그를 챙길 이유는 없어 보였다.

'나는 너를 얻잖아.'

'……'

'그거면 돼, 나는.'

이석은 그렇게 대답했다. 한 치의 거짓도 없는 진심이었다. 여원은 그런 진실하고 간절한 마음을 아는지 모르는지, 대답에 한참 뜸을 들였다.

대답을 기다리는 억겁 같은 시간 동안— 이석은 제 심장이 이렇게 뛰다간 죽을 수도 있겠다고 생각했다.

그리고 마침내 그녀가 입을 열었다.

***

'미안해요. 난 아직 결혼 생각이 없어서…….'

당시를 회상하던 이석이 음울한 눈으로 여원을 내려다보았다. 그의 청혼을 깔끔하게 거절한 그녀는 일말의 미련조차 없어 보였다.

뭐가 문제였을까. '아직' 생각이 없는 거라면 역시 너무 일렀던 건가? 하지만 얼마나 더 함께해야 결혼이라는 관계가 성립될 수 있을지 감이 잡히지 않았다. 그들이 알아 온 세월이 무려 10년에 가까웠다.

……물론 그 세월이 다 좋았던 건 아니고 그중 4년은 떨어져 지냈지만, 어쨌든 간에.

이석은 낮게 한숨을 내쉬었다. 결혼이란 건 어디까지나 법적 테두리를 두르는 일일 뿐이다. 여원이 일생 그의 곁에 있어 준다면, 구태여 결혼 따위 하지 않아도 상관없었다. 그게 아니어서 문제였지.

그들이 결혼을 하게 된다면— 아마 미래를 함께할 확률이 더 높아질 것이다. 이석은 그것이 중요했다. 여원의 본성상 그녀는 결혼 생활에 성실히 임해 줄 테고, 그의 사전에 이혼이란 없었다.

그러니까 이석에게는 그녀의 거절이, 단순히 '결혼'에 대한 거절이 아니라 그와 일생을 함께하고 싶지 않다는 뜻으로 비추어졌다.

그래도…… 희망이 없는 건 아니었다. 그녀는 이전보다 그에게 마음을 많이 열었고, 쉬는 날이면 서로의 집에서 머무는 것이 당연해졌다. 늦은 시간엔 집에도 못 들어오게 하던 때에 비하면 엄청난 발전이었다.

이석은 이불을 끌어안은 채 잠든 그녀의 옆얼굴을 한참 바라보았다. 보는 것만으로 가슴이 빠듯해지는 기분이었다. 그는 이내 아쉬운 듯 시선을 떼어 내며 침대에서 일어섰다.

운동을 나갈 채비를 하고 드레스 룸에서 나오자, 여원이 이불 속에서 꿈지럭거리며 휴대폰을 보고 있었다. 그녀가 고개만 빼꼼히 내밀어 그를 바라보았다. 이석은 수건을 하나 집어 들며 침대 근처로 걸어갔다.
"나 때문에 깼어? 조용히 한다고 했는데."
"아뇨, 목말라서……."
"누워 있어. 떠 올게."
목에 수건을 두른 이석이 부엌으로 걸어 나갔다. 그는 유리컵에 찬물을 담아 와 그녀에게 건넸다. 여원은 부스스 일어나 고맙다는 듯 미소 지어 보이고선 물을 들이켰다.
"꿈을 하나 꿨는데."
"……응."
젖은 채 오물거리는 입술이 외설적으로 느껴졌다. 간밤의 기억과 감각이 아직도 생생했다. 여원은 물컵을 꼭 쥐고 반쯤 멍하니 말했다.
"내가 당신 찾아간 날 말이에요, 어제 말했던. 그때 꿈을 꿨어요."
"뭐, 내가 울었던 거?"
여원이 까르륵 웃으며 고개를 저었다.
"아뇨, 꿈속에선 안 울더라구. 그래서 안 받아 줬어요, 꿈속에서는."
그땐 정말이지 전혀 의도한 게 아니었다. 맹세코 그전까지 이석은 기억이 있는 이래 울어 본 적이 없었다. 그녀와 4년간 떨어져 지내고, 재회 이후 다시 헤어졌을 때도 죽을 생각을 했을지언정 울지는 않았다.

그런데, 영영 끝이리라 생각했던 그녀가 제 손을 힘주어 잡는 순간— 그냥 눈물이 흘러나왔다. 사실 처음에는 자신이 울고 있다는 자각조차 하지 못했었다. 턱 끝에서 무언가가 자꾸 떨어지기에 뺨을 한 번 쓸어 보니 손에 물기가 묻어 있었다. 얼마나 황당하고 허탈하던지.

이석은 제가 울었다는 사실이 좀 어색하던 차였는데, 여원의 말을 듣고 나니 그때 운 게 천만다행이었다. 그는 진심으로 중얼거렸다.

"꿈속의 나는 불쌍하군."

"이제 와 말하자면, 그때 당신이 울어서 받아 줬던 거 같아요. 너무 놀라서……. 몰랐는데 나 남자 눈물에 약한가 봐."

그런 거라면 이석은 연기 학원까지 다닐 의향이 있었다. 하지만 자신 한정이 아닌, 남자 눈물 자체에 약하다는 건 좀 문제의 소지가 있지 않나. 그는 조금 불퉁하게 말했다.

"딴 놈이 울어도 받아 줄 만큼?"

"아이, 그건 아니죠."

침대 옆 테이블에 물컵을 내려놓은 여원이 빙긋 웃으며 두 팔을 뻗었다. 이석은 자연스레 상체를 숙였다. 그녀는 그의 뺨을 감싸 제 쪽으로 끌어당기고선 입술에 짧게 입을 맞추었다.

"운동 잘 다녀와요."

마음이 녹아내리듯 뭉근하게 풀어졌다. 잠도 덜 깬 채 웃어 주는 얼굴이 예뻤다. 그는 괜히 속으로 투덜거렸다. 입은 왜 맞춰 주는 거야, 청혼은 거절해 놓고……. 정말이지 이 여자는 사람 마음을 들었다 놨다 했다.

이석은 뺨을 쥔 그녀의 손 위에 제 손을 올려놓고, 고개를 살짝 틀어 손바닥에 키스했다.

"사랑해."

"……."

"다녀올게. 더 자."

* * *

사람이 북적거리는 도롯가 입구에서 이석은 차를 세웠다. 주변을 둘러보자, 저쪽에서 키가 훌쩍 큰 여자가 걸어오고 있었다. 이다영이었다. 웬만한 남자보다도 커서 멀리서도 보였다.

거리가 가까워지자, 이다영의 옆에 선 여원의 모습이 그제야 인파 사이로 드러났다. 무슨 말을 나누는지 둘이서 즐거운 듯 깔깔거렸다.

오늘 늦게까지 이다영과 밖에서 놀 것 같다기에, 일이 끝나자마자 근처로 데리러 온 참이었다. 이석은 그녀가 늦게 들어올 때면 꼭 자차를 끌고 가곤 했다. 여원은 그냥 버스나 택시를 타도 된다고 했지만 제 마음이 편치 않았다.

"오빠 오랜만이에요!"

이다영이 차 뒷문을 열어젖히며 쾌활하게 외쳤다. 아무래도 꽤 마신 듯했다. 이석은 백미러로 뒤를 보며 여원에게 물었다.

"쟤 취했어?"

"음, 좀?"

"넌?"

"난 멀쩡하고. 데리러 와 줘서 고마워요."

"사람이 많아서 안쪽까지는 못 들어가겠더라."

"괜찮아요, 괜찮아— 나는 괜찮습니다."

대답한 건 이다영이었다. 이다영은 히죽히죽 웃더니 돌연 근엄한 얼굴이 되어 외쳤다.

"자, 우리를 위해 여기까지 와 주신 장이석 님께 박수!"

이다영의 박수 소리가 차 안을 요란하게 채웠다. 여원이 따라서 박수를 쳤다.

"……치지 마."

이다영만 보면 골치가 아팠다. 술을 워낙 좋아하는 터라, 여원이 저 앨 만날 때면 꼭 마지막 루트가 술집인 것도 마음에 들지 않았다. 그나마 클럽까지는 안 데리고 가서 다행이라고 해야 할지. 완전히 정반대의 성향인 둘이 지금까지도 잘 지내고 있는 게 신기했다.

"아, 근데 오빠. 오늘 대박인 일 있었어요. 우리 2차 간 데가 좀, 막 핫플이었거든? 거기서 어떤 놈이 언니한테 몇 살이냐고 물어보면서 막 치근덕거리는 거예요."

혀 꼬인 말을 흘려들으며 핸들을 돌리던 이석의 미간이 꿈틀했다. 여원이 '야, 뭘 또 그런 걸 말해' 하며 이다영을 말렸지만 취한 사람 입은 터진 둑이었다.

"그래서 내가 선수 쳐서 그쪽은 몇 살이냐고 물었더니, 스물 하나라는 거야! 스물하나! 언니는 삼십 댄데! 조오오온나 연하남! 얼굴이 삭아서 몰랐지!"

이다영이 배를 잡고 웃어 댔다. 반대로 이석의 표정은 한 꺼풀 두 꺼풀 시시각각 가라앉았다.

"개웃겨서 놀려 주려고, 언니는 스물넷이라고 구라 쳤거든요? 근데 진짜 믿더라고. 막 누나 누나거리면서 은근슬쩍 합석하려 드는데, 아하하하!"

일반 술집에서도 합석을 한다고? 핸들을 쥔 그의 손아귀에 힘이 들어갔다. 그는 싸구려 술집엔 가 본 일이 없었다. 그렇게 남자 새끼들이 껄떡대는 분위기라면 춤만 안 춘다 뿐이지 클럽이랑 다를 게 뭔가.

"아…… 아오, 웃었더니 배 아퍼. 언니가 겁나 동안이긴 해? 아, 오빠 걱정 마요. 우리 합석 안 했어요. 나도 남친 있거든? 그리고 이 언니 완전 철벽이야. 언니는 아닌 척―하면서 오빠밖에 없다니까?"

그 순간 이석은 백미러에 시선을 주었다. 여원도 고개를 돌려 백미러를 통해 그를 바라보았다. 당황한 표정이었다. 아주 잠시 정적이 흘렀다. 그녀와 눈이 마주친 짧은 몇 초 사이, 이석은 온갖 생각이 들었다.

이다영이 취해서 헛소리를 하는 건가? 아니면…… 여원이 자신에 대해서 무슨 좋은 말을 했나? 괜한 소리겠거니 싶으면서도 자꾸만 입가가 허물어지려고 했다.

"얘가 미쳤어. 쓸데없는 소리 말고 너 잠이나 자."

여원이 서둘러 이다영의 입을 막았다. 그러나 이다영은 손을 떼어 내며 푸하, 하는 소리를 내더니 코웃음을 쳤다.

"이 언니가 왜 이래? 나도 남친 있어. 얼굴은 좀 이석 오빠한테 딸려도 아주 젠틀하고 상냥한…… 김강현 그 개 같은 새끼랑은 저언혀어 다른……."

"알았어, 알았어."

"아니, 안 믿네? 기다려 봐. 내가…… 내가 확인을 시켜 주지."

급기야 이다영은 휴대폰을 꺼내더니 전화를 걸기 시작했다. 여원은 말리는 걸 포기했는지 시트에 등을 기대고 편하게 앉았다. 신호음이 가고 얼마 지나지 않아 상대가 전화를 받았다.

"자기야! 자기 내 남친이지?"

이다영이 다짜고짜 내질렀다. 이석의 눈가가 미세하게 동요했다. 상대가 무어라 대답하자 이다영은 잠시 시무룩해지더니, 다시 해맑게 대화를 이어 나갔다.

적색 신호등에 차가 멈추어 섰다. 그사이 여원은 앞 좌석 쪽으로 고개를 내밀며 이석에게 물었다.

"다영이 집 어딘지 알죠?"

"저기 로터리 아니야?"

"맞아요. 이제 퇴근한 거예요? 토요일인데 피곤하겠다."

"너야말로 어젯밤에 기운 다 뺐는데 오늘 이렇게 술을……."

쿵, 하고 운전석 의자가 약간 흔들렸다. 여원이 무릎으로 앞 좌석을 친 것이었다. 닥치라는 무언의 경고에 그는 조용히 입을 닫았다. 그러거나 말거나 이다영은 신나게 통화를 이어 나가고 있었다.

"아직 옆에 언니 있어. 언니 애인이 태워다 준대. 응. 으응……. 아니 그런 거 없었거든? 집 잘 가고 있거든? 자기는 왜 이렇게 날 못 믿어? 알았어, 잠깐만."

입속말로 투덜거린 이다영이 여원에게 휴대폰을 내밀었다.

"왜?"

"남친이 언니 잠깐만 바꿔 달래요."

여원이 고개를 갸웃거리며 전화를 바꿔 받았다.

"여보세요. 네, 네네. 안녕하세요. 지금 다영이랑 같이 차 타고 가고 있어요. 아, 네. 괜찮아요. 집 들어가서 연락하라고 말해 둘게요. 네……."

여원의 목소리를 들으며, 이석은 좀 전의 이다영과 그 남자 친구의 통화 내용을 복기했다. 죄 쓸데없는 내용이었지만 거슬리는 지점이 반복해서 있었다.

이석이 아는 바로, 이다영은 남자 친구가 생긴 지 몇 달 되지 않았다. 몇 달. 여원과 그에 비하면 터무니없을 정도로 짧은 기간이었다.

그의 이론적인 정석에 따르면 몇 달보다는 몇 년을 함께한 사이가 더 친밀해야 하는 것이 맞았다. 감정도, 태도도, 스킨십도, 그리고 호칭도.

그런데 이다영은, 뭐?

자기?

* * *

"너 남자 친구가 들어가서 연락하래. 까먹지 말고."
"어어. 당연하지."
"가서 렌즈 빼고 화장 지워! 너 저번에 렌즈 안 빼고 잤더니 눈에 붙었다고 난리를 난리를……."
"아, 당연하지. 난 당연히 그거 다 해. 언니 빠이."

다영이 손을 흔들며 건물 안으로 들어갔다. 여원은 비틀거리는 걸음걸이를 영 불안한 눈으로 보다가 돌아섰다. 다영의 남자 친구가 걱정이 이만저만이 아닌 이유를 알 것 같았다.

 조수석에 올라탄 여원이 벨트를 맸다. 시선이 느껴지기에 옆을 돌아보니, 그가 그녀를 빤히 응시하고 있었다. 여원은 주춤하며 물었다.

 "왜, 왜요?"

 이석이 그녀의 약지에 끼워진 반지를 눈짓하며 말했다.

 "그걸 꼈는데도 그런 새끼들이 있는 게 말이 돼?"

 "못 봤나 보지, 뭐. 좀 어둡고 시끄러웠어요."

 "스물한 살이면 곧 군대 갈 나이네."

 "응? 어, 그렇죠."

 "어린 새끼 만나 봐야 정신 연령 안 맞아. 아들 하나 키우는 기분일걸."

 "……어디까지 생각하는 거예요. 내가 스물하나를 왜 만나."

 "스물둘이면 만나게?"

 "안 만나요."

 "스물셋이면?"

 "……뭐 그 정도부터는……."

 "……."

 "농담이에요. 빨리 출발해요."

 이석은 못 믿겠다는 얼굴로 느리게 액셀을 밟았다. 참 걱정도 많은 남자였다. 입 밖으로 내 본 적은 없지만, 여원은 정말로 그 외의 이성은 눈에 들어오지 않았다. 눈만 잔뜩 높아진 탓이었다.

 예전에 다영이 이석 오빠 때문에 딴 남자들이 다 해산물로 보여서 연애 못 하겠다며 고충 아닌 고충을 토로했었는데, 솔직히 여원도 그랬다.

 매일 저 얼굴을 보고 살다 보니…… 솔직히 말하면…… 길거리에서 좀…… 괴로울 때도 있었다. 주제를 모른다는 소릴 들어도 할 말이 없었다.

 어쨌거나 전후 사정 다 제쳐 놓고 보았을 때 장이석은 그야말로 완벽한 남자였다. 여원은 지금까지 그보다 잘생긴 남자를 본 적이 없었다. 그리고 그는 여러모로 그녀를 위해 많이 노력해 주고 있었다.

 그러니까 현재의 이석은 정말로 좋은 상대였고, 그 누구보다 그녀와 가까웠으며, 여원은 그를 좋아했다. 절대 묻어 두지 못하는 과거를 끌어안을 수 있을 만큼.

 다만 그의 사랑한다는 고백에 마주 대답해 주지 못하는 까닭은 확신이 없기 때문이었다. 이게 사랑인가? 묻는다면 그렇다고 대답할 확신이.

 사랑이 뭘까.

 사랑이 뭐였을까.

 스물넷의 시절, 그러한 상황이 아니었다면— 그러니까 만일 정상적인 상황에 놓여 있었다면 그를 사랑하지 않았을 것이다. 그때는 어렸고, 지나치게 몰려 있었고, 사랑할 사람이라곤 그밖에 없었으니까.

 그러니 다시 사랑을 한다면 정말로 좋은 사랑을 하고 싶었다. 부끄럽지 않은 정상적인 사랑을 하고 싶었다.

 하지만 여원은 때때로, 자신은 영영 그런 감정을 알지 못할 거란 생각을 하곤 했다. 그런 게 허락되는 사람이 있다면, 허락되지 않는 사람도 있을 테니까. 자신은 후자였다. 지금껏 그래

왔던 것처럼.

좋은 사랑이란 뭘까.

과연 내가 그런 사랑을 할 수 있을까.

"여원아, 내가 생각을 해 봤는데."

이석의 목소리에 상념이 끊어졌다. 여원이 그를 바라보며 고개를 기울였다.

"뭘요?"

"너 언제까지 날 그렇게 부를 거야?"

여원이 얼굴에 물음표를 띄웠다. 이석은 그녀를 한 번 힐끔거리고선 다시 전면에 시선을 두며 말을 이었다.

"몇 달 만난 이다영도 남자 친구를 자기라고 부르는데, 넌 아직도 날 '씨'자 붙여 가며 부르잖아."

"그거야…… 성향이죠."

"존댓말도 마찬가지고. 이제 편하게 할 때 안 됐어, 우리?"

"난 존대가 더 편한데."

"……일반적으로 친밀하고 동등한 관계일수록 말을 놓는 경향이 있지. 우리는 안 지 햇수로 9년 차가 되었고 매일 연락을 하는 데다 금요일이나 주말이면 함께 지내며 섹스도 해. 이만큼 친밀한 관계가 어디 있어? 물론 당연히 동등하기도 하고. 또 시간상으로 봤을 때도 존댓말을 쓰는 것보다는 반말을 쓰는 게 훨씬 시간이 단축되잖아."

"아, 알았어요. 근데 당장은 아니고, 좀 혼자 천천히 적응해 볼게요. 몇 년 동안 써 왔는데 갑자기 쉽게 바꿀 수 있냐구."

"그래."

이석이 씩 웃으며 그녀를 돌아보았다. 짙게 음영이 진 얼굴과 시원하게 늘어난 입매가 새삼스레 잘생겨 보여서 여원은 얼굴을 살짝 붉혔다. 조금 마신다고 마셨는데, 역시 술기운이 좀 있나.

"그럼 우리 호칭은 어떻게 할까?"

"난 지금이 좋은데."

"생각해 봐. 난 널 여원아, 라고 부르는데 네가 날 이석 씨라고 부르면 호칭부터가 우린 동등하지 못해. 남들 보기에 연인 같지도 않고……."

"자기야, 그만!"

순식간에 정적이 내려앉았다. 이석의 눈동자가 도르르, 그녀에게로 굴러왔다. 여원은 저도 모르게 기침을 한 번 했다. 잔소리를 멈추려고 해 본 말이었는데, 급속도로 민망함이 몰려왔다.

"……알았어요. 그것도 노력해 볼 테니까……."

"자기야."

나직이 부르는 목소리에 웃음기가 넘쳐흘렀다. 여원의 얼굴이 확 달아올랐다. 아, 정말이지, 너무 부끄럽고 유치했다. 이런 호칭엔 정말로 정말로 익숙하지 않았다.

여원은 턱을 괴어 손바닥으로 살짝 올라간 입꼬리를 가리며 괜히 창밖을 내다보았다.

"자기야."

"……왜요."

"우리 오랜만에 차에서 한번 하면 안 돼?"

순간 사레가 들릴 뻔했다. 여원은 입을 가린 채 경악한 눈으로 고개를 돌렸다. 그는 웃고 있긴 했지만 진지해 보였다.

"미, 미, 미쳤나 봐. 빨리 집에나 가요."

* * *

 그 뒤로 장이석은 호칭에 미친 인간처럼 굴었다. 원래도 집요한 인간인 건 알고 있었지만 새삼스러울 정도였다. 그러니까 이런 식이었다.
 "이석 씨, 이런 인스턴트 냉면 먹어 본 적 있어요? 없을 것 같은데."
 "……."
 "먹어 본 적 없어요?"
 "……."
 "……자기야…… 이거 먹어 본 적 없어요?"
 "아직 한 번도 안 먹어 봤어."
 누가 보면 '자기야'가 날 때부터 갖고 태어난 이름인 줄 알겠다. 멀쩡하게 있는 이름을 불러 주는데도 대답을 안 했다. 하지만 여원은 그 호칭이 도저히 민망하고 어색해서 견딜 수가 없었다.
 몇 년을 '이석 씨'라고 불러 왔는데 하루아침에 그렇게 부르는 게 가능한 일이냐고…….
 여원은 그를 슬쩍 노려보며 물건을 카트에 넣었다. 금요일 저녁, 장을 보러 온 마트에 그가 따라 나온 참이었다. 사람 많은 곳을 싫어하는 남자가 이런 덴 참 줄기차게 따라다녔다.
 덕분에 덩달아 여원도 시선 집중이었다. 남들보다 머리 한두 개는 큰 이석은 어디를 가나 사람들의 이목을 끌어모았다. 주변의 수군거림을 듣다 보면 공연히 그녀가 부끄러워지곤 했다.
 저번에는 함께 카페에 앉아 있다가 엔터테인먼트 명함을 받은 적도 있었다. 찾아보니 심지어 유명 연예인들이 많이 소속되어 있는 곳이었다. 이런 길거리 캐스팅은 옛날에나 있던 일인 줄 알았는데, 이런 걸 보면 또 아닌 모양이었다.

"자기야, 그냥 오늘 우리 집 와서 저녁 먹어."

"……그, 호칭 문제 말인데요. 그냥 당신은 내 이름 부르고, 난 오빠라고 부르는 건 어때요? 많이들 그렇게 하잖아."

"별로인데."

"왜요?"

"그건 다른 사람도 쓸 수 있는 호칭이니까. 이다영도 날 그렇게 부르고. 또 손위 남자 형제의 호칭과도 겹쳐."

정말이지 까다로웠다. 여원은 끙 소리를 내며 멈추어 섰다.

"좋아, 그럼 타협을 해요."

"타협?"

"좀 천천히 연습해 나가다가, 정확히 내년 1월 1일부터 존댓말도 호칭도 완벽하게 고치는 거예요. 새해 다짐 같은 거지. 어때요?"

"……그게 연습까지 해야 하는 일이야?"

이석은 조금 황당해했지만 여원에겐 중요한 문제였다. 그녀는 괜히 카트 안에 담은 물건들을 정리하며 웅얼웅얼 말했다.

"10년 가까이 써 온 호칭을 바꾸는 거잖아. 좀…… 마음의 준비 같은 게 필요하다고요. 아무튼 그렇게 알아요. 그것도 싫으면 나 그냥 평생 이석 씨라고 부를 거야."

물건을 얼추 정렬해 놓은 후 여원은 상체를 폈다. 말하고 보니 조금 이상한 것 같기도 했다. 그냥 얼추 시기를 정할 것을, 괜히 콕 집어 1월 1일이라고 했나. 생각해 보면 새해가 되자마자 갑자기 그러는 게 더 이상할지도…….
돌연 굵직한 그의 팔이 허리를 휘감아 왔다. 여원은 놀라며 고개를 꺾어 이석을 올려다보았다. 그는 눈을 접어 웃고 있었다.
"평생 이석 씨라고 부를 거야?"
"응?"
"나랑 평생 살게?"
"왜 말이 그렇게 돼요?"
"말이 그렇잖아."
기분이 좋은지 연신 웃는 얼굴이 꼭 들뜬 소년 같았다. 바짝 끌어안는 팔에 몸이 더욱 가까이 붙었다. 그 특유의 묵직한 향기에 가슴이 조금 뛰었다.
여원은 저도 모르게 그를 따라 웃다가, 생각났다는 듯 말했다.
"참, 곧 당신 생일이잖아요."
"그래?"
이석은 꼭 남 생일 말하듯 했다. 사실 그의 생일을 챙기는 건 이번이 처음이었다. 예전에는 챙길 만한 관계가 아니었고, 작년에는 그가 생일인 줄도 모르고 넘어갔다.
겨울에 생일인 여원이 커플링을 선물로 받고 나서야 그의 생일을 물었다. 대답으로 돌아온 날짜는 이미 지나 있었고, 그녀는 내년을 기약했다. 그러니까 이번에는 꼭 신경 써서 좋은 걸 챙겨 주고 싶었다.
"그래는 무슨 그래예요. 뭐 갖고 싶은 거 있어요?"
"그런 거 안 챙겨도 돼."
"그런 거라뇨. 서프라이즈로 해 줄까 생각도 해 봤는데, 도저히 당신이 필요할 만한 게 생각이 안 나서…… 아 물론 필요한 건 다 있겠지만, 그래도 나한테 받고 싶은 거라든가……?"
 잠시 고민하던 이석이 대수롭잖은 듯 대꾸했다.
 "먹을 거?"
 "먹을 거 뭐요? 당신이 좋아하는 게 뭐가 있지?"
 "너."
 "어쩌면 당신은 대화가 다 그래요?"
 "그것만 생각나는 걸 어떡해."
 뻔뻔하기가 이루 말할 수 없었다. 이럴 때 보면 정말 섹스에 미친 사람 같기도 했다. 과거 한집에서 살 때도 그가 오는 날이면 관계를 갖는 게 기정사실화였지만…… 그래도 그땐 이렇게까지 조급한 미친놈처럼 굴지는 않았었다.
 하지만 예나 지금이나 그들의 몸은 그대로였다. 그러니까 그가 이러는 게 단순히 육체적 쾌락의 문제만은 아닌 것 같았다. 옛날과 달리 집요하게 그녀의 시선을 요구하는 것도 그렇고……. 여원은 작게 한숨을 내쉬었다.
 "……그거 말고 다른 걸로 생각해 와요."
 "기껏 골랐는데 왜 반려해."
 "그냥 그날 다영이랑 놀아야겠다."
 "다른 거 생각해 볼게."
 대답이 빠르게 떨어졌다. 이석은 그녀를 한 팔로 꽉 끌어안았다가 놓고서는 다시 카트를 끌었다.

* * *

 일이 터진 것은 며칠 후였다. 아니, 그렇게 거창하게 표현할 것까지도 없었다. 모든 것은 그저 고인 물처럼 조용하게 지나갔다.

금요일 아침, 이른 시간부터 그의 휴대폰이 울렸다. 여원은 진동 소리에 어렴풋이 잠에서 깨어났다. 휴대폰을 확인한 그는 잠시 후 침대에서 일어났다. 그에게서 등을 돌리고 누워 있었지만, 기척으로 알 수 있었다.

곧 방문이 닫히는 소리가 났다. 여원은 한참 수마의 경계를 넘나들다가 천천히 눈꺼풀을 열었다. 아직 어둠에 잠긴 방 안은 고요했다. 그 괴괴한 적막에 되레 잠이 조금 달아났다.

고개를 꺾어 협탁 위 시계를 확인해 보니 오전 5시 28분이었다. 그의 기상 시간인 5시 50분보다 일렀다. 이렇게 이른 시간부터 누구 전화일까. 어지간히 급한 일인 모양이었다.

여원은 눈을 비비며 상체를 일으켜 앉았다. 티셔츠 차림의 그녀는 속옷만 입은 아래에 편한 바지를 입고 방을 나섰다. 무슨 일인지 궁금했고 걱정도 됐다.

여원은 조용히 방문을 닫고 거실로 나와 옆을 돌아보았다. 멀찌감치서 이석이 발코니 난간에 팔을 걸친 채 통화를 하고 있었다.

"그때 다 정리된…… 그쪽 장부를 입수…….."

거의 닫힌 발코니 문 틈새로 목소리가 희미하게 새어 나왔다. 여원은 한 발짝, 두 발짝 걸음을 옮겼다. 목소리가 점점 분명해졌다.

"……했던 거래 내역도 그렇지. 그때랑 수법이 비슷해. 최지엽은 처리했지만 그쪽 세력이 아예 와해된 건 아니니까. 최 이사가 죽을 때 남긴 것들이…….."

여원은 저도 모르게 숨을 들이켰다. 그녀의 기척을 알아챈 이석이 휙 뒤를 돌아보았다. 크게 뜨인 눈이 그와 마주쳤다. 잠시 침묵이 흘렀다. 통화 너머에서 상대가 무어라 이야기하는 소리만이 작게 들려왔다.

 새벽안개에 감싸인 인영이 어스름하게 드러났다가 다시 일렁거리며 어두워졌다. 사위에는 빛이 적어 그의 표정을 정확히 읽어 낼 수가 없었다. 나쁜 짓을 하다가 들킨 사람처럼 가슴이 쿵쿵 뛰었다.

 여원은 잠시 굳은 채 서 있다가, 이내 어색하게 웃으며 한 손을 저어 보였다.

 "아, 통화 계속해요."

 이석이 그녀 쪽으로 한 걸음 다가왔다. 여원은 그가 대꾸할 새도 없이 돌아서서 방으로 향했다.

 문을 닫고 협탁 위에 올려둔 휴대폰을 켜 '최지엽'을 검색했다. 맨 처음 상단에 기업인 인물 정보가 떴다. 이름 밑에는 그의 출생-사망 연도가 나와 있었다. 사망 연도는…… 지금으로부터 약 6년 전이었다. 그녀가 수감되기 직전의 시기.

 최지엽이 죽은 줄 몰랐다. 정확히는 알려고 하지 않았다는 게 맞겠다. 최지엽은 여원에게 있어서 주요 트라우마였다. 살았든 죽었든 앞으로는 볼 일이 없겠거니 여기고 의식적으로 신경을 끈 채 살았었다.

 여원은 휴대폰을 꽉 쥔 채 침대에 앉았다. '최지엽을 처리'했다는 게 무슨 뜻인지 모를 만큼 바보는 아니었다.

 과거 그가 그런 사람이었다는 사실은 여원도 인지하고 있었다. 알면서 그의 진심을, 현재를 믿었기에 마지막으로 기회를 주었다. 그러니 이제 와 새삼 그러한 사실들에 충격을 받는 것도 우스운 일이었다.

하지만 과거 그의 행적이 여원에게는 머나먼 일들이었던 반면, 최지엽과의 일은 그녀가 직접 연루되어 있었다.

머리로는 이해할 수 있었다. 이석이 어떤 바닥에서 자라 온 사람인지 모르는 바 아니었다. 배신은 죽음뿐이다. 대가는 치렀을지언정 어쨌거나 멀쩡히 살아 있는 자신이 특이 케이스일 정도로.

그러나 살인을 직접 알게 되는 것은 조금 다른 이야기였다. '사람'이 '사람'을 죽이는 게 일반적인가? 아무리 그럴 만한 합당한 이유가 있었다 할지라도? 최지엽 외에도 또 얼마나 그런 일들이 있었지?

여원은 불안한 듯 팔짱을 꼈다가 한 손으로 입가를 감쌌다. 어제까지만 해도 여느 평범한 연인들처럼 이야기하고 입을 맞추었던 그가 낯설게 느껴졌다.

아니, 이것만으로는 혼란스러운 마음을 다 설명할 수 없었다. 조금 더 근본적인 이유였다. 결코 잊을 수도 지울 수도 없는 그들의 과거와 맞닿아 있는 것이었다.

그러니까, '처리'라는 단어를 내뱉는 그가 지나치게 차가워 보여서.

언제든 옛날처럼 그녀의 간절함을, 호소를, 진심을 감정 없이 내쳐 버릴 수 있을 것 같아서.

지금의 그가 과거의 그와 한 치도 달라진 게 없는 것처럼 보여서.

어쩌면 착각하고 살았던 게 아닐까? 그가 변했다고. 그가 달라졌다고. 이에 관한 불안한 기억과 마음은 예측할 수 없는 곳에서 출몰하여 그녀를 괴롭히곤 했다. 마치 소희의 죽음처럼…….

방문이 열렸다. 여원은 흠칫 놀라며 고개를 돌렸다. 그는 문고리를 잡은 채 우뚝 서서 그녀를 바라보고 있었다.

"……여원아."

읊조리듯 그녀를 부른 이석이 조심스레 다가왔다. 그는 여원의 손을 잡아끌어 쥐며 변명처럼 말했다.

"그러니까…… 옛날 일이야."

"뭐가요?"

"네가 생각하는 거."

"내가 생각하는 게 맞기는 맞는다는 거네요?"

"너도 다 알잖아. 다 알고 날 받아 준 거 아니었어?"

"당신에게…… 따져 물을 생각은 아니에요. 그럴 자격도 없고."

여원은 자포자기한 어조로 말했다. 그에 이석이 얼굴을 일그러뜨렸다. 그는 맞잡은 손에 힘을 주며 고개를 저었다.

"네가 왜 그럴 자격이 없어. 따져 물어도 돼. 네가 그렇게 나와 상관없다는 듯 굴 때마다, 난……."

"당신 말대로, 난 다 알고서 다시 시작하기로 한 거잖아요. 여기에 대해 이 이상 왈가왈부할 수는 없다고 생각해요."

"맹세코 널 다시 만난 이후로 그런 일 없었어."

"알아요. 안다구요. 그냥 좀 놀란 것뿐이에요. 그러니까 변명 안 해도 돼요."

"그러다가 갑자기 날 정리하려고?"

"무슨 말이에요?"

이석의 턱에 힘이 들어갔다. 검은 눈동자는 깊은 물 속에 침잠된 것처럼 어두웠다. 그는 그레이하운드와 핏불테리어를 교배한 경주견처럼 포악하고 사나워 보였으나 그 본성을 애써 삼키고 있는 것 같았다. 잘못 건드리면 그대로 터져 버릴 것처럼.
"네가 그랬잖아. 서로에게 다 말해 주기로. 난 계속 그래 왔어. 그런데 나는 너에 대해 여전히 아무것도 알 수가 없어······. 너는 날 참고 있는 거야? 내가 싫은데 그냥 참아 주고 있는 건가?"
"세상에, 왜 그런 생각을 해요?"
"내게 아침은 언제나 네가 아직 떠나지 않은 아침이야. 이게 무슨 말인지 알겠어? 나는 너를 불신해. 네가 나를 불신하듯이. 단 한 순간도 마음 편한 적이 없어. 너와 가장 행복할 때조차 나는 불안에 시달리며, 너를, 내가 너를, 믿지 못하고 있다고."
그는 토해 내듯 말을 쏟아 냈다. 호흡 하나하나가 쫓기는 사람처럼 조급했고, 또 절박했다.
둑이 터지듯 나온 그의 속내에 여원은 놀라 입술을 달싹였다. 어렴풋이 예상은 하고 있었지만, 이건 예상보다 더했다. 그에게서 '불신'이라는 단어가 나올 만큼인 줄은 상상도 못 했다.
긴 침묵 끝에 그녀는 간신히 입을 뗐다.
"당신을······ 싫어하는 게 아니에요. 어떻게 그런 생각을······."
"그럼 묻지."
이석은 반쯤은 간절한 눈으로, 그리고 반쯤은 체념한 눈으로 그녀를 내려다보며 조용히 물었다.
"너는 날 사랑해?"
말문이 막혔다. 여원은 눈을 빠르게 깜빡였다. 머릿속이 어지러웠다. 사랑. 그의 말이 조각조각 분해되어 맴돌다가 이내 천천히 가라앉았다. 그녀는 남은 단어 하나를 입 속으로 뇌어 보았다. 사랑.

다시 사랑을 하게 된다면, 그녀는 좋은 사랑을 하고 싶었다. 부끄럽지 않은, 정상적인 사랑을…… 그게 뭐지? 어떤 사랑이 그런 사랑이지? 그런 사랑을, 그런 사랑이…….

"나는 너를 사랑해."

그가 말했다.

"너를 사랑해, 여원아."

* * *

'여원아.'

"……이대로 넘기고……."

'너를 사랑해.'

"……씨."

'너는 날 사랑해?'

"여원 씨!"

여원이 어깨를 움찔했다. 한 대리가 팔짱을 낀 채 서류 뭉치를 팔락거리고 있었다.

"얘기한 거 들었어?"

"아, 아, 죄송해요. 제대로 못 들었어요. 한 번만 더 말씀해 주시면……."

"왜 이렇게 요즘 빠져 있어? 오늘 막날인데 정신 안 차릴래? 문제 제기되면 뒤늦게 팔로우업 할 거야?"

"죄송합니다……."

여원은 고개를 숙이며 기어드는 목소리로 대답했다. 지난주 금요일부터 수요일인 오늘까지 정신을 빼놓고 있었던 건 사실이니 할 말이 없었다. 그녀는 죄송하다고 몇 번을 더 말한 후 검토서까지 떠안고 나서야 회의실에서 나올 수 있었다.

5시가 되자마자 퇴근할 생각이었는데 망했다. 여원은 들릴락 말락 한숨을 내쉬었다. 함께 나온 박 주임이 그녀의 어깨를 두드리며 말했다.

"오늘이면 저 지긋지긋한 건도 끝인데, 술이나 하러 갈래요?"
"아, 저 오늘 바로 가 볼 데가 있어서요. 다음에 해요, 다음에."

여원은 미안한 얼굴로 다음을 기약했다.

사무실 의자에 앉자마자 퇴근하고 싶은 욕구는 더욱 강렬해졌다. 오늘은 소희의 기일이라 납골당에 방문할 계획이었다. 작년에는 그가 차로 태워다 주었지만 오늘은 그녀 혼자 대중교통을 타고 가야 했다.

이석의 생각을 하니 또다시 한숨이 나왔다. 지난주에 말다툼 아닌 말다툼을 하고 그의 집에서 나온 이후로, 여원은 그에게 연락하지 않았다. 당연히 만나지도 않고 각자의 집에서 주말을 보냈다.

그와 마지막으로 봤던 금요일 당일, 이석에게서 부재중 전화 한 통이 와 있었다. 하지만 아무리 생각해도 다시 전화해 볼 용기가 나지 않아서 그냥 그대로 무시했다.

이런 건 전혀 좋은 방법이 아님을 알았다. 게다가 평소 여원은 회피해 버리는 타입을 좋아하지도 않았다. 하지만 그런 질문을 받았는데 어떻게 멀쩡히 얼굴을 본단 말인가. 마음 정리도 전혀 되지 않은 상태에서.

어쨌든 간에 대중교통을 타고 거기까지 가려면 최대한 빨리 퇴근을 해야만 했다. 자가용으로는 20분 거리지만 대중교통으로는 그 두 배가 넘게 걸렸다.

"개처럼 벌어서…… 차를 사자……."

그녀는 음산하게 중얼거리며 마우스를 잡았다.

* * *

저녁 6시 20분이 되어서야 여원은 퇴근할 수 있었다. 소희의 유해가 안치된 납골당은 7시에 문을 닫고, 여기서 납골당까지는 대중교통으로 대략 40분이 걸린다. 꽃을 사 가기는커녕 바로 가도 입장조차 불가능한 시간이었다.

그냥 지난 주말에 다녀올 걸 그랬다고 생각하며 여원은 터덜터덜 회사 건물을 나왔다. 이석과도 어긋나고, 상사한테 혼나고, 일감까지 떠안고, 거기다 언니의 기일에 납골당도 못 가게 됐다. 기분이 몹시 울적했다.

'그에게 연락을 해야 하나, 말아야 하나…….'

마음이 싱숭생숭하니 또 그가 떠올랐다. 여원은 괜히 휴대폰을 만지작거렸다. 전화까지 무시하고 며칠째 이러고 있는 건 그녀 스스로 생각해도 좀 아니었다. 이석과 이렇게 끝내고 싶지도 않았다.

하지만 연락을 해서, 다시 만나면? 그 질문에 대한 대답은 어영부영 덮어 두고 이전과 같은 관계를 지속해 나가는 것인가?

분명 이석은 상처받을 것이다. 그리고 자신은…… 그가 상처받는 모습을 보고 싶지 않았다.

여원은 왼손 약지에 끼워진 반지를 바라보았다. 작년 생일날 이것을 건네주던 그의 떨리는 목소리를 기억하고 있다. 다 알고 있는 커플링의 의미를 구구절절 설명하며 이것이 필요한 이유를 납득시키려는 멘트가 너무 그다워서 웃음이 났었다.

상체를 잔뜩 숙이고 그녀에게 반지를 끼워 주던 모습과, 진중한 얼굴과, 떨리는 목소리로 전해진 어이없는 말들……. 과거를 회상하며 옅게 미소 짓던 여원은 문득 깨달았다.

그가 보고 싶었다.

몇 달도 아니고, 몇 주도 아니고, 고작 며칠 못 봤을 뿐인데. 그가 보고 싶었다. 습관처럼 손을 잡거나 허리를 감싸는 그의 손과 팔, 맞부딪쳐 오는 입술과 웃음기 어린 눈이 그리웠다.

괜히 눈물이 핑 돌았다. 그때 방을 나가지 말 걸 그랬다. 그냥 잠이나 잘 걸 왜 괜히 나가서 통화 내용을 들은 걸까. 엿들었으면 티 내지 말고 조용히 되돌아오든지, 별일 아닌 것처럼 심상하게 대꾸하든지 할 것을.

눈가가 자꾸만 데워졌다. 혼자 웃었다가 울었다가, 미친 여자가 따로 없었다. 여원은 파르르 떨리는 입매를 애써 갈무리하며 고개를 들었다.

바로 다음 순간 헛것이 보였다. 그녀는 우뚝 걸음을 멈추고선 익숙한 차체를 유심히 바라보았다. 차종뿐만 아니라 뒤의 번호판까지 같았다. 정신이 조금 들고 나서야 제가 보고 있는 게 헛것이 아니라는 걸 깨달을 수 있었다.

운전석 창문이 스르륵 내려갔다. 여원은 홀린 듯 그쪽으로 걸어갔다. 오랜만에 보는 얼굴에 가슴이 떨렸다. 차 안에서 이석이 그녀를 올려다보며 고저 없는 목소리로 말했다.
"빨리 타."
"……."
"늦었잖아."
"……뭐가요?"
"7시까지잖아, 납골당. 바로 가도 조금밖에 못 있어."
건조한 목소리였지만 그 안에 미세한 떨림이 깃들어 있음을 여원은 눈치챘다. 그녀는 멍하니 그를 바라보다가, 천천히 고개를 끄덕였다.

납골당으로 향하는 내내 그들은 아무 말이 없었다. 여원은 무슨 말부터 꺼내야 할지 몰랐고, 그 역시 묵묵히 운전만 했다. 그녀는 납골당에 도착한 후에야 안전벨트를 풀며 입을 열었다.
"차 안에 있어요. 혼자 다녀올게요."
"나도 같이—"
"괜찮아요."
너무 단호하게 말한 것 같아서, 여원은 짧게 덧붙였다.
"……쉬고 있어요."
이석은 대답하지 않았다. 그녀는 최대한 온건한 표정을 지어 보인 후 차 문을 닫았다.
여원은 납골당 근처에 있는 꽃집에서 조화를 하나 사서 건물 안으로 들어섰다. 작년 기일 이후로 처음이니 꼭 1년 만이었다. 소희가 죽었던 첫해에는 생각날 때마다 오곤 했는데, 이제는 많이 무디어진 것일까.

여원은 소희의 봉안함 앞에 섰다. 작년에 그녀가 유리에 붙여 두었던 조화와 편지는 기간이 지나 뜯기고 없었다. 유리에 새로 산 조화를 붙인 후 한참을 매만졌다.

"소희 언니."

여원은 나직이 불러 보았다.

"언니."

당연히 대답은 없었다. 그래도 그녀는 몇 번을 더 불러 보고서야 만족한 듯 숨을 뱉었다.

"보고 싶은 사람이 많아."

말을 하려는데 목이 자꾸 멨다. 여원은 사진 속에서 웃고 있는 여자를 물끄러미 응시하며 애써 말을 이어 나갔다.

"학생 때 친구들도 보고 싶고, 고삼 담임 선생님도 보고 싶고, 엄마도 보고 싶고, 공장 사람들도 보고 싶고, 언니도 보고 싶어. 내가 보고 싶은 사람을 볼 수 있다는 건 참 다행인 일이야, 그치?"

그녀가 가장 바닥에 있을 때 함께 있어 주었던 사람이었다. 4년간 가족처럼 함께했던 사람이었다. 아무리 잊으려 해도 완전히 잊을 수가 없었다. 그저 삶의 많은 날들에 소희를 묻어 두게 될 수 있을 뿐이었다.

"나는 잘 살고 있어."

불현듯 시야가 부옇게 변하더니, 눈물이 후드득 쏟아졌다. 좀 전에 회사를 나오며 괜히 울컥했던 감정이 남아 있는 모양이었다.

"나는 잘 살고 있어, 언니."

여원은 옷소매로 눈물을 슥슥 문질러 닦으며 애써 웃으려고 노력했다. 그러나 입가가 자꾸만 무너졌다. 그녀는 결국 웃는 것을 포기하고 작게 흐느꼈다.

"근데 나는 이제 사랑이 무서운 것 같아. 너무 무서워서, 내 감정이 내 감정이 맞는 건지 모르겠어. 그리고 나 사실 언니를 생각하면 마음이 너무 아파서, 잊고 살려고 노력하는데…… 그래도 돼? 언니가 보고 싶어. 다시 교도소에 들어가서 언니를 볼 수 있다면 나는 그럴 수도 있을 것 같아. 그런데 그게 안 되니까 그냥 잊은 채 살고 싶어."

여원은 힘겹게 울음을 삼키며 횡설수설했다. 가슴이 아프도록 조여들었다. 슬픔에는 종류가 있지만, 그녀가 느끼기에 대부분의 슬픔은 고통이 되었다.

"언니가 정말 보고 싶어. 자꾸 생각이 나. 엄마를 떠올려도, 또 교도소 안에서 그를 떠올려도 마음이 아프지 않게 되기까지 한참이 걸렸는데…… 이번엔 또 얼마나 더 많은 시간이 필요한 걸까?"

사랑하는 사람들과 이별하지 않는 삶을 살고 싶었다. 이별해야 한다면 처음부터 사랑하지 않고 싶었다. 그러나 그게 가능한 걸까. 그런 삶이, 그런 사랑이 정말로 가능한 걸까.

"사랑은 너무 아파. 사랑은 너무 아프고 두려운 일이야, 언니……."

* * *

이석은 그녀의 붉어진 눈시울을 보고도 별다른 말을 하지 않았다. 그저 조용히 액셀을 밟을 뿐이었다. 여원은 창밖을 내다

보며 애써 수런대는 마음을 가라앉혔다.

한참이 지나서야 문득 깨닫고 보니, 이상하게 집까지 가는 시간이 오래 걸렸다. 그녀는 길을 잘 알지 못했지만, 지도상 자가용으로는 30분가량 걸리는 거리인데 아직 동네에 진입도 하지 못한 상태였다. 그렇다고 차가 막히는 것도 아니었는데.

하지만 그에게 제대로 가고 있는 게 맞느냐고 따져 물을 수도 없는 노릇이었다. 동네로 들어오고 나서도 그는 골목을 몇 번 잘못 들었다가 나왔다. 결국 여원은 원래 예상 시각보다 25분이나 늦게 집 앞에 도착했다.

그녀는 안전벨트를 풀고 잠시 머뭇거리다, 제 무릎께를 바라보며 중얼거리듯 말했다.

"오늘 태워 줘서 고마워요. 덕분에 언니 기일 지킬 수 있었어요. 정말 고마워요."

"……."

"그리고 연락 안 받았던 거…… 미안해요. 이래저래 고민이 많았어서."

이석은 대답이 없었다. 그녀는 공연히 조금 민망해져서 급히 말을 마무리했다.

"나중에 연락할게요. 조심히 들어가요."

차 문 쪽으로 몸을 틀려는 순간, 그가 손목을 붙들어 왔다. 깜짝 놀란 여원이 그를 돌아보았다. 아까는 어색해서 제대로 보지 못했는데, 이석의 얼굴빛은 잠을 제대로 자지 못한 사람처럼 어두웠다.

"나중에 언제?"

"……네?"

"무슨 고민을, 그렇게 했는데."

그는 한 자 한 자 짓씹듯 말했다.

"나랑 헤어질까, 하는, 그런 고민? 그런 고민을 한 건가?"

여원은 그에게 잡힌 손목을 비틀어 빼냈다. 그는 순순히 풀어주면서도 형형한 눈빛을 감추지 못했다. 그녀가 조금 방어적으로 대꾸했다.

"그런 거 아니에요."

"아니면 뭐, 시간을 갖자고? 그 빌어먹을 시간 따위 또 갖기 싫어."

"왜 그래요? 나중에 이야기해요."

"가지 마."

이석의 목소리는 단호했지만 동시에 절박하게 흔들리고 있었다. 그의 서슬에 도망치고 싶은 기분을 느끼던 여원이 멈칫했다. 그는 잠시 주먹을 꽉 쥐었다가 다시 폈다. 아까보다 훨씬 수그러진 기세였다.

"나 생일 선물로 받고 싶은 거 있으니까…… 가지 말고 들어."

여원은 순간 귀를 의심했다. 얼마 전 그에게 갖고 싶은 게 있는지 물어보기는 했었다. 하지만 지금 이 타이밍에 갑자기 웬 생일 선물이란 말인가.

당혹스러움은 오래 가지 않았다. 이윽고 그가 망설이듯, 그러나 분명하게 말했다.

"나를…… 날."

"……."

"그날 하루만 사랑해 주면 안 돼?"

여원은 얼어붙었다.

귀로 들은 말을 머리로 이해하기까지 조금 소요되었다. 시간이 아주 느리게 흘러갔다. 눈꺼풀이 떨려 시야가 흔들렸다. 그녀는 '아······.' 하는 소리를 내뱉었다가 급히 입을 다물었다. 그리고 이석을 마주 보았다.

그는 금방이라도 울 것처럼 보였다. 여전히 얼굴은 무표정했고, 눈에 물기라고는 하나도 보이지 않는데도— 여원은 그가 울음을 터트릴 것만 같다고 생각했다.

"이틀도 안 바랄게. 그날 하루면 돼. 진심 아닌 거 아는데······ 그냥 말뿐이라도 좋으니까."

"······."

"나 사랑한다고 말해 주면 안 될까."

여원은 아연한 표정으로 그를 응시했다. 무감한 얼굴과 달리 짙은 동공이 하염없이 흔들리고 있었다. 그는 무어라 말할 듯 입을 열었다가, 이내 목이 메는지 더 잇지 않았다. 그러고선 불안한 눈빛으로 그녀를 올려다보았다.

거절당하기라도 할까 봐 두려운 사람처럼.

이렇게나 커다란 사람이, 한없이 자그맣게 느껴졌다.

"네 사랑 같은 거 바라지 않으려고 했어. 네가 내게서 등 돌리지만 않는다면 평생 그러고 살 자신도 있었어. 그런데 네가 자꾸 날 기대하게 만드니까, 자꾸 미래를 말하고, 평생을 말하니까······. 왜 내가 욕심나게 만들어, 왜 나를 더 고통스럽게······."

말이 길어질수록 이석은 다시 격정에 사로잡혔다가, 마지막에 이르러서는 그런 스스로에게 놀란 눈치였다. 그는 어깨를 덜덜 떨며 한 손으로 얼굴을 감쌌다.

"······미안해."

아.

가슴이 너무,

아팠다.

"못 들은 걸로 해. 나한테 아무것도 줄 필요 없어. 그냥 너는, 넌 거기에만 있어. 멀어지지만 말고, 계속 거기에만 있어, 응? 너한텐 별것도 아닌 말들에 기대하는 내가 미친 새끼인 거니까."

여원은 저도 모르게 기어 쪽을 짚고, 그쪽으로 상체를 기울였다. 원래도 가까웠던 거리가 금세 바짝 좁혀졌다. 머릿속이 혼란스럽기도 했고, 반대로 명료하기도 했다.

"처음부터 네가 내민 조건은 그거였던 거 알아. 언제든 우리는 헤어질 수 있다는 거 알아. 각자의 삶이 다른 거 알아. 그거 다 지킬게. 그러니까 그냥……."

여원은 손을 뻗어서— 그의 상체를 끌어안아 제게로 당겼다. 그가 급히 숨을 들이켰다. 두서없이 이어지던 말도 뚝 끊겼다. 적막이 내려앉았다. 시동이 걸린 차 소리만이 이 안을 가득 메웠다.

이석은 놀란 듯 굳었다가, 고개를 웅크리더니, 이내 가늘게 떨며 그녀의 어깨에 머리를 기대었다. 그리고 단단한 두 팔로 여원의 등 뒤를 둘러 꽉 감싸 안았다. 마치 풍선이 날아가지 않도록 가느다란 줄을 꽉 붙잡고 있는 아이 같았다.

5초, 10초, 20초……. 불안정하던 그의 호흡이 점차 규칙성을 되찾았다.

"옛날에요."

여원은 달래듯 조용조용한 어조로 말했다.

"내가 겨울 동안 시간을 좀 갖자고 했던 거, 기억하죠."

"……응."

"그러고 나면, 우리가 서로에게 아무것도 아니게 될 거라는 말도요?"

그는 대답하지 않았다. 그저 조용히 숨을 몰아쉴 뿐이었다. 여원은 끌어안은 등을 가만가만 쓸어내리고선, 고개를 숙여 그의 머리 위에 제 뺨을 기대었다.

"그때 나는 당신이 없어도 괜찮았어요."

그의 어깨가 움찔 떨렸다.

"그러니까…… 아무것도 아니라고 생각했어요, 당신이."

그 순간 이석이 두르고 있던 팔을 풀었다. 그리고 그녀를 제게서 떼어 냈다. 그는 고개를 숙인 채 괴로운 음성으로 중얼거렸다.

"그런 말, 할 거면…… 안 들을래."

"끝까지 들어요."

"말했잖아. 더 안 바란다고. 그냥 지금까지처럼……."

"당신을 좋아해요."

이석은 멈칫 굳었다. 잠깐의 간격 후에 그가 천천히 고개를 들었다. 믿을 수 없다는 얼굴이었다.

"새롭게 좋아하게 됐어요."

"……."

"그러니까 새롭게 좋아하게 됐다는 건…… 과거는 없었던 양 현재의 당신만을 좋아하게 됐다는 게 아니에요. 그런 일이 있었던 우리를, 이 굴곡진 관계를, 당신의 모든 변화를 처음부터 끝까지 인정하면서, 그리고 앞으로의 당신을 믿으면서…… 그렇게 당신을 좋아해요. 어쩌면 사랑일지도 모르겠어요."

"⋯⋯나를? 왜?"

어리석고 멍청한 질문이라는 걸 알면서도 이석은 홀린 듯 묻지 않을 수 없었다. 그토록 염원하던 일이었음에도 막상 듣고 나니 의아할 뿐이었다. 나 같은 새끼를 그녀가 왜 좋아한단 말인가. 왜 사랑한단 말인가.

"우리 바닷가 갔을 때 기억나요? 거기서 내가 조개껍데기를 주워다가 모았었잖아요. 예쁜 걸로만."

이석은 멍하니 고개를 끄덕였다.

"근데 그때 당신이 나한테 이 조개껍데기는 괜찮냐, 저 조개껍데기는 괜찮냐, 물어보면서 같이 주워 줬었거든요. 그런 거 쓸데없는 일이라고 생각하는 사람이. 그때 당신이 참 좋다고 생각했어요."

여원은 여기까지 말하고선 잠시 그의 눈치를 살폈다. 그는 여전히 이해할 수 없다는 얼굴이었다. 사실 여원도 그녀가 아는 말로는 자신의 감정을 다 설명할 수 없었다. 다만 그가 이로써 조금 더 괜찮다면, 세상의 모든 언어를 다 동원해서라도 말해 주고 싶었다.

"내가 좋아하는 걸 함께 자세히 바라봐 주는 거⋯⋯. 의외로, 많은 일은 거기에서 시작되잖아요."

그녀는 좋은 사랑을 하길 원했었다. 아픈 것도 이별하는 것도 싫어서. 좋은 사랑만이 이별하지 않을 수 있는 진정한 사랑 같아서.

'모르겠어. 이게⋯⋯ 사랑하는 거야?'

하지만 그가 자신을 사랑하는 것이, 정말 완벽하게 긍정적인 감정의 형태인가?

'너 때문에 내 모든 게 흔들리는 게, 이게, 사랑이라고? 사랑은 긍정적인 종류의 감정이잖아. 행복하고, 기뻐야 하는 거잖아.'

아니었다. 그럼에도 여원은 이석이 하는 말을 믿었다. 그가 자신을 진정으로 사랑하고 있음을 믿었다.

'하지만 나는…… 이렇게나, 이렇게…….'

그러니까 그런 사랑도 사랑인 것이다.

"그래서 이석 씨를 좋아하게 됐어요. 헤어지기 싫고, 당신이 아프지도 상처받지도 않았으면 좋겠어요. 당신이 좋으면 나도 좋고 당신이 슬프면 나도 슬퍼요. 하지만 그래서 나는 힘들고, 믿지 못해 불안하기도 하고, 때때로 과거의 일이 생각나면 불현듯 또다시 용서하기 힘들어지는 데다 미워지기도 해요."

아프고 비뚤어져도, 불안하고 위태해도, 무섭고 힘들어도, 과거의 그림자를 여전히 떨치지 못해도, 미래가 불확실해도, 삶의 부분들이 시시각각 무너져 내리는 느낌을 받아도.

"그러니까 이게 좋은 사랑인지는 모르겠지만, 이런 형태라도 나는 앞으로 당신을 더 많이 사랑할 것 같아요."

여원은 눈을 길게 감았다가 떴다. 그녀 자신도 혼란스러웠던 감정들을, 소리를 입혀 내뱉고 나니 조금 정리가 되는 것 같았다.

어쩌면 자신은 지나치게 과거의 파편들에 붙잡혀 있었던 게 아닐까. 상처를 반복하지 않겠다면서 정작 그 상처에 매몰되어 한없이 맴돌고만 있었던 건 아닐까.

그러나 과거를 잊고 싶지는 않았다.

잊을 수도 없었다.

그 모든 과정을 거쳤기에 지금의 그들이 있었다. 지금의 감정 역시 그 모든 과정을 겪었기에 존재했다. 사랑은 언제나 그럼에도 불구하는 것이다. 그 모든 과정에도 불구하고 지금 그가 그녀를, 그녀가 그를 사랑한다는 것…….

"우리에겐 여전히 해결하지 못한, 그리고 어쩌면 앞으로도 완벽히 해결할 수 없는 과거의 문제가 있죠. 그러니 당신은 아주 오랜 시간에 걸쳐…… 내게 당신을 증명해야 할 거예요. 그런 나에게 질릴 수도 있어요. 그래도 괜찮아요?"

이석이 천천히 고개를 끄덕였다. 그는 고장 난 기계처럼 돌연 멈추었다가 다시 고개를 끄덕이길 반복했다. 이윽고 그의 얼굴이 온갖 설명할 수 없는 감정들로 차올랐다.

그는 달뜬 숨을 조금씩 몰아쉬었다가, 다시 조금씩 내뱉듯 말했다.

"나는 너를 사랑해."

"네."

"너도 날 사랑해."

"……네."

"그거면 된 거야."

이석은 그녀의 이마에 입술을 가져다 대며 중얼거렸다. 자잘한 키스는 이마에서 코로, 코에서 뺨으로, 뺨에서 입술로 내려갔다.

"그거면 됐어. 너는 아니겠지만, 나는 그거면, 정말로 무엇이든 감내해도……."

그의 목소리는 젖은 모래처럼 축축하고 질퍽했다. 다급히 어깨를 끌어안는 손길이 뜨거웠다. 여원은 화답하듯 눈을 내리감

앉다. 심장이 부드럽게 박동했다.
 또다시 환청처럼 귓가에 파도 소리가 들렸다. 그녀가 가장 좋아하는 순간이었다.
 어디선가 파도가 밀려왔다.

Epilogue

Epilogue

뜨거운 태양 아래에서 선선한 바닷바람이 불었다. 여원은 샌들을 손에 달랑달랑 든 채 해변을 걸었다. 시원한 바닷물이 그녀의 발목을 잠시 붙들었다가 다시 밀려 나갔다. 여원은 기분이 좋은지 물장구를 쳤다.
"그러다 조개라도 밟아서 발에 상처 나면 어떡하려고?"
이석이 불안한 목소리로 말했다. 그녀는 하여간에 산통 깨는 데 뭐 있다는 얼굴로 손을 저으며 대꾸했다.
"안 다쳐요."
"하지만 그러다 파상풍이라도 걸리면."
"어, 나뭇가지 있다."
그의 진지하고 현실성도 있는 충고를 가뿐히 무시한 여원이 나뭇가지를 하나 들어 올렸다. 크지도 작지도 않은 크기였다. 그녀는 물 밖으로 나와 모래에 글씨를 쓰기 시작했다.
"이런 데 오면 모래사장에 이름 쓰는 게 규칙이랬어요."
"딱히 그런 규칙은 적혀 있지 않던데."

"재미없는 사람한테는 안 보이는 규칙이에요."

여원은 팔을 크게 움직여, 그와 그녀의 이름자를 가로로 나란히 휘갈겨 썼다. 나뭇가지 끄트머리를 따라 모래가 움푹 팼다. 가만히 지켜보던 이석이 지적했다.

"장이넉이 됐는데?"

"당신도 써 봐요."

나뭇가지를 건네받은 이석은 잠시 고민하다, 그와 그녀의 이름 사이에 하트를 그려 넣었다. 간격이 좁아서 아쉽지만 조그맣게 그려야 했다.

옹졸한 하트를 본 여원이 웃음을 터뜨렸다.

"나랑 장이넉 씨랑 사랑하고 있는 거예요?"

인상을 찌푸린 그가 손으로 'ㅅ' 철자의 모래를 뭉개 지우고 고쳐 썼다. 그러나 고쳐 쓰기 무섭게, 밀려온 파도가 그들의 이름자를 지워 버렸다. 이석은 나뭇가지를 내던지며 투덜거렸다.

"지워지는 곳에 왜 써?"

"와, 이 조개 예쁘네."

아무래도 여원은 그의 말에 별반 관심을 기울이고 있는 것 같지 않았다. 그는 뚱하니 생각하면서도 그녀가 들어 올린 것에 시선을 주었다. 작고 반짝거리는 조개껍데기였다.

여원은 아무런 쓸모도 없는 조개껍데기를 보며 눈을 빛내더니, 급기야 허리를 숙이고 찾아다니기 시작했다.

"이거는 꽤 크네요."

"주워서 어디다 쓰게?"

"그냥 모으게요. 유리병에 담아 두면 예쁠 것 같아. 바다 생각도 나고."

이석으로서는 이해할 수 없는 행동이었지만, 챙 모자가 떨어지지 않도록 꾹 누른 채 바닥을 살펴보는 여원은 눈이 부시도록 예뻤다. 둘 사이에는 별반 상관관계가 없었지만 어쨌거나 그랬다.

여원이 예쁘다고 하니까 괜히 그런 것도 같았다. 그녀가 좋다고 하니까 괜히 자신도 좋은 것 같고.

이석은 이상한 기분을 느끼며 주변을 둘러보았다. 이곳저곳 모래를 뒤적거려 보자 그럴싸한 모양의 조개들이 몇 개 나왔다. 그는 그중 가장 괜찮은 것을 손바닥에 펼쳐 놓고 그녀를 불렀다.

"여원아."

"왜요?"

"이건 어때?"

상체를 일으킨 여원이 그가 내민 손바닥을 바라보았다. 이석은 그녀의 표정을 면밀하게 살피며 입을 열었다.

"어디가 깨지지도 않고 균일하게 모양이 잡혀 있어. 색감도 은은하면서 꽤 반짝거리고."

이 조개가 어째서 선택되어야 하는지 이석은 나름의 논리를 대서 설명했다. 그녀는 눈을 몇 번 깜빡이더니, 그와 조개를 몇 차례 번갈아 보았다. 그 반응에 그는 조금 자신이 없어졌다.

"……별로인가?"

"아, 아니에요. 예뻐서 놀랐어요. 완전 잘 찾았다."

여원이 그에게서 조개를 건네받으며 활짝 웃었다. 이석은 그 웃는 얼굴에서 눈을 떼지 못했다. 그녀는 이 조개보다도, 햇빛을 받아 보석처럼 빛나는 저 수면보다도 더 반짝거렸다. 지나치게 눈이 부실 만큼.

"너무너무 예뻐요."

쏴아아.

그녀의 웃음과 함께 파도가 밀려왔다.

혼자 걷는 새_ 외전 1, 2 完

혼자 걷는 새 2

초판 1쇄 발행	2024년 12월 27일
글	서사희
발행인	신승한
표지 디자인	장지연
편집 디자인	장지연
교정·교열	봉하연
기획	김다혜, 이경미
발행처	주식회사 영컴
주소	08390 서울시 구로구 디지털로 32길 30 (구로3동 222-7) 코오롱디지털타워빌란트 902호
전화	02-6335-1750
팩스	02-866-1746
등록일	2018년 7월 9일
등록번호	제 25100-2018-000049호
ISBN	979-11-6779-495-6 04810
	979-11-6779-493-2 (세트)

www.iyoungcom.com

ⓒ 2024 서사희
이 책의 저작권은 서사희에게 있으며, 출판권은 주식회사 영컴에 있으므로 본 책자의 전재 또는 부분을 복제, 복사하거나 전파, 전산장치에 저장하는 것은 법으로 금지되어 있습니다.

잘못된 책은 바꾸어 드립니다.